Franziska Franke

Sherlock Holmes
und der Fluch des grünen Diamanten

KBV

Originalausgabe

www.kbv-verlag.de
E-Mail: info@kbv-verlag.de
Telefon: 0 65 93 - 998 96-0
Fax: 0 65 93 - 998 96-20
Umschlaggestaltung: Ralf Kramp
unter Verwendung von: © Mykola Velychko · www.fotolia.de
Redaktion: Volker Maria Neumann, Köln
Druck: Aalexx Buchproduktion GmbH, Großburgwedel
Printed in Germany
ISBN 978-3-942446-66-2

Vorwort des Herausgebers

Unserer bewährten Übersetzerin ist es gelungen, einen weiteren der Manuskriptbände, die überraschenderweise im Nachlass des Florentiner Arztes Dottor Lorenzo Tristram-Boldoni aufgetaucht waren, in einen ordentlichen Computerausdruck zu verwandeln.

In diesen Quartbänden berichtet der Urgroßvater des Dottore von seiner Zusammenarbeit mit dem Londoner Detektiv Sherlock Holmes. Bedauerlicherweise haben aber die Manuskriptbände durch die unsachgemäße Lagerung auf dem Dachboden der Casa Tristram-Boldoni Schäden davongetragen. Die Tinte ist verblasst und das mit Stockflecken übersäte Papier nicht nur brüchig, sondern teilweise durch eine seltsame Flüssigkeit verunstaltet. Offenbar ist Holmes' Begeisterung für die Chemie irgendwann auf seinen Assistenten, den englischen Buchhändler David Tristram, übergesprungen. Da außerdem die Handschrift des Verfassers von Band zu Band immer nachlässiger wird, hatte ich ernsthaft erwogen, die Publikation künftigen Generationen zu überlassen, die hoffentlich über bessere naturwissenschaftliche Methoden verfügen, zumal ich befürchtete, manche Bände könnten Geschäftsberichte der Steinmetz-Werkstatt enthalten, die einst im Erdgeschoss des Hauses untergebracht war.

Aber meine Frau und ihre Freundinnen, die begeisterte Kriminalroman-Leserinnen sind, haben die noch nicht bearbeiteten Quartbände gesichtet, denjenigen ausgewählt, der im besten Zustand ist, und mich bedrängt, ihn an die Anglistikstudentin weiterzureichen, die bereits die ersten drei Bände aus dem Nachlass bearbeitet hat. Beim Durchblättern des fraglichen Bandes stieß ich mehrmals auf den Namen

Sherlock Holmes und willigte daher ein. Aber damit war noch nicht die letzte Hürde auf dem Weg zur Veröffentlichung genommen: Am folgenden Tag rief mich Signorina Casagrande an und verlangte wegen des schlechten Zustands des Manuskripts eine höhere Seitenpauschale als für die Vorläuferbände, die ich ihr schweren Herzens gewährte, da ihre Argumente für die von ihr geforderte Lohnerhöhung leider nicht von der Hand zu weisen waren.

Glücklicherweise war es die Mühe wert, das Manuskript entziffern zu lassen, denn der Text enthüllt ein bisher unbekanntes Kapitel aus Sherlock Holmes' Jahren des Exils nach dem Kampf mit seinem Erzrivalen Professor Moriarty. Wie sich überraschenderweise herausstellte, wirkte der berühmte Detektiv kurz vor seiner Rückkehr nach London in Belgien. Dort traf er mit einem später berühmt gewordenen belgischen Kriminalisten zusammen – ein Detail, das der Forschung bisher verborgen geblieben war.

Florenz, den 7. 2. 2012,
Giorgio Battista Scalzi, Anwalt und Notar

1. Antwerpen

Seit Stunden trödelte mein Zug gemächlich durch das Flachland. Der Wind trieb weiße Wolken über den milchigen Himmel, und bis zum Horizont gab es außer kleinen Gruppen von weidenden Kühen nichts, woran sich das Auge festhalten konnte. Wehmütig dachte ich an die liebliche Toskana, in der ich seit sechs Jahren lebte und die mir mittlerweile zur Heimat geworden war.

Draußen zog ein Dorf vorbei, das von einer alten Kirche mit mächtigem Turm beherrscht wurde. Sicherlich hätte ich es malerisch gefunden, wenn meine Frau mir Gesellschaft geleistet hätte, aber sie war wegen unseres kleinen Sohns in Florenz geblieben. Sherlock Holmes, den ich in Frankreich besucht hatte, tauschte in Paris mit einem berühmten französischen Chemiker wissenschaftliche Erkenntnisse aus, und daher reiste ich allein zur Antwerpener Weltausstellung, wo die Bildhauerwerkstatt meines Schwagers ihre Skulpturen präsentierte. Über diesen trübsinnigen Betrachtungen musste das monotone Schütteln des Zuges mich in den Schlummer gewiegt haben.

Plötzlich ging ein heftiger Ruck durch den Waggon, und der Zug blieb stehen. Als die Fahrt nach einigen Minuten noch immer nicht weiterging, blinzelte ich verschlafen und stellte mit Schrecken fest, dass der Zug bereits im Hauptbahnhof von Antwerpen stand. Erschrocken sprang ich von meinem Sitz auf und bahnte mir meinen Weg durch den Wagen, der sich schon mit einsteigenden Fahrgästen füllte. Als es mir endlich gelungen war auszusteigen, hastete ich zum Gepäckwagen am Ende des Zugs.

»Einen Moment, bitte. Mein Koffer ist noch da drinnen!«,

rief ich dem Dienstmann zu, der gerade im Begriff war, die Schiebetür zu verriegeln.

In der Bahnhofshalle herrschte ein schummriges Licht, das nichts Gutes für das belgische Wetter verhieß.

»Das ist Ihnen aber früh eingefallen«, brummte der Dienstmann, dessen runder Bauch die kleidsame, blaue Uniformjacke mit den Messingknöpfen zu sprengen drohte.

»Tut mir leid. Ich bin unterwegs eingenickt und eben erst aufgewacht«, entschuldigte ich mich schwer atmend und kramte panisch in meiner Tasche nach dem Abholschein.

»Wir können doch nicht den Zug warten lassen, nur weil Sie verschlafen haben! Er hat sowieso schon eine halbe Stunde Verspätung«, knurrte der behäbige Dienstmann missmutig.

Um ihn von meinem Standpunkt zu überzeugen, drückte ich ihm einige Münzen in die feiste Hand.

»Ausnahmsweise«, brummte er und hievte meinen neuen, schwarzen Koffer, den ich mir in Paris zugelegt hatte, hastig auf den Bahnsteig.

Ein schriller Pfiff ertönte, die Lokomotive stieß weiße Dampfwolken aus, und die Räder der Eisenbahnwaggons setzten sich geräuschvoll in Bewegung. Noch immer etwas außer Atem schaute ich dem abfahrenden Zug nach, bis er den Bahnhof verlassen hatte.

Dann hob ich meinen Koffer hoch und bemerkte erstaunt, dass er viel zu leicht war. Außerdem war ein Anhänger an ihm befestigt. Ich stutzte, denn aus Angst vor Dieben versah ich mein Gepäck grundsätzlich nicht mit meiner Adresse, selbst wenn ich im Ausland unterwegs war. Ich kniff die Augen zusammen, um die Beschriftung zu lesen: *Jan Peeters, Pension Antonis van Dyck, Antwerpen*. Ich stieß einen leisen Fluch aus: Das war nicht mein Koffer.

Augenblicklich bereute ich meine Entscheidung, ein Gepäckstück eines Herstellers gekauft zu haben, dessen schwarze Koffer in Frankreich derart weit verbreitet waren. Aber wie konnten die Koffer verwechselt werden, obwohl die aufgegebenen Gepäckstücke alle mit aufgeklebten Marken gekennzeichnet waren? Verärgert kramte ich meinen Gepäckschein heraus. Er trug die Nummer 66, während auf dem Aufkleber des Koffers 99 stand. Der Amtmann hatte also den Schein verkehrt herum gehalten und dadurch die Nummer falsch gelesen.

Einige Sekunden lang stand ich ratlos auf dem Bahnsteig herum. Dann sagte ich mir, dass ich Glück im Unglück gehabt hatte: Wenigstens befand sich mein Gepäckstück höchstwahrscheinlich in Antwerpen, und ich kannte sowohl den Namen des Mannes, der es mitgenommen hatte, als auch den der Pension, in der er abgestiegen war. Mit neuer Zuversicht suchte ich einen Gepäckträger in der Menschenmenge, konnte aber keinen finden.

Also transportierte ich den fremden Koffer selbst durch die Bahnhofshalle zum Vorplatz. Am Sammelplatz der Droschken standen jedoch bereits mindestens zwanzig Personen an. Kein Wunder, denn vor einigen Minuten war der verspätete Schnellzug aus Paris angekommen! Ich verwünschte den unfähigen Dienstmann, der mir das alles eingebrockt hatte, und verlagerte mein Gewicht ungeduldig von einem Bein auf das andere. Zu allem Überfluss begann es zu regnen, und ich beschloss, bei einem Kaffee so lange zu warten, bis die Schlange sich aufgelöst hatte.

Mit etwas Glück fand ich einen freien Stuhl in der sich rasch mit weiteren Regenflüchtlingen füllenden Bar am Ende des Bahnhofs. Am Nachbartisch saßen drei Männer, die aus tulpenförmigen Gläsern etwas tranken, das nach Bier aussah.

Einer von ihnen verschob seinen Stuhl, sodass er mir den Rücken zuwandte, und gab mir damit zu verstehen, dass er sich von mir angestarrt fühlte.

Auch ich wandte mich ab und bemerkte an der Wand gegenüber ein farbenfrohes Werbeplakat für die Weltausstellung, auf dem eine Blondine vor dem Antwerpener Stadtpanorama den Betrachter mit Palmenzweigen begrüßte, die sie in beiden Händen hielt. Neben ihr thronte ein magerer Löwe auf dem Streckennetzplan der *Compagnie des chemins de fer du Nord*, die die Bahnstrecken zwischen Frankreich und Belgien betrieb. Ich hatte keine Ahnung, was der Löwe mit Antwerpen zu tun hatte, und wollte meinen Reiseführer konsultieren. Gedankenverloren kramte ich meinen Schlüsselbund aus der Jackentasche, steckte den kleinsten Schlüssel ins Schloss des Koffers, konnte ihn aber nicht herumdrehen. Dennoch ließen sich die Verschlüsse öffnen, obwohl ich mir ganz sicher war, meinen Koffer abgeschlossen zu haben.

Schlagartig kam mir ins Bewusstsein, dass ich mich an einem fremden Gepäckstück zu schaffen machte. Doch meine Neugier war geweckt, und ich konnte der Versuchung nicht widerstehen. Wie von einer fremden Macht gesteuert klappte ich den Koffer einen Spaltbreit auf und lugte hinein. Teure, aber nachlässig zusammengelegte Kleidungsstücke quollen mir entgegen, die ich ernüchtert zurückstopfte. Gleichzeitig schalt ich mich selbst einen Narren. Was hatte ich in dem Koffer zu finden gehofft: Geheimdokumente, Banknoten oder Konstruktionspläne einer kriegsentscheidenden Erfindung?

»Sie wünschen bitte?«, sprach mich der Ober, ein kleines, dünnes Männlein, auf Englisch an, und ich ärgerte mich trotz meines eleganten, italienischen Anzugs und meines französischen Koffers als Engländer erkannt worden zu sein. Musste ich mir einen Schnurrbart wachsen lassen, um in Belgien nicht als Ausländer aufzufallen?

»Eine Tasse Kaffee«, bestellte ich konsterniert.

»Schwarz oder mit Milch und Zucker?«, fragte der magere Ober zurück.

»Mit Zucker, aber ohne Milch.«

Als der Kellner verschwunden war, legte ich den Koffer auf den Schoß, klappte den Deckel zurück und drückte vorsichtig die unordentlichen Kleidungsstücke herunter. In einem Innenfach steckte ein ledergebundenes Notizbuch. Ich zog es heraus, wobei ich mein Gewissen damit beruhigte, dass Jan Peeters selbst dran schuld war, seinen Koffer nicht abgeschlossen zu haben. Nur die ersten beiden Blätter des Notizbuchs waren mit Aufzeichnungen bedeckt, die ich aber leider nicht verstand, denn sie waren auf Flämisch verfasst. Dennoch sprang mir das Wort *Diamant* ins Auge, das mehrmals im Text auftauchte. Ob der Koffer einem Juwelendieb gehörte? Schließlich war Antwerpen der weltweit führende Handelsplatz für Diamanten. Hier wurden Edelsteine von unermesslichem Wert geschliffen und einer zahlungskräftigen Käuferschaft angeboten.

Der magere Ober, der mein Getränk brachte, riss mich aus meinen Gedanken. Als ich daran nippte, stellte ich fest, dass der Kaffee kaum lauwarm war und ich winkte den Kellner augenblicklich zurück. Aber beim Anblick seines erschöpften Gesichts, bekam ich Skrupel, mich zu beschweren.

»Ich möchte zahlen«, sagte ich stattdessen.

Nachdem ich meine Zeche beglichen hatte, versuchte ich, den Koffer in den Zustand zu bringen, in dem er gewesen war, bevor ich ihn durchsucht hatte. Dann leerte ich meine Kaffeetasse in einem Zug und verließ den Bahnhof. Diesmal gelang es mir sofort, eine Droschke zu ergattern.

»Zur Pension Antonis van Dyck!«, rief ich dem grobknochigen, aschblonden Mann auf dem Kutschbock zu, der glücklicherweise ein paar Worte Englisch sprach.

»Kenne ich nicht!«

Anklagend zeigte ich auf den Anhänger des fremden Koffers, denn ich traute mir nicht zu, die darauf verzeichnete Adresse korrekt auszusprechen. Der Kutscher bedeutete mir einzusteigen, und die Fahrt begann. Wir durchquerten einige belebte Geschäftsstraßen und bogen dann in eine Seitenstraße ein, die von schmalen Häusern mit hohen Stufengiebeln gesäumt war. Kurze Zeit später hielt die Droschke mit quietschenden Bremsen vor einem altertümlichen Backsteinbau. Ein schlichtes Blechschild wies den nur zwei Fensterachsen breiten Bau als Pension Antonis van Dyck aus. Trotz seines teuren Koffers lebte Jan Peeters offenbar nicht auf großem Fuß. Ich bereute meinen Entschluss, hier zu übernachten, aber die Gaslaternen-Anzünder machten bereits ihre Runde, und ich befürchtete, das von mir telegrafisch reservierte Hotelzimmer könnte mittlerweile anderweitig vergeben sein. Wenigstens hatte der Regen nachgelassen, aber auf der Straße hatten sich zahlreiche Pfützen gebildet.

Der Kutscher riss den Schlag auf, ich stieg mit steifen Knochen von der langen Reise aus und entlohnte ihn. Kaum hatte er das Geld in Empfang genommen, schnalzte er schon mit der Zunge und sein Pferd trabte mit erstaunlicher Geschwindigkeit davon.

Mit gemischten Gefühlen stieg ich die drei abgetretenen Steinstufen zum Portal der Pension hinauf und zog an der Klingel, die lediglich ein kaum hörbares Bimmeln produzierte. Trotzdem wurde die Tür sogleich von einem mich schelmisch anlächelndem, molligen Hausmädchen aufgerissen, das offenbar die Ankunft meiner Droschke durch das mit weißen Häkelgardinen geschmückte Fenster neben der Tür beobachtet hatte.

»Guten Abend, mein Herr!«, begrüßte mich eine resolute Dame mittleren Alters mit einladender Geste, als ich den Empfangsraum betreten hatte.

Drinnen roch es nach gebratenen Kartoffeln, und mir wurde bewusst, dass ich außer dem mageren Frühstück im Zug und der Tasse Kaffee im Bahnhofslokal an diesem Tag noch nichts zu mir genommen hatte.

»Guten Abend, Madame«, erwiderte ich ihren Gruß auf Französisch.

Die Tür hinter dem Empfang öffnete sich lautlos, und ein behäbiger, blonder Mann mit einem gewaltigen Schnurrbart trat ein, in dessen rundem Gesicht mich ein paar helle Augen wachsam begutachteten.

»Wie ist Ihr werter Name, Monsieur?«, fragte die Wirtin in holprigem Französisch, während sie mit gerunzelter Stirn im Gästebuch herumblätterte. Ihr Mann schaute ihr dabei gönnerhaft über die Schulter und nickte mir freundlich zu. »Haben Sie ein Zimmer vorbestellt?«

»Das nicht, aber …«

»Das war sehr leichtsinnig«, tadelte mich die Wirtin, »aber Sie haben Glück. Zufällig ist ein Stammkunde krank geworden und wir haben noch ein freies Zimmer.«

Die geflissentliche Art der Wirtin mit ihrer spitzenverzierten, blütenweißen Haube ließ eher darauf schließen, dass die Hälfte der Gästezimmer leer stand.

»Das freut mich ungemein«, entgegnete ich und erkundigte mich nach dem Preis für die Übernachtung.

Die Zahl, die sie mir nannte, war höher als erwartet.

»Falls es mir gefällt, nehme ich das Zimmer«, sagte ich nach kurzer Bedenkzeit, obwohl ich wusste, dass ich keine andere Wahl hatte.

»Aber selbstverständlich.« Der schnurrbärtige Wirt klang leicht indigniert. »Das Mädchen wird Ihnen das Zimmer zeigen.«

»Vorher habe ich aber noch eine Frage«, begann ich vorsichtig. »Wenn ich richtig informiert bin, wohnt ein gewisser Herr Jan Peeters in Ihrem Haus?«

Die Wirtin, die noch immer mit dem Gästebuch beschäftigt war, blickte alarmiert zu mir hoch, und auch ihr Mann wirkte irritiert.

»Ich weiß nicht, ob ich Ihnen darüber Auskunft erteilen darf!«, erwiderte er und musterte mich von Kopf bis Fuß. Offenbar sah ich anders aus als die Leute, mit denen sein Gast gewöhnlich verkehrte.

»Sie tun ihm damit einen Gefallen, denn man hat im Gepäckwagen unsere Koffer vertauscht«, erklärte ich.

Die verkrampfte Haltung des Wirtspaares lockerte sich ein klein wenig.

»Ich glaube, Herr Peeters ist auf seinem Zimmer. Ich schicke das Hausmädchen zu ihm«, sagte die resolute Wirtin.

Sie instruierte das Mädchen auf Flämisch, das ihre Arbeitgeberin daraufhin eine Sekunde lang mit weit geöffneten, blaugrauen Augen anstarrte. Dann machte sie einen angedeuteten Knicks und eilte die steile Wendeltreppe hinauf. Von oben hörte ich bald eine cholerische Männerstimme. Wenige Sekunden später polterte der dazu gehörende hagere, aber noch immer drahtige, ältere Mann von durchschnittlicher Größe die Holzstufen der Treppe herunter. Sein Gehrock und die Beinkleider waren aus feinstem Tuch. Die Weste schloss mit vier vergoldeten Knöpfen, an deren unterstem eine Uhrkette baumelte. An den knochigen Fingern steckten mehrere wertvolle Ringe. Sein schütteres, graues Haar war leicht gelockt, und auf der breiten Nase trug er einen goldenen Kneifer.

»Da sind Sie endlich, Monsieur! Sie haben sich ja reichlich Zeit gelassen!«, beschwerte er sich feindselig, und mich traf ein zorniger Blick aus seinen zusammengekniffenen Augen, in deren Winkeln tiefe Falten eingegraben waren.

»Mein Zug hatte Verspätung und dann habe ich keine Droschke bekommen«, erwiderte ich, fragte mich aber im gleichen Augenblick, warum ich mich eigentlich entschuldigte.

»Dabei ist die Pension recht nah am Bahnhof. Viele unserer Gäste kommen zu Fuß.«

Es war die Pensionswirtin, die gesprochen hatte, und ich hätte ihr am liebsten geheißen, sich aus unserem Gespräch herauszuhalten. Wenigstens war ihr Mann wieder in den Raum hinter dem Empfang verschwunden.

»Woher sollte ich das wissen? Ich bin zum ersten Mal in Antwerpen«, fuhr ich sie enerviert an. »Und außerdem hatte ich in einem anderen Hotel ein Zimmer gebucht. Ohne diese Verspätung und die leidige Verwechslung meines Koffers ...«

»Nichts für ungut. Schließlich hat sich alles zum Guten gewendet«, lenkte mein Kontrahent überraschend mit einer fahrigen Geste ein. »Gerade hatte ich mich darüber gewundert, dass der Schlüssel nicht ins Schloss passte.«

»Sie haben doch das Schloss hoffentlich nicht aufgebrochen?«

»Natürlich nicht, aber ich wollte den Koffer morgen zum Schlosser zu bringen.«

Ich erwiderte nichts, denn langsam war es mir peinlich, mich vor der Wirtin herumzustreiten, die keine Anstalten machte, sich diskret zurückzuziehen. »Wir sollten endlich unsere Koffer austauschen«, schlug ich daher vor.

»Monsieur, wollten Sie nicht das Zimmer anschauen?«, fragte die Wirtin mit einem honigsüßen Lächeln und überreichte mir den Schlüssel mit einem dieser monströsen Anhänger aus Messing, mit denen Wirte ihre Gäste davon abhalten wollten, ihn einzustecken. »Es ist die Nummer zehn, das Nachbarzimmer von Monsieur Peeters. Welchen Namen darf ich in mein Gästebuch eintragen?«

»Mister David Tristram«, antwortete ich automatisch, bevor mir bewusst wurde, dass ich den Raum noch immer nicht angesehen hatte. »Aber warten Sie bitte mit den Formalitäten, bis ich zurückkomme.«

Ich steuerte das Treppenhaus an, und der alte Mann folgte mir, leise vor sich hinbrummend. Die gewundene Treppe war so schmal, dass wir hintereinander gehen mussten.

»Haben Sie denn nicht bemerkt, dass der Koffer, den man Ihnen ausgehändigt hat, keinen Anhänger hatte?«, fragte ich Herrn Peeters, während wir die knarrenden Holzstufen hinaufstiegen.

»Doch, aber ich dachte, er sei im Gepäckwagen verloren gegangen.«

Oben auf der Etage passierten wir eine geöffnete, dunkel gebeizte Holztür mit den Bronzeziffern *10*. Ich blieb stehen und warf einen kurzen, kritischen Blick in das mir angebotene Gästezimmer. Das düstere Abendlicht fiel durch ein hohes Schiebefenster, das einen Blick auf die gegenüberliegende Straßenseite bot. Ich hätte ein Zimmer zum Garten vorgezogen, aber ich musste wahrscheinlich froh sein, überhaupt ein Dach über dem Kopf zu haben. Herr Peeters war schon in sein eigenes Zimmer verschwunden, und ich folgte ihm.

Kaum hatte ich die Türschwelle überquert, wurde mir schon der Koffer aus der Hand gerissen und mit einer Wucht auf den Tisch geknallt, die ich einem Herrn seines Alters nicht zugetraut hätte.

»Haben Sie den Koffer geöffnet?«, stellte er mich empört zur Rede, nachdem er die Verschlüsse aufgeklappt und der Inhalt des Koffers sich über den Tisch ergossen hatte.

»Der Koffer war nicht abgeschlossen«, stellte ich ausweichend fest und ging zu meinem eigenem Gepäckstück, das schräg auf dem Bett lag, dessen Bezüge mit Spitzenborten verziert waren.

Jan Peeters durchwühlte währenddessen mit grimmiger Miene seine Habseligkeiten.

»Das Notizbuch lag mit dem Deckblatt nach unten«, murmelte er grimmig vor sich hin. Offenbar war es seine Gewohnheit, Selbstgespräche zu führen. Außerdem erstaunte mich, dass er sich trotz der Unordnung in seinem Koffer dieses Detail gemerkt hatte.

Inständig hoffend, nicht wieder den falschen Koffer vor mir zu haben, steckte ich den Schlüssel ins Schloss, drehte ihn mühelos herum und öffnete schließlich die Schnappverschlüsse des Gepäckstücks. Erleichtert blickte ich auf meine Wäsche und die Bücher, die ich in Paris erstanden hatte, um meine mühsam erworbenen Sprachkenntnisse nicht einrosten zu lassen.

»Deshalb hat sich der Gepäckträger über das Gewicht des Koffers beschwert! Wenn ich mir vorstelle, dass ich diese Trivialromane durch die Stadt habe transportieren lassen«, beschwerte sich der Belgier, der mir über die Schulter geschaut hatte.

Zugegebenermaßen war Alexandre Dumas kein Shakespeare, aber trotzdem ärgerte ich mich über die Arroganz meines Gesprächspartners. Was lesen Sie denn so, wollte ich schon fragen, als ich ein dünnes, in Leder gebundenes Buch auf dem Nachttisch bemerkte. Ich beugte mich vor, um den Titel entziffern zu können. Er lautete *Bruges-la-Morte*[1], was »Das tote Brügge« hieß. Jedem das seine, dachte ich.

[1] Der Roman George Rodenbachs war zwei Jahre zuvor erschienen.

»Darf ich Sie fragen, was Sie von Beruf sind? Vielleicht Literaturprofessor?«, fragte ich schlecht gelaunt.

»Nein, Juwelier!«, antwortete der alte Mann in dem Tonfall, in dem man »Großherzog« sagt.

Nur mühsam unterdrückte ich ein Lachen. Wenn er wüsste, dass ich ihn für einen Juwelendieb gehalten hatte! »Dann wünsche ich Ihnen noch einen schönen Abend«, sagte ich schmunzelnd, nahm meinen Koffer und deponierte ihn im Zimmer Nummer zehn, bevor ich die ächzenden Treppenstufen hinabschritt.

»Ich nehme den Raum«, erklärte ich an der Rezeption, und die Wirtin atmete sichtbar auf.

Nach Erledigung der Formalitäten schlenderte ich die regennasse Straße entlang und gelangte zu einer Gastwirtschaft. Warmes Licht erleuchtete die Fensterscheiben, und durch die geöffnete Tür drang Gelächter. Neugierig trat ich ein. Der Schankraum war klein, dafür aber gemütlich eingerichtet. Ich ließ mich an einem Ecktisch nieder, wo ich mich mit einer Portion frittierter Kartoffeln mit Mayonnaise stärkte. Der Geruch aus der Hotelhalle war mir nämlich nicht aus dem Sinn gegangen, und nun erfuhr ich, dass diese einfache, aber nahrhafte Speise das belgische Nationalgericht war.

Angenehm gesättigt verfasste ich dann einen Brief an Holmes, in dem ich von dem vertauschten Koffer und dem Notizbuch berichtete. Nachdem ich gezahlt hatte, wandte ich mich an einen älteren, korrekt gekleideten Mann, der ebenfalls gerade im Begriff war, das Lokal zu verlassen. »Entschuldigen Sie, Monsieur! Könnten Sie mir bitte den Weg zum nächsten Postamt beschreiben?«, fragte ich in meinem besten Französisch.

Der ältere Herr verschränkte die Arme vor der Brust und blickte mich feindselig an. »Wie kommen Sie dazu, mich auf

Französisch anzusprechen?«, fuhr er mich in einem grauenhaften Englisch an.

»Ich habe mir nichts Böses dabei gedacht«, entschuldigte ich mich verblüfft, »aber ich spreche kein Flämisch.«

Die Haltung des Einheimischen entspannte sich etwas. »Sie sind kein Franzose?«

»Nein, ich bin Engländer und ...«

»Dann hätten Sie es auf Englisch versuchen sollen!«

»Aber ...«

»Um diese Uhrzeit hat leider nur noch die Hauptpost geöffnet«, schnitt mein Gesprächspartner mir das Wort ab. »Der Weg dorthin ist recht schwierig zu beschreiben. Daher werde ich Sie begleiten.«

»Das ist nicht nötig«, beteuerte ich, aber der alte Herr machte trotzdem seine Drohung wahr und redete während des gesamten halbstündigen Fußmarsches vehement auf mich ein.

»Es ist schon schlimm genug, dass ich auf den Ämtern französisch sprechen muss[2], aber wenigstens die Touristen sollten mich damit verschonen«, schimpfte er, als wir eine barocke Kirche mit dreistöckiger Fassade passierten, die so überreich mit Figuren, Engeln und steinernem Blattwerk verziert war, dass sie hätte in Italien stehen können. Ich erwog meinen Begleiter nach dem prächtigen Bauwerk zu fragen, wagte es dann aber doch nicht, da ich befürchtete, es könnte von den »falschen« Landsleuten erbaut worden sein.

»Sie müssen mir hoch und heilig versprechen, niemals wieder einen Belgier einfach auf Französisch anzusprechen!«, forderte der alte Mann mich feierlich auf, als wir endlich unser Ziel erreicht hatten.

[2] Erst 1898 erhält Flämisch in Belgien denselben Status wie Französisch.

»Das kommt mir bestimmt nicht noch einmal in den Sinn!«, versprach ich wahrheitsgemäß. Ich verabschiedete mich, atmete tief durch und stieg die Freitreppe vor dem Portal der Hauptpost hinauf.

2. Das Wiedersehen

Die nächsten beiden Tage vergingen ohne besondere Vorkommnisse. Am dritten Morgen meines Aufenthalts in Antwerpen erwachte ich um sechs Uhr auf dem Gipfel eines Albtraums, in dem eine Verbrecherbande mir meinen Koffer stehlen wollte. Nur ein schmaler, heller Streifen am Horizont kündigte die Dämmerung an, als ich eine halbe Stunde später noch etwas schlaftrunken den Frühstücksraum betrat, der sich im Parterre befand. Auf den weißen, spitzenbesetzten Decken der quadratischen Tische standen einfache, weiße Teller, dazu passende Kaffeetassen, Körbe mit aufgeschnittenem Weißbrot und Glasschälchen mit Marmelade und Butter.

Ich setzte mich an einen freien Tisch, und das Hausmädchen goss mir sogleich frisch aufgebrühten Kaffee in meine Tasse. Kaum hatte ich ein Brotstück mit Aprikosen-Marmelade bestrichen, als ein breit gebauter, sonnengebräunter Mann um die Vierzig im Khaki-Anzug mit kurzen Hosenbeinen den Raum betrat. Seine für eine europäische Großstadt reichlich unpassende Aufmachung wurde abgerundet durch Baumwollkniestrümpfe, einen Tropenhelm und einen Bambusstock. Der seltsame Zeitgenosse zog sich einen der gepolsterten Stühle am Nachbartisch zurück, ließ sich darauf nieder und sprach mich mit lauter Stimme auf Flämisch an. Er hatte mich wohl wegen meiner hellen Haare für einen Landsmann gehalten.

Ich zuckte mit den Schultern und biss dann herzhaft in mein Marmeladenbrot. Da ich am Vorabend reichlich dem ausgezeichneten, aber leider recht starken belgischen Trappisten-Bier zugesprochen hatte, war mir nicht nach Konversation zumute.

»Darf ich mich vorstellen, mein Name ist Bart Cuypers, Großwildjäger und Afrikaforscher. Sie haben bestimmt schon von mir gehört«, wiederholte er auf Französisch und ich fühlte mich, als ob mir der Schädel platzte. Warum brüllte dieser Mensch derart herum? War er schwerhörig oder hatte er zu lange gegen flüchtende Gnuherden angeschrien?

»Angenehm«, entgegnete ich anstandshalber, ohne aber im Gegenzug meinen Namen zu nennen.

Das mollige Hausmädchen schenkte auch meinem Tischnachbarn Kaffee ein.

»Waren Sie schon einmal auf dem Schwarzen Kontinent?«

»Nein.« Das war eine Lüge, denn ich hatte mich vor einigen Jahren in Südafrika als Goldgräber versucht.

»Das müssen Sie unbedingt nachholen! Ich komme gerade von einer längeren Reise aus den Kolonien zurück. Leider ist der Kongo nur von Boma bis Matadi und vom Stanley Pool bis zu den Stanleyfällen für große Dampfboote schiffbar. Daher musste ich ...«

Er begann mich mit einer langatmigen Geschichte zu traktieren und tunkte dabei ein Stück Brot in seinen Kaffee, eine Angewohnheit, die mir schon immer zuwider war. Am liebsten hätte ich dem Mann im Tropenanzug geraten, doch lieber zum Kongo zurückzukehren, wenn es ihm dort so gut gefiel. Ich trank einen Schluck Kaffee und stopfte den Rest meines Marmeladenbrots in mich hinein.

»Ich musste leider nach Antwerpen zurückkehren, da ich einen Geldgeber für meine nächste Reise suche«, hörte ich den Afrikaforscher sagen und fragte mich, ob er mich meinte. Aber ein Blick in sein gutmütiges, von der Sonne gegerbtes Gesicht genügte, um mich vom Gegenteil zu überzeugen.

»Bei mir sind Sie jedenfalls an der falschen Adresse!«, stellte ich vehement fest und schüttete den restlichen Kaffee in mich hinein, um so die Unterhaltung zu beenden.

»Leider habe ich vorhin Ihren Namen nicht verstanden«, hakte der Belgier unbeirrt nach.

Mittlerweile fühlte ich mich von den anderen Frühstücksgästen beobachtet, kein Wunder bei der lauten Stimme meines Gesprächspartners.

»Ich heiße David Tristram«, entgegnete ich, überreichte aber keine Visitenkarte.

»Dann sind Sie also der Herr, der sich gestern mit dem Juwelier herumgestritten hat!« Der Mann im Tropenanzug betrachtete mich mit unverhohlener Neugier.

»Es war nur ein kleines Missverständnis! Man hat im Gepäckwagen unsere Koffer vertauscht«, beteuerte ich gereizt.

»Das hat sich aber durch die Wand ganz anders angehört!«, widersprach der Forschungsreisende mit gerunzelter Stirn, und die anderen Gäste begannen zu tuscheln.

»Vorhin ist etwas Seltsames passiert!«, platzte die Pensionswirtin in die einseitige Unterhaltung hinein, wofür ich ihr ausnehmend dankbar war. »Das Mädchen wollte Herrn Peeters das Frühstück im Bett servieren, aber er war nicht in seinem Zimmer. Wissen Sie vielleicht, wo er ist?« Sie blickte mich mit großen graublauen Augen an.

»Wieso um Himmels willen meinen Sie, ausgerechnet ich könnte das wissen?«, entfuhr es mir, denn langsam ärgerte es mich, dass mich jeder auf den unsympathischen Juwelier ansprach.

Die resolute Wirtin trat verblüfft einen Schritt zurück und räusperte sich geräuschvoll. »Ich dachte, die Herrschaften kennen sich.«

»Das wäre stark übertrieben! Ich habe schließlich nur ein einziges Mal mit dem Juwelier gesprochen«, erklärte ich mit Nachdruck und schlug dann aufs Geratewohl vor: »Vielleicht hat er einen kleinen Morgen-Spaziergang gemacht.«

»Nach der Auseinandersetzung von neulich zu schließen …«, mischte sich mein lästiger Tischnachbar ein.

»Sein Bett ist unberührt«, unterbrach ihn die Wirtin.

Ob der Juwelier einem Verbrechen zum Opfer gefallen war? Ich musste unbedingt Holmes eine Depesche schicken, bevor sich auch noch die Polizei für meinen angeblichen Streit mit Herrn Peeters interessierte. Daher suchte ich zunächst die Befürchtungen der Wirtin zu zerstreuen. »Vielleicht hat er Freunde in Antwerpen, bei denen er spontan …«

Das Gesicht der Wirtin verzog sich vor Entrüstung. »Bei jedem anderen Gast halte ich das für möglich, aber Herr Peeters' Tagesablauf ist so regelmäßig wie ein Uhrwerk. Abends kehrt er stets um acht Uhr zurück. Noch nie in all den Jahren war es auch nur eine halbe Stunde später.«

»Das ist wirklich seltsam! Wenn er bis heute Abend nicht zurückkommen sollte, würde ich an Ihrer Stelle die Polizei einschalten«, stimmte ich zu. »Aber Sie müssen mich jetzt entschuldigen. Ich habe leider einen dringenden Geschäftstermin auf dem Weltausstellungsgelände.«

In Wahrheit hatte ich mich längst davon überzeugt, dass es an der Präsentation der Skulpturen der Werkstatt meines Schwagers nichts auszusetzen gab, zumindest soweit es die beengten Verhältnisse in der Halle zuließen. Bedauerlicherweise waren den Italienern nur zweitausend Quadratmeter Ausstellungsfläche zur Verfügung gestellt worden, also nur ein Drittel des den Franzosen gewährten Platzes, von den dreißigtausend Quadratmetern des Gastgeberlandes Belgien ganz zu schweigen.

Mit einem verbindlichen Kopfnicken erhob ich mich von meinem Stuhl, und bevor jemand protestieren konnte, war ich schon durch die Rezeption aus der Pension geschlüpft.

Beunruhigt eilte ich zum Telegrafenamt, das sich glücklicherweise nur wenige Häuserblocks entfernt befand.

Bin in Pension Antonis van Dyck. Mein Zimmernachbar ist verschwunden, und alle halten mich für den Mörder, schrieb ich, die Geschichte leicht dramatisierend. *Ich wäre Ihnen sehr verbunden, wenn Sie so schnell wie möglich nach Antwerpen kommen könnten. David Tristram.* Der letzte Satz kostete mich zwar fast ein Vermögen, aber ich traute mich nicht, Holmes im Telegrammstil um Hilfe zu bitten.

Wieder auf der Straße angelangt, überlegte ich, wie ich die Zeit bis zum Eintreffen von Holmes totschlagen sollte. Zwar stand mir der Sinn nicht nach dem touristischen Pflichtprogramm, da mir aber nichts Besseres einfiel, besichtigte ich trotzdem den Groote Markt und die Kathedrale mit ihrem hundertdreiundzwanzig Meter hohen Turm. Dann machte ich einen Abstecher zum neuen Museum der Schönen Künste, dem *Koninklijk Museum voor Schone Kunsten*[3], aber ich konnte mich einfach nicht mit Rubens anfreunden.

Als ich das klassizistische Museumsgebäude mit seinem durch kolossale Säulen gegliederten Portal verließ, dämmerte es bereits. In der Innenstadt priesen die Zeitungsverkäufer ihre Abendblätter an. Von einer dunklen Vorahnung ergriffen, erwarb ich eine französischsprachige Zeitung. Auf der Titelseite sprang mir die Überschrift: *Juwelier in der Schelde ertrunken* entgegen. Mit angehaltenem Atem las ich die dazugehörende Pressenotiz, in der berichtet wurde, dass der Juwelier Jan Peeters nachts in stark alkoholisiertem Zustand in die Schelde gefallen und ertrunken sei. Die letzten Sätze lauteten lapidar: *Die Polizei schließt Fremdverschulden aus. Es handelt sich entweder um einen tragischen Unfall oder um Selbstmord.*

Tief in meinem Inneren war ich darüber enttäuscht, dass es wohl kein Mord war. Meine Finger, die noch immer die Zei-

[3] Das Museum wurde am 11. August 1890 eröffnet.

tung hielten, begannen nach einer Weile in der abendlichen Kühle klamm zu werden, und ich bemerkte, dass die Passanten mir neugierige Blicke zuwarfen. Mechanisch setzte ich mich in Bewegung und ging ohne nachzudenken immer weiter, bis ich das Scheldeufer mit den ausgedehnten Werftanlagen erreichte. Eine Weile blickte ich vor mich hingrübelnd auf das schmutzig-graue Wasser des breiten Flusses, der gemächlich dahinfloss. Der kalte Wind, der mein Haar zerzauste, trug den Geruch des Meeres mit sich und weckte eine unbestimmte Sehnsucht in mir.

Eine Möwe, die über mir kreiste, schien mich auszulachen, während ihre Artgenossen reglos auf der Uferbefestigung saßen. Im Zwielicht der fortgeschrittenen Dämmerung waren ihre Konturen kaum auszumachen. Höchste Zeit, zur Pension zurückzugehen, auch wenn ich nicht die geringste Neigung dazu verspürte. Um mich moralisch aufzurüsten, kaufte ich unterwegs eine Tüte Pralinen. Dank der Ausführungen meines ehemaligen Tischnachbarn wusste ich, dass die belgischen Schokoladenhersteller Zugang zu den ausgedehnten Kakao-Plantagen im Kongo hatten, weshalb ihre Pralinen bis zu siebzig Prozent Kakao enthielten.

Als ich die Empfangshalle betrat, schlug mir ein aufgeregtes Stimmengewirr entgegen. Die meisten Gäste der Pension standen wild diskutierend und gestikulierend vor der Rezeption, darunter auch zwei Neuankömmlinge: Ein Belgier mittleren Alters mit Ringen unter den Augen, der nach Aufmachung und Gebaren ein Gentleman war, und ein hagerer, älterer Amerikaner mit weißem Haar, Ziegenbart und Zylinder, den er nicht zum Frack, sondern seltsamerweise zu einem dunkelblauen Jackett trug. Seine Aufmachung und seine ernste Mimik ließen mich unwillkürlich an Uncle Sam denken.

»Wer hätte das von Monsieur Peeters gedacht? Er machte einen so zurückhaltenden Eindruck«, erklärte die Frau eines arrogant in die Runde blickenden Franzosen, dessen steife Haltung ihn als Soldat auswies. Ihre Tochter stand stumm daneben.

Bisher war ich der Familie erfolgreich aus dem Weg gegangen, was gar nicht so leicht war, bei den wenigen Gästen in der Pension. Trotz seines martialischen Äußeren hatte ich den Eindruck, dass der Franzose mit seiner maßgeschneiderten Kleidung und den gebieterischen Zügen unter dem Pantoffel seiner Gemahlin stand.

»In Belgien wird allgemein recht viel getrunken«, bemerkte er mit zusammengezogenen Augenbrauen. »Vor allem dieses …«, er suchte nach einem Adjektiv, »allgegenwärtige Bier.«

»Man trinkt hier auch nicht mehr als in Frankreich und Herrn Peeters habe ich noch niemals angeheitert gesehen«, mischte sich der dicke Pensionswirt ein, der wirkte, als wäre er selbst einem Tropfen nicht abgeneigt, und schaute zur Bestätigung den belgischen Neuankömmling an.

»Selbstverständlich war mein Bruder kein Alkoholiker«, versicherte dieser und verzog bei der bloßen Vorstellung das Gesicht.

Der Neuankömmling war also der Bruder des Toten! Vergeblich suchte ich in seinem Gesicht nach einer Familienähnlichkeit, konnte aber bis auf die Augenfarbe keine finden. Er war mindestens fünfzehn Jahre jünger als der Juwelier, stattlich und machte einen ausgesprochen gesunden Eindruck. Seine Kleidung war eher praktisch als elegant. Zu einem warmen Gehrock mit Pelzbesatz trug er weite Beinkleider, derbe Schuhe und einen schweren Stock.

»Dieser Herr hat einen heftigen Streit mit Ihrem Bruder gehabt!«, informierte ihn der Großwildjäger mit der lauten

Stimme und deutete mit dem ausgestreckten Zeigefinger auf mich.

»Dann sind Sie also Monsieur David Tristram?«, fragte Jan Peeters' Bruder erstaunt und musterte mich von Kopf bis Fuß. Sein Französisch war flüssiger und idiomatischer als das des Juweliers.

»Ja, der bin ich! Aber ich habe mich nicht mit Ihrem Bruder gestritten, sondern man hat nur auf dem Bahnhof unsere Koffer vertauscht«, beteuerte ich zum wiederholten Mal.

Trotzdem starrten mich alle Anwesenden vorwurfsvoll an. Nur der Blick meines Gesprächspartners war weiterhin eher neugierig als ablehnend.

»Monsieur Tristram, könnte ich mit Ihnen unter vier Augen sprechen, am besten oben im Hotelzimmer?«

Der Pensionswirt machte Anstalten zu protestieren.

»Der Raum ist für die ganze Woche bezahlt«, wies ihn der Bruder des Juweliers in scharfem Tonfall zurecht. »Bitte verändern Sie während dieser Zeit nichts im Zimmer!«

»Sie wollen doch nicht etwa andeuten, dass meine Gäste sich gegenseitig ermorden?« Der Wirt plusterte sich zu seiner doppelten Breite auf. Sein riesiger Schnurrbart vibrierte vor Zorn.

Der Bruder des Juweliers ignorierte ihn demonstrativ und machte eine einladende Bewegung in Richtung Treppe.

»Verbrechen gibt es überall«, bemerkte der Amerikaner besserwisserisch. Sein holpriges Französisch hatte einen abscheulichen Südstaatenakzent.

»Aber nicht in meiner Pension«, hörte ich den biederen Wirt erwidern, während ich bereits hinter dem Bruder des Juweliers die knarrenden Holzstufen der steilen Wendeltreppe hinaufstieg.

»Ich habe mich noch nicht vorgestellt, mein Name ist Doktor Peeters«, erklärte dieser, nachdem er die Zimmertür hinter sich zugezogen hatte. Er überreichte mir seine Visitenkarte, der ich entnahm, dass er in Schaarbeek bei Brüssel wohnte und von Beruf Arzt war. »Man sagte mir, Sie seien privater Ermittler?«

Die Frage brachte mich einen Augenblick lang aus der Fassung.

»Ja, das stimmt. Aber wer hat Ihnen das mitgeteilt?«, entfuhr es mir, zu erstaunt, um mich um die üblichen Höflichkeitsfloskeln zu kümmern.

»Der Herr, der heute Abend mit mir in der Pension eingetroffen ist, war so freundlich, mich darauf hinzuweisen.«

»Der lange Amerikaner?«, entfuhr es mir in ungläubigem Staunen.

Bevor Doktor Peeters etwas erwidern konnte, klopfte es an die Zimmertür.

»Herein!«, rief der Bruder des Juweliers.

Ich war gefasst auf die Wirtin, die uns möglicherweise nachspionierte, aber der Amerikaner zog langsam die Tür auf. Er musste sich beim Eintreten bücken, um nicht mit seinem Zylinder gegen den Türrahmen zu stoßen. Als die Tür hinter ihm leise ins Schloss fiel, schaute er mich erwartungsvoll an.

»Ich fürchte, Sie haben sich in der Zimmertür geirrt«, sagte ich, durch die vertrauliche Art des Besuchers verunsichert.

Das lange, faltige Gesicht meines Gegenübers verzog sich zu einem ungläubigen Lächeln. »Sie haben mich also nicht erkannt?«

Der breite, amerikanische Akzent war der unverwechselbaren Stimme von Holmes gewichen, der die Frage auf Englisch gestellt hatte. Vor Überraschung fühlte ich mich, als ob man mir die Füße unter dem Boden weggezogen hätte, und ließ mich verblüfft auf einen der beiden Stühle in Raum fallen.

3. Der Bruder des Juweliers

Schön, dass Sie nach Antwerpen gekommen sind«, stammelte ich, nachdem ich mich wieder etwas gefasst hatte. »Aber was soll diese Maskerade?«

»Ich möchte für einen potentiellen Diamantenkäufer gehalten werden«, entgegnete Holmes mit der größten Selbstverständlichkeit. Er schob seinen Zylinder auf den Kleiderschrank, machte es sich auf dem zweiten Stuhl gemütlich und begann bedächtig, seine Pfeife zu stopfen. »Wieso erstaunt es Sie, dass ich hier bin?«, fragte er mich dann belustigt. »Um ein Haar wäre ich in Paris vor lauter Langeweile eines vorzeitigen Todes gestorben. Die Chemie ist eine hochinteressante Wissenschaft, aber kein Ersatz für einen Kriminalfall, die feine Gesellschaft ist meiner Bohémien-Seele zuwider, und selbst die Zeitungen werden von Tag zu Tag abgeschmackter: Gesellschaftsnachrichten, Sportreportagen, Kunstkritiken, Aktienkurse und Neuigkeiten aus den Kolonien.« Holmes betonte die einzelnen Sparten als seien es Schimpfwörter. »Daher habe ich nach der Lektüre Ihres reichlich melodramatischen Telegramms sofort eine Fahrkarte nach Antwerpen gelöst, zumal Belgien auf dem Weg nach England liegt. Leider kam ich zu spät, um den Tod des Juweliers zu verhindern. Dabei hatte ich etwas Derartiges befürchtet! Sein Bruder, mit dem ich vorhin eine längere Unterredung geführt habe, glaubt nicht an einen Unfall.«

Den letzten Satz hatte er auf Französisch gesagt, das er fließend sprach, da ihn als Kind seine französische Großmutter unterrichtet hatte.

»Und schon gar nicht durch Ertrinken!«, brummte der Arzt mit gerunzelter Stirn und begann im Raum auf und ab zu gehen.

»Doktor Peeters! Könnten Sie vielleicht die Freundlichkeit besitzen, meinem Kollegen Mister Tristram zu erzählen, was Sie mir vorhin über Ihren Bruder gesagt haben?«

Der Angesprochene blieb abrupt stehen und stutzte einen Augenblick lang, wohl weil er als Arzt gewöhnlich derjenige war, der die Fragen stellte. Dann starrte er nachdenklich auf das Spitzendekor der Gardinen, bevor er auf der Bettkante Platz nahm und tief Luft holte. »Mein Bruder war Juwelier und einer der führenden Diamantenexperten unseres Landes. Sein Geschäft befindet sich in Brüssel, aber er fuhr ab und zu aus beruflichen Gründen nach Antwerpen.«

»Führten ihn auch diesmal die Diamanten an die Schelde?«, wollte Holmes wissen.

»Das vermutete ich, weiß es aber leider nicht. Seit meiner Hochzeit hat sich mein Bruder etwas rar gemacht.« Doktor Peeters zögerte kurz und kratzte sich verlegen am Hinterkopf. »Er hatte bedauerlicherweise etwas gegen meine Frau.«

Holmes zündete mit konzentrierter Miene seine Pfeife an. »Darf ich fragen, wie lange Sie schon verheiratet sind?«

»Im August sind es drei Jahre.«

Holmes nickte und zog dann an seiner Pfeife. Blauer Dunst waberte durch das Gästezimmer und brannte mir in den Augen.

Der Bruder des Juweliers wedelte den Rauch mit zusammengekniffenen Augen von sich weg, bevor er seinen Bericht fortsetzte. »Ich finde, die ganze Geschichte schreit zum Himmel! Ich weiß nicht, ob Sie die Schelde kennen, aber mein Bruder kann unmöglich in diesem trägen Fluss ertrunken sein! Er war ein ausgezeichneter Schwimmer. In seiner Jugend hat er an Wettbewerben teilgenommen.«

Bisher hatte ich den Eindruck gehabt, dass alle belgischen Sportler Radfahrer waren. Holmes notierte sich etwas und ich nützte die kurze Gesprächspause. »Ihr Bruder besaß doch sicherlich ein Notizbuch, dem man entnehmen kann, was ihn nach Antwerpen geführt hat?«, fragte ich so unschuldig ich konnte, aber Doktor Peeters' intelligente Augen leuchteten skeptisch.

»Davon ist wohl auszugehen, aber Jan sprach mit mir nicht über seinen Beruf«, bemerkte er vorsichtig abwägend.

»Haben Sie in seinem Hotelzimmer irgendwelche Unterlagen gefunden?«, wollte Holmes wissen. Mit zusammengepressten Lippen beugte er sich vor und spähte unter das Bett.

»Nein, nur Kleidungsstücke und Rasierzeug, aber ..... am besten, Sie sehen selbst!« Doktor Peeters sprang elastisch auf die Füße, zog die Tür des Kleiderschranks bis zum Anschlag auf und deutete hinein.

Im Schrank herrschte ein Chaos, wie ich es bisher nur bei Holmes gesehen hatte. Hemden, Leibwäsche, Socken, Binder und ein Schal, alles achtlos in die Fächer geknüllt, segelten zu Boden.

»Die Polizei hat das Zimmer durchsucht?«, fragte Holmes, der ebenfalls aufgestanden war. Mit im Mundwinkel hängender Pfeife las er die Kleidungsstücke einzeln auf, begutachtete sie kritisch und warf sie dann achtlos auf das Bett.

»Man hat es nicht für nötig erachtet«, entgegnete Doktor Peeters grimmig. »Vor einer halben Stunde hat ein älterer Schutzmann die Wirtsleute über den Tod meines Bruders informiert, dann ist er wieder gegangen.«

Jetzt wusste ich endlich, warum bei meiner Rückkehr alle Gäste im Empfangsraum herumgestanden hatten.

»Ich fürchte, die Polizei hat den Fall ohne großes Federlesen zu den Akten gelegt.«

»Das hat zumindest den Vorteil, dass die Ordnungshüter ausnahmsweise nicht alle Spuren vernichtet haben«, meinte

Holmes, während er eine schwarze Socke aufklaubte. »Vermutlich wird auch keine Obduktion stattfinden?«

Doktor Peeters machte eine abfällige Handbewegung.

»Das hielt man für überflüssig. Natürlich habe ich darauf bestanden, den Leichnam zu untersuchen, schließlich bin ich Arzt«, sagte er nicht ohne Selbstgefälligkeit. »Leider konnte ich keine Spur von Gewaltanwendung feststellen. Trotzdem gehe ich davon aus, dass mein Bruder ermordet wurde.«

Holmes hielt in seiner Arbeit inne und blies nachdenklich einen Rauchkringel in die Luft.

»Könnte er nicht im Dunklen in die Schelde gefallen sein und im kalten Wasser einen Herzschlag erlitten haben?«, wollte er dann wissen.

»Das ist natürlich nicht auszuschließen.« Aber Doktor Peeters' Gesicht ließ keinen Zweifel daran, für wie unwahrscheinlich er diese Möglichkeit hielt. »Mein Bruder war nicht herzkrank. Außerdem war es nicht seine Art, sich in irgendwelchen Spelunken zu besaufen. Er war in allem ein mäßiger Mensch.« Er stockte einen Augenblick. »Möglicherweise hat mein Kollege, der Amtsarzt, mit *Tod durch Ertrinken* die rich tige Diagnose gestellt«, gab er dann widerwillig zu. »Aber ich bin der festen Überzeugung, jemand hat meinen Bruder betrunken gemacht und ihn dann ins Wasser gestoßen.«

Holmes hob das Gegenstück der schwarzen Socke von zuvor auf. »Konnten Sie den Zeitpunkt des Todes bestimmen?«, erkundigte er sich, nachdem er sich auf seinen Stuhl gesetzt und die Beine übereinandergeschlagen hatte.

»Das ist bei einer Wasserleiche schwer festzustellen, aber es wird zwischen zehn und zwölf Uhr gewesen sein.«

Nur ein Mediziner brachte es fertig, ohne mit der Wimper zu zucken, die sterblichen Überreste seines eigenen Bruders als Wasserleiche zu bezeichnen.

»Ist die Pension nachts abgeschlossen?«, fragte Holmes, und sein Blick wanderte vom Bruder des Juweliers zu mir.

»Ja«, bestätigte ich. »Die Gäste erhalten keine Haustürschlüssel, und ab zehn Uhr ist die Rezeption ist nicht mehr besetzt. Ich hätte es wirklich vorgezogen, in einem guten Hotel abzusteigen, wo man ausgehen kann, wann man möchte.«

»Der Juwelier hätte also möglicherweise zum Zeitpunkt seines Todes nicht mehr in die Pension zurückkehren können«, folgerte Holmes. »Haben Sie eine Idee, wo er im Zweifelsfall zu übernachten gedachte? Hatte er in der Stadt Freunde oder gute Bekannte?«

In Paris hätte man sich nach der holden Weiblichkeit erkundigt.

»Er hat jedenfalls niemals welche erwähnt. Aber in Antwerpen gibt es ein Nachtasyl«, bemerkte Doktor Peeters in einem Anflug von Sarkasmus. »Ich glaube jedoch kaum, dass Jan auf diese Möglichkeit zurückgreifen wollte.«

»Sie wissen es nicht«, konstatierte Holmes sachlich und schaute Doktor Peeters streng an. »Hatte Ihr Bruder Feinde? Ich kann mir vorstellen, dass man sich in seinem Metier bei den Konkurrenten verhasst macht.«

»Davon verstehe ich nichts«, entgegnete Doktor Peeters in einem Tonfall, als wäre der Juwelenhandel etwas Ehrenrühriges. »Privat hatte er, soweit ich weiß, keine Feinde.«

»In der Zeitung wurde auch die Möglichkeit eines Selbstmords erwogen ...«

Das Gesicht des Arztes lief vor Zorn rot an. »Die bloße Vorstellung, mein Bruder könnte sich umgebracht haben, ist absurd. Er neigte nicht zur Schwermut. Aber ich befürchte, die Lebensversicherung wird auf Selbstmord plädieren, um die Prämie nicht auszahlen zu müssen.«

»Jan Peeters hatte also eine Lebensversicherung. Das ist eine interessante Nachricht. Zu wessen Gunsten wurde sie abgeschlossen?«, fragte Holmes mit interessierter Miene.

»Ursprünglich zu Gunsten seiner Frau, aber sie ist vor zehn Jahren verstorben. Nun sind seine beiden verheirateten Töchter begünstigt, von denen eine in Ieper[4] und die andere in Philadelphia lebt.«

Die ganze Zeit hatte ich das unbestimmte Gefühl gehabt, dass etwas im Raum fehlte. Ganz plötzlich fiel mir ein, was es war. »Als ich meinen Koffer abgeholt habe, lag ein kleines, ledergebundenes Buch auf dem Nachttisch«, sagte ich und deutete auf das kleine Möbelstück mit der Marmorplatte, auf der jetzt nur eine altertümliche Messinglampe stand, deren Fuß mit grünlichen Flecken übersät war.

»Sicherlich eine dieser zerfledderten Bibeln, mit denen die meisten Hotelzimmer ausgestattet sind?«, fragte der Bruder des Juweliers gleichgültig zurück.

»Nein! Das Buch hatte den seltsamen Titel *Bruxelles-la-Morte.*«

»Sie meinen wohl *Bruges-la-Morte*?«, fragte Doktor Peeters mit blasierter Miene, und ich nickte enthusiastisch

»Haben Sie das Buch gefunden?«, wollte ich wissen.

»Nein!«, enttäuschte Doktor Peeters meine Hoffnung. »Das ist wirklich seltsam, zuerst verschwindet das Notizbuch und dann die Bettlektüre meines Bruders.«

»Warum hat das Buch eigentlich einen französischen Titel, obwohl der Autor[5] offenbar ein Flame ist?«, fragte ich und referierte kurz meine unangenehme Begegnung mit dem Belgier, den ich in der falschen Sprache angesprochen hatte.

»Diese Reaktion hätte ich auch meinem lieben Bruder – Gott hab ihn selig zugetraut! Er war ein flämischer Patriot«,

[4] Flämisch für Ypern.

[5] Georges Raymond Constantin Rodenbach (Tournai 1855 - Paris 1898)

bestätigte Doktor Peeters grimmig. »Rodenbach trägt übrigens den Namen seines deutschen Vaters. Seine Mutter hingegen war Französin. Heute lebt er als Korrespondent des *Journal de Bruxelles* in Paris.« Dann wandte sich der Bruder des Juweliers an Holmes. »Aber wir haben noch nicht über das Geschäft gesprochen. Monsieur Sigerson, ich hoffe, Sie und Monsieur Tristram übernehmen den Fall?«

»Die Angelegenheit entbehrt nicht eines gewissen Reizes«, entgegnete Holmes und zog seine Lupe aus der Tasche. Dann nannte er seinen üblichen Tagessatz, den unser neuer Klient ohne darüber nachzudenken akzeptierte. An Holmes' Stelle hätte ich längst meine Tarife erhöht. Aber ich rief mir ins Gedächtnis, dass er es nicht nötig hatte, für Geld zu arbeiten, sondern die Kunst um der Kunst willen betrieb.

»Dazu kommen selbstverständlich noch die Spesen für uns beide!«, fügte ich geflissentlich hinzu, was mir einen belustigten Blick von Holmes einbrachte, aber wenigstens widersprach er nicht.

»Selbstverständlich«, murmelte der Bruder des Juweliers und ließ seinen Blick durch den Raum schweifen. »Ich fürchte, hier gibt es nicht viel herauszufinden. Das war offenbar Jans einziges Gepäckstück.« Er deutete auf den vermaledeiten Koffer, mit dem meine Bekanntschaft mit dem verstorbenen Juwelier begonnen hatte.

»Diese Spitzendeckchen, die überall herumliegen, gehören zur Ausstattung der Räume?«, fragte Holmes und nahm ein besonders scheußliches Exemplar, das den Tisch eher verschandelte als schmückte in die Hand.

»Ja, bedauerlicherweise«, bestätigte ich. »Bei mir sieht es ebenso aus. Ich hatte eigentlich vor, meiner Frau echte Brüsseler Spitzen mitzubringen, aber ich kann es mittlerweile nicht mehr über mich bringen.«

»Das kann ich gut verstehen«, meinte Holmes und legte das Deckchen so vorsichtig zurück als wäre es ein gefährlicher Gegenstand. Dann nahm er Blickkontakt mit dem Bruder des Juweliers auf. »Doktor Peeters, könnten Sie vielleicht die Freundlichkeit besitzen, die Wirtin zu fragen, ob sie weiß, mit wem sich Ihr Bruder in Antwerpen getroffen hat? Sie macht auf mich den Eindruck einer Frau, die an den Türen ihrer Gäste lauscht.«

Der Angesprochene wirkte alles andere als begeistert und öffnete bereits den Mund, um zu protestieren.

»Ich möchte das nicht selbst erledigen, da sie Ihnen gegenüber gesprächiger sein wird. Schließlich gehören Sie zur Familie ihres ehemaligen Stammgastes«, präzisierte Holmes, während er durch seine Lupe den Schreibtisch betrachtete.

Doktor Peeters zog scharf die Luft ein, beherrschte sich aber schnell wieder. »Wenn es der Aufklärung des Falls dient.« Mit einem halbherzigen Lächeln öffnete er die Tür und ließ sie geräuschvoll hinter sich ins Schloss fallen.

Ich hörte, wie sich seine schweren Schritte über den Flur entfernten. »Sie wollten ihn loswerden?«, fragte ich, als sie verklungen waren.

»Keinesfalls, mich interessiert tatsächlich, was er in Erfahrung bringt«, widersprach Holmes. »Aber da wir endlich unter uns sind, könnten Sie mir bitte das Notizbuch beschreiben, das Sie in Ihrem Brief erwähnten.«

»Es war ein normaler Schreibblock, auf dem in Flämisch Angaben zu Diamanten und Händlern notiert waren. Ich bedaure wirklich, sie nicht kopiert zu haben.«

Holmes musterte mich vergnügt von der Seite. »Mister Tristram, Sie haben doch hoffentlich nicht vor, eine kriminelle Laufbahn einzuschlagen. Sie scheinen dafür ein natürliches Talent zu besitzen! Aber ich benötige Sie noch zum Verfassen

Ihrer Chronik und würde Sie nur ungern im Gefängnis wissen.« Er wurde wieder ernst. »Mir gefällt das nicht: Wahrscheinlich hat jemand das Hotelzimmer des Juweliers durchsucht.«

»Ob das Zimmermädchen mit dem Mörder unter einer Decke steckt?«, fragte ich irritiert.

»Erstens wissen wir noch nicht, ob der Juwelier tatsächlich ermordet wurde, und zweitens hat nicht zwangsläufig ein Dienstbote die Sachen entwendet. Auch die Wirtsleute und die anderen Gäste kommen infrage«, stellte Holmes fest. »Leider habe ich den Juwelier nicht gekannt. Daher interessiert mich, welchen Eindruck Sie von ihm hatten.«

Es gehört sich nicht, über Tote schlecht zu rede, aber mir fiel beim besten Willen nichts Nettes ein. »Er war ein humorloser, streitsüchtiger Zeitgenosse, der anderen seine eigenen Fehler in die Schuhe schob. Kein Wunder, dass er nicht mit seiner Schwägerin auskam. Außerdem war er ungeduldig und selbstgerecht.«

»Er hat es jedenfalls in kurzer Zeit geschafft, sich bei Ihnen unbeliebt zu machen«, bemerkte Holmes belustigt. »Sie haben aber das Wichtigste vergessen: Jan Peeters war trotz seines Metiers, das äußerste Präzision erfordert, erstaunlich nachlässig. Der Zustand des Zimmers spricht für sich. Außerdem vergaß er, seinen Koffer abzuschließen.« Holmes betrachtete das Schloss des Koffers durch die Lupe. »Oder war Ihre Neugier so stark, dass Sie etwas nachgeholfen haben?«

»Wie können Sie mir so etwas unterstellen?«

Holmes machte eine beschwichtigende Handbewegung, aber ich vermochte noch immer nicht zu sagen, ob er scherzte. »Es ist für die Untersuchung unerlässlich, dass ich die Wahrheit kenne ...«

»Ich schwöre hoch und heilig, der Koffer war nicht abgeschlossen«, unterbrach ich Holmes im Brustton der Überzeugung.

Aus seinen grauen Augen traf mich ein scharfer Blick. »Halten wir also fest: Der Verstorbene war hochgradig unordentlich.«

Ich fragte mich, wie Holmes sich anmaßen konnte, den Juwelier deshalb zu tadeln, wo er doch selbst die Unordentlichkeit in Person war.

»Was für ein Unterschied zu seinem jüngeren Bruder, der alles, was er tut, mit der gleichen Sorgfalt erledigt!«

»Das will ich auch hoffen. Schließlich ist er Arzt.«

Die hölzernen Stufen der Treppe knarrten, und wir wechselten das Gesprächsthema.

»Lag der Roman exakt auf der Mitte der Marmorplatte?«, fragte Holmes und deutete auf das Nachtschränkchen.

»Daran kann ich mich wirklich nicht mehr erinnern«, musste ich beschämt zugeben. »Aber die Wahrscheinlichkeit spricht dafür, dass er schräg auf der Platte lag, so unordentlich wie das ganze Zimmer ist.«

Die Tür wurde energisch aufgerissen, und Doktor Peeters stürmte mit leuchtenden Augen herein. »Mein Bruder hat vorgestern einen Brief aus Brügge erhalten!«, verkündete er, noch etwas außer Atem vom Treppensteigen. »Zuerst behauptete die Wirtin, sich nicht an den Absender zu erinnern. Aber ein kleinerer Geldschein hat ihr Gedächtnis wieder aufgefrischt. Ein gewisser Fitzroy Darkwater, wohnhaft in der Wollestraat, hat den Brief geschrieben.«

Holmes zog die Stirn in Falten, kramte sein Notizbuch aus der Tasche und notierte sich den Namen und die Adresse. »Sie würden es bei der Polizei weit bringen«, meinte er dann generös. »Ich entnehme Ihren Worten, dass Ihnen der Name Fitzroy Darkwater nichts sagt?«

Doktor Peeters schüttelte den Kopf. »Nein, ich habe ihn noch niemals zuvor gehört. Muss man ihn kennen?«

»Das wird sich noch herausstellen. Wir werden wohl nicht umhinkommen, morgen nach Brügge zu fahren, um mit ihm zu sprechen«, sagte Holmes zu mir, während er seinen Notizblock einsteckte. »Hoffentlich sind wir dann morgen Abend nicht mehr auf Spekulationen angewiesen.«

»Ich hätte Sie sehr gern begleitet, aber ...«, begann der Bruder des Juweliers mit bekümmertem Gesichtsausdruck.

»Ich weiß«, unterbrach Holmes, der seine neuen Klienten gern mit einer Kostprobe seiner Fähigkeiten zu beeindrucken pflegte. »Sie haben vor Kurzem eine neue Arztpraxis übernommen und befürchten, Ihre Patienten könnten Ihnen untreu werden, wenn Sie Ihre Praxis länger als einen Tag schließen.«

»Woher wissen Sie das?«, fragte der Bruder des Juweliers, verblüfft einen Schritt zurücktretend.

»Das konnte ich aus der Größe und Beschaffenheit Ihrer Medizinertasche schließen«, antwortete Holmes und deutete in die hintere Zimmerecke, wo der Arzt seine Habseligkeiten abgestellt hatte.

»Das grenzt an Zauberei!«, erklärte Doktor Peeters, noch immer ziemlich verdutzt. »Ich sehe, der Fall ist bei Ihnen in den besten Händen.« Er schaute auf seine elegante, goldene Uhr. »Leider muss ich augenblicklich aufbrechen. Sonst verpasse ich meinen letzten Zug.« Der Bruder des Juweliers eilte ohne die üblichen Abschiedsfloskeln zu Tür.

»Wollen Sie Ihre Tasche nicht mitnehmen?«, rief Holmes ihm nach, hob die Arzttasche vom Boden und reichte sie Doktor Peeters, der auf der Türschwelle stehen geblieben war.

»Danke«, sagte der Arzt und streckte seine Hand nach dem Ledergriff aus. »Bitte halten Sie mich über jede Einzelheit Ihrer Ermittlungen auf dem Laufenden!«

»Er ist es wohl nicht gewohnt, dass jemand ihm auf irgendeinem Gebiet überlegen ist«, kommentierte ich diesen überstürzten Aufbruch.

»Ich bin froh, dass er uns verlassen hat und wir das Zimmer jetzt ungestört untersuchen können.«

Da ich nicht wusste, was wir suchten, zog ich die erstbeste Schublade auf, aber bedauerlicherweise war sie leer.

»Ich habe einen Auftrag für Sie, der Ihren Neigungen entgegenkommen dürfte«, sagte Holmes und schob die Schublade wieder zu. »Gehen Sie bitte in den Salon und nehmen Sie einen Imbiss zu sich. Dabei versuchen Sie, sich ein Bild von den anderen Gästen der Pension zu machen: Wie lange sie schon hier logieren, ob sie Stammgäste sind, warum sie sich in Antwerpen aufhalten. Aber vergessen Sie nicht, dass ich ein reicher Amerikaner bin und Sie nur flüchtig kenne. Nur unser Klient weiß, dass wir gemeinsam ermitteln.«

»Wollen Sie nicht trotzdem mitkommen? Ein kleiner Happen wird auch Ihnen nicht schaden«, schlug ich vor, denn Holmes war blass und machte einen abgespannten Eindruck.

Wie ich aber schon befürchtet hatte, winkte er mit einem verächtlichen Schnauben ab. »Die Spur ist noch heiß und ich kann unmöglich mit so banalen Dingen wie der Nahrungsaufnahme meine kostbare Zeit verschwenden.«

4. Der Jäger

Der Salon nahm die hintere Hälfte des Erdgeschosses ein. Er war mit einem Kamin aus weißem Marmor, bequemen Sesseln und modernen, niedrigen Tischen ausgestattet, aber die braune, gestanzte Ledertapete verlieh ihm einen düsteren Eindruck. Als ich eintrat, hoffte ich, dass die dort versammelten Gäste keine Radsport-Anhänger waren, denn oft wurden die gewöhnlich eher phlegmatischen Belgier fanatisch, wenn es um ihren Lieblingssport ging.

In der Ecke saß ein junges Paar, von dem ich gehört hatte, dass es auf Hochzeitsreise sei. Jedenfalls schienen die beiden sich nicht im Mindesten für die anderen Gäste zu interessieren. Ihr leises Gespräch wurde übertönt von der Stimme des französischen Offiziers, der mit Frau und Tochter in der Raummitte dinierte und über den Tod des Juweliers sprach. Am Tisch vor dem mit Spitzengardinen dekorierten Fenster erblickte ich zu meinem Leidwesen den aufdringlichen Afrikaforscher, dessen Namen ich mir einfach nicht merken konnte.

»Ist dieser Platz noch frei?«, fragte ich in die Runde blickend, und als niemand widersprach, nahm ich an einem kleinen Tisch Platz, der sich in gleicher Entfernung zu den drei Parteien befand.

Ich bestellte bei dem Hausmädchen gebratene Eier, und während ich darauf wartete, schlürfte ich aus Verlegenheit hastig einige Schlucke des Biers in mich hinein, das sie mir sofort gebracht hatte.

»Sie vermissen ein Buch?«, fragte mich der Afrikaforscher und nahm mir damit die Entscheidung ab, wen ich ansprechen sollte. Noch immer trug er seinen Tropenanzug, und ich fragte mich, ob es in Belgien keine dies untersagenden Konventionen für die Abendgarderobe gab.

»Keinesfalls!«, beteuerte ich, obwohl ich eine ungute Vorahnung hatte. »Wie kommen Sie darauf?«

»Der Bruder des verstorbenen Juweliers hat vorhin die Wirtin nach dem Roman von Rodenbach gefragt. Ich entnahm seinen Worten, dass Sie in seinem Auftrag ermitteln.«

»Ach so«, murmelte ich vor mich hin. Wenn Holmes das erfuhr, würde er bestimmt das Kompliment revidieren, das er Doktor Peeters zuvor gemacht hatte.

»Vielleicht könnte ich Ihnen bei der Suche behilflich sein, indem ich Ihnen einen Nagelfetisch überlasse.«

Einen Augenblick lang glaubte ich, dass mein Gesprächspartner sich über mich lustig machte. Dann musste ich über seinen absurden Vorschlag lachen. »Nein danke, ich glaube nicht an diesen Hokuspokus.«

»Lachen Sie nicht!«, erklärte der Belgier pathetisch. »Es handelt sich um einen hochwirksamen Zauber. Die Eingeborenen am Kongo nennen diese hölzernen Figuren ›Jäger‹ und ihre Aufgabe ist das Erfassen von Dieben.«

»Wie ich eben schon sagte: Ich glaube nicht an dergleichen«, lehnte ich noch immer lachend ab.

Ohne etwas zu entgegnen, erhob sich der Afrikaforscher und stolzierte mit hoch erhobenem Kopf aus dem Raum.

Ich griff nach dem Bierglas, lehnte mich auf meinem Stuhl zurück und beäugte aus dem Augenwinkel die Offiziersfamilie, die keinerlei Notiz von mir nahm. »Sind Sie das erste Mal in Antwerpen?«, sprach ich trotzdem kurz entschlossen den Franzosen an.

Er nahm Haltung an und sah hochmütig aus befehlsgewohnten, blaugrauen Augen auf mich herab. »Ja«, war die knappe Antwort. Seine Frau wisperte ihm mit gedämpfter

Stimme etwas zu, und der Offizier nickte. »Darf ich mich vorstellen: Mein Name ist Colonel Auguste Laval, und das sind meine Gemahlin Madame Hortense Laval und unsere Tochter Claudine. Wir wohnen in Lyon«, informierte er mich dann in zackigem Tonfall.

»Angenehm, David Tristram aus Florenz.«

»Sind Sie verheiratet, Monsieur Tristram?«, fragte Madame Laval ohne – wie es die meisten Menschen zu tun pflegten – sich danach zu erkundigen, was mich nach Italien verschlagen hatte.

»Ja, aber meine Frau ist wegen unseres kleinen Sohns zu Hause geblieben«, entgegnete ich, obwohl mein Familienstand die Dame eigentlich nichts anging.«

»Es freut mich, das zu hören, denn dies ist eine anständige Pension. Sonst würden wir nicht mit unserer Tochter hier logieren«, verkündete sie gestelzt, aber ihr Gesichtsausdruck strafte ihre Worte Lügen.

»Sind Sie zum ersten Mal in Antwerpen?«, fragte ich.

»Ja und wahrscheinlich auch zum letzten Mal! Wir sind auf dem Weg nach Brüssel, wo meine Frau Verwandte hat. Daher haben wir die Gelegenheit genutzt, die Weltausstellung in Antwerpen zu besuchen«, erklärte Colonel Laval herablassend. »Die Stadt ist ganz schön, aber das belgische Essen sagt mir ganz und gar nicht zu …«

Während mir mein Gesprächspartner alle für seinen verfeinerten Geschmackssinn zu fetten Zutaten der hiesigen Küche aufzählte, betrachtete ich seine Familie. Mit ihren glänzenden, dunklen Augen und dem glatten, schwarzen Haar, das aus der blassen Stirn zurückgekämmt war, wirkte die Offiziersgattin wie eine Südfranzösin. Sie trug ein rosafarbenes Kleid, darüber eine enge, braune Jacke und dazu einen farblich passenden Hut mit schmaler Krempe und roter Feder, den sie nach Art einer damals bekannten Pariser Theaterschauspielerin schräg in die Stirn gezogen hatte. Die Tochter mochte achtzehn Jahre alt sein, und ich hatte sie bisher über nichts anderes als über die anderen Hotelgäste sprechen hören. Über mindestens drei raschelnden Seidenunterröcken trug sie ein besticktes, weißes Kleid mit rosafarbenen Borten. Ihr langes, kastanienbraunes Haar fiel ihr in Locken über den Rücken.

»Meine Tante sagt immer, dass die belgische Haute Volée Brüssel lediglich ›die Hauptstadt‹ nennt, Antwerpen hingegen ›die Metropole‹«, unterbrach Madame Laval schließlich das Lamento ihres Gemahls.

»Das sind ja schöne Aussichten für unsere nächste Station!«

»Brüssel wird dir bestimmt gefallen. Es ist eine weltoffene Stadt mit intellektuellem Klima, in der es Restaurants für jeden Geschmack gibt«, versprach die Offiziersgattin, die wie ihr Gemahl gar nicht den Eindruck erweckte, gesteigerten Wert auf intellektuelle Konversation zu legen. »Außerdem habe ich dir gleich gesagt, dass du einen Wein bestellen sollst.«

»Es steht noch nicht einmal ein Bordeaux auf der Karte! Lange halte ich es hier nicht mehr aus!«

»Sie haben vor, demnächst abzureisen?«, fragte ich erschrocken, denn ich hatte bisher gar nicht bedacht, dass meine Untersuchungsobjekte jederzeit Antwerpen verlassen konnten.

»Schön wäre es, aber wir bleiben noch vier Tage. Wir haben leichtsinnigerweise eine gute Woche gebucht«, zeterte der Offizier und schüttelte dann ablehnend den Kopf. »Belgien ist ein seltsames Land, und man spricht hier ein seltsames Französisch. Können Sie sich vorstellen, dass die Belgier *nonante*[6] sagen?«

[6] Statt *quatre-vingt-dix* (wörtlich: viermal zwanzig und zehn), dem französischen Wort für neunzig.

»Tatsächlich?«

Ich hatte das nicht bemerkt, zog *nonante* jedoch spontan der französischen Variante vor, die eher eine Rechenaufgabe als eine Zahl war. Außerdem sagte man auch in Italien *novanta*.

»Aber für eine Hochzeitsreise ist Antwerpen ein ausgezeichnetes Ziel«, behauptete ich in der Hoffnung, endlich die beiden jungen Turteltauben in der Raumecke in das Gespräch einzubeziehen. »Wenn ich nur an die romantischen, engen Gassen denke ...«

»Und an das attraktive Diamantenviertel«, ergänzte der Colonel, dem ich bisher keinen Sinn für Humor zugetraut hatte.

»Auf der Meir und in den angrenzenden Straßen kann man so elegant einkaufen wie in Paris«, erklärte seine Gattin mit leuchtenden Augen, aber leider reagierte das junge Paar nicht auf diese Lobeshymnen. Wahrscheinlich hatten sie kein Wort davon verstanden.

»Nur das Wetter lässt zu wünschen übrig!« Mademoiselle Laval warf einen finsteren Blick auf ihr für die kühle Witterung viel zu dünnes Kleid.

»Das ist leider wahr! Wenn man bedenkt, dass wir schon Mitte Mai haben«, stimmte ich ihr gelangweilt zu.

Wenn ein Gespräch einmal beim Wetter angelangt war, lohnte es sich nicht, es fortzusetzen. Ich wollte mich mit einer Entschuldigung zurückziehen, aber der Afrikaforscher riss die Tür auf. Ihm folgte mit einem Schritt Abstand das Hausmädchen, das meinen Imbiss brachte, den ich im Eifer des Gefechts ganz vergessen hatte.

Auch der Belgier kam nicht mit leeren Händen: Wie eine Monstranz präsentierte er eine dunkle Holzfigur, in die Metallgegenstände jeder Art getrieben waren. Ihre Beine waren gefesselt, der Körper mit unzähligen krummen

Nägeln gespickt, die unregelmäßige Muster bildeten, und die rechte, drohend erhobene Hand umklammerte einen Speer. Das ebenmäßige, leicht maskenhafte Gesicht war mit grauem Ruß beschmiert, der die Intensität der bannenden Augen noch steigerte. Obwohl mich die Figur intuitiv abstieß, konnte ich den Blick nicht von ihr abwenden.

Ihr stolzer Besitzer stellte die Skulptur auf meinen Tisch, ließ sich auf den freien Stuhl fallen und wartete sichtlich ungeduldig, bis die gebratenen Eier vor mir standen.

»Das ist ein Jäger«, erklärte er dann in verschwörerischem Tonfall, aber laut genug, dass ihn alle verstehen konnten, und deutete auf den hölzernen Kopf seiner Figur, die mich bei näherer Betrachtung an Darstellungen des Martyriums des heiligen Sebastian erinnerte. »Auf seinem Scheitel ist ein mit Zauberkräutern gefüllter Beutel angebracht. Seine Beine sind in ein Jagdnetz gewickelt, denn er soll sein Opfer zur Strecke bringen. Um den Jäger zur Jagd anzustacheln provoziert man ihn, indem man Nägel oder andere Metallgegenstände in das Holz treibt. Diese Verletzungen bringen ihn dazu, dem Gejagten die gleichen Schmerzen zuzufügen.«

»Das ist ja schrecklich!«, entfuhr es der Tochter des Offiziers, und sie wurde ganz blass.

»Das heißt, wenn ich einen Nagel in seinen Bauch hämmere ...«, begann ihre Mutter und verstummte sofort wieder. Colonel Laval warf ihr einen verblüfften Blick zu.

»Dann müssen Sie nur noch jemanden finden, der Magenschmerzen hat und Sie haben den Übeltäter gefunden«, ergänzte der Belgier den Satz im theatralischen Tonfall eines Zauberkünstlers auf dem Jahrmarkt.

»Sie brauchen sich nicht so viel Mühe zu geben. Ich werde die Figur ganz bestimmt nicht kaufen!«, erklärte ich bestimmt und stopfte meinen Imbiss, der kalt zu werden begann, hastig in mich hinein.

»Ich kann Ihnen auch ausnehmend schöne Masken anbieten.«

Die Offiziersgattin flüsterte ihrem Mann etwas ins Ohr, was dieser mit einem gönnerhaften Schulterzucken quittierte. »Was kostet der Jäger?«, fragte sie dann mit schlecht gespielter Gleichgültigkeit.

Ihre Tochter rutschte beunruhigt auf ihrem Stuhl hin und her.

»Ein großer Nagelfetisch dieser Qualität ist natürlich nicht billig. Der Dorfschamane hat viele Perlenketten dafür verlangt.« Ich beherrschte mich nur mühsam, nicht nach dem Material der *Perlen* zu fragen. »Von den Gefahren der Reise zum Kongo und zurück ganz zu schweigen! Aber schönen Damen gewähre ich selbstverständlich einen Rabatt.«

Er nannte einen Preis, den ich für völlig überzogen hielt. Madame Laval akzeptierte ihn jedoch nach einem kurzen Zögern. Ihr Mann verzog das Gesicht, ergab sich aber schnell in sein Schicksal, und der Afrikaforscher beglückwünschte sie zu ihrem guten Geschmack. Ich hatte den Eindruck, im Salon nur meine Zeit zu verschwenden. Außerdem platzte ich fast vor Neugier zu erfahren, was Holmes inzwischen herausgefunden hatte.

Nachdem ich meinen Teller geleert hatte, erhob ich mich und wünschte den anderen eine gute Nacht. Im Flur traf ich die Wirtin, die auf das verschreckt wirkende Hausmädchen einredete, dem Tränen in den Augen standen.

»Er hat es also wieder geschafft, einem Gast etwas anzudrehen. Diese Masche wendet er schon seit Jahren an, um seine Reisen zu finanzieren. Das Mädchen arbeitet erst seit drei Wochen hier, und ich habe vergessen, das arme Ding vor dem Anblick dieser grässlichen Götzenbilder zu warnen«, sagte die Wirtin, als sie mich bemerkte, und bekreuzigte sich.

»Wenn es Ihnen nicht gefällt, dass er in Ihrer Pension Geschäfte tätigt, könnten Sie es ihm untersagen«, schlug ich vor. »Selbst auf Bahnhöfen ist Betteln und das Feilbieten von Waren verboten.«

»Das hätte ich schon längst getan, aber die anderen Gäste finden ihn unterhaltsam!« Sie fuhr sich nervös durch das dunkelblonde Haar. »Er gehört hier sozusagen zum lebenden Inventar. Wenn er auf Reisen ist, fragen die anderen Gäste nach ihm. Also, was tut man nicht alles fürs Geschäft?«

»Wohnt er tatsächliche in Ihrer Pension oder hat er irgendwo ein Haus auf dem Lande?«, entfuhr es mir ungläubig.

»Das habe ich ihn nie gefragt!« Die Wirtin zog die Stirn kraus. »Aber um ehrlich zu sein, es ist mir herzlich gleichgültig. Hauptsache, er bucht regelmäßig jedes Jahr ein Zimmer in unserer Pension.«

»Sie haben wahrscheinlich viele Stammgäste?«, fragte ich in einem unverbindlichen Plauderton, obwohl ich vom Gegenteil überzeugt war.

»Bis gestern hatte ich zwei Stammgäste. Nun ist es nur noch einer!« Sie schniefte leise – wohl wegen der versiegten Geldquelle – und putzte sich dann dezent die Nase. »Wenigstens wird mir Bart Cuypers bis zum Ende der Weltausstellung erhalten bleiben.«

»Vielleicht sollten wir endlich mit Zeitungsannoncen für die Pension werben«, meldete sich der Wirt aus dem Nachbarraum und zog im nächsten Augenblick die Tür geräuschvoll hinter sich zu.

»Das ist mir viel zu vulgär! Die Pension Antonis van Dyck ist eine kleine, aber exklusive Pension und keine Zirkusattraktion«, rief seine Frau ihm nach, obwohl er längst verschwunden war. Auch das Mädchen huschte durch die Diele davon.

»Wer fragt nach Bart Cuypers, wenn Sie keine anderen Stammgäste mehr haben?«, erkundigte ich mich mit einem verbindlichen Lächeln. Zumindest hatte ich mir endlich den Namen des Afrikaforschers gemerkt, wenn auch nur für diesen Abend.

»Wir haben einige Gäste, die in unregelmäßigen Abständen hier absteigen. Außerdem empfiehlt man manchmal unser Haus, und die neuen Gäste fragen dann nach Bart Cuypers und seinen Götzenbildern.« Die resolute Pensionswirtin stemmte die Hände in die Hüften und schaute argwöhnisch zu mir hoch. »Aber, wieso interessiert Sie das eigentlich?«

»Ich bin privater Ermittler.« Ich überreichte ihr meine Karte wie man einen Trumpf im Kartenspiel präsentiert. »Doktor Peeters hat mich mit der Aufklärung der Todesumstände seines Bruders beauftragt.«

»Das habe ich ganz vergessen«, entgegnete sie gleichgültig. »So sehr ich es bedaure, ich kann Ihnen nicht weiterhelfen. Schließlich ist Jan Peeters nicht in unserer Pension gestorben. Außerdem arbeite ich den ganzen Tag hart und habe keine Zeit für lange Gespräche.«

»Ich habe nur noch eine letzte, ganz kurze Frage.« Ich versuchte meine Enttäuschung zu verbergen, denn ich hatte insgeheim gehofft, die Wirtin könnte es aufregend finden, mir bei der Ermittlungsarbeit zu helfen. »Hat Herr Peeters in letzter Zeit einen Besucher in der Pension empfangen?«

»Nein! Weder in letzter Zeit noch sonst wann! Er war ein ausgesprochener Eigenbrötler, den niemand besuchte!«

Die Antwort kam schnell, für meinen Geschmack etwas zu schnell. Auch verblüffte mich der unangemessen vehemente Tonfall.

»Dann möchte ich Ihre Geduld nicht länger strapazieren! Vielen Dank für Ihre freundliche Auskunft. Ich wünsche Ihnen eine gute Nacht«, sagte ich und verließ die Wirtin, die meinen Gruß mit sichtbarer Erleichterung erwiderte.

Als ich den oberen Absatz der Wendeltreppe erreichte, blieb ich stehen, um mich zu vergewissern, dass mich niemand ein fremdes Pensionszimmer betreten sah. Ganz leise öffnete ich die Tür und glitt in den rauchgeschwängerten Raum.

»Sein Sie vorsichtig, dass die Wirtsleute Sie nicht in Jan Peeters Zimmer erwischen«, warnte ich Holmes, der gerade mit der Lupe in der Hand über das Fensterbrett gebeugt war.

»Ich muss meine Anwesenheit in diesem Raum nicht verbergen. Ich logiere mit Doktor Peeters' Erlaubnis im Zimmer seines Bruders.«

Holmes richtete sich auf, wandte sich mir zu und nahm einen tiefen Zug an seiner obligatorischen Pfeife, aber sie war bereits erloschen.

»Die Wirtsleute wundern sich nicht darüber, dass Sie zwei Gästezimmer bewohnen?«

»Ich habe Ihnen erzählt, dass ich je nach Sonnenstand zwischen den beiden Räumen hin und her wechsle. Denken Sie daran, dass ich ein reicher, leicht exaltierter Amerikaner bin. Außerdem wundern sich die Wirtsleute nicht so schnell. Sie interessiert vor allem, dass man für die Räume bezahlt. Alles andere ist zweitrangig für sie«, meinte Holmes, öffnete das Fenster und klopfte die Asche aus seiner Pfeife auf den Bürgersteig.

»Ich hoffe, Doktor Peeters bezahlt weiterhin den Raum?«

»Selbstredend!« Holmes schaute mich erwartungsvoll an. »Was haben Sie im Salon erfahren?«

»Leider nicht viel Brauchbares«, gab ich zu.

Schweigend und mit geschlossenen Augen lauschte Holmes meinem Bericht.

»Der sogenannte Jäger würde einen guten Polizeibeamten abgeben«, sagte er, als ich geendet hatte. »Über den Todesfall haben die anderen Gäste nicht gesprochen?«

»Doch, als ich den Raum betreten habe, unterhielt sich gerade die französische Familie darüber. Aber es war nur der übliche Klatsch.«

»Glauben Sie, dass die Offiziersgattin diesen Jäger als Raumschmuck erworben hat?«

»Schwer zu sagen, bekanntlich sind die Geschmäcker unterschiedlich! Wenn ich nur an die schrecklich bunten Gemälde der Pointillisten denke!«

»Möglicherweise möchte die Dame also eine magische Handlung vollziehen. Man sollte dergleichen in unserem aufgeklärten Jahrhundert nicht für möglich halten! Aber der Erfolg der Theosophie in Paris zeigt, dass der Hang zum Übernatürlichen allgegenwärtig ist«, sagte Holmes und stieg auf einen Stuhl, um die Oberseite des Schranks zu begutachten. Langsam und vorsichtig strich er mit dem Finger über dessen Vorderkante. »Welcher Wunsch liegt der Offiziersgattin wohl so sehr am Herzen, dass sie aus Verzweiflung auf finsteren Aberglauben zurückgreift?«

»Wenn sie nicht verheiratet wäre, würde ich auf einen Liebeszauber tippen. Vielleicht ist ihr aber auch der Sold ihres Gemahls nicht hoch genug und sie möchte einen Lotteriegewinn beschwören.« Ich schaute zu Holmes und sah seine grauen Augen amüsiert auf mich herabblicken.

»Das dürfte außerhalb der Möglichkeiten dieses Jägers liegen. Seine Aufgabe ist es, Diebe zu enttarnen und nicht Lotterieziehungen zu manipulieren.«

»Vielleicht fasst er auch Herzensdiebe«, schlug ich scherzhaft vor. Holmes winkte ebenso belustigt ab und ich beschloss, den Spieß umzudrehen. »Und was haben Sie inzwischen herausgefunden?«, fragte ich, mich im Zimmer umblickend, das sich in meiner Abwesenheit überhaupt nicht verändert hatte.

»Das werden Sie gleich mit Ihren eigenen Ohren vernehmen«, versprach Holmes und stieg wieder vom Stuhl herunter. »Sie müssen nur an die Rückwand des Kleiderschranks klopfen.«

Als ich die an Kleiderbügeln aufgehängten Hemden, Hosen und Jacken auseinanderschob, hatte ich keine Ahnung, was Holmes mit seinem Auftrag bezweckte. Neugierig klopfte ich mit den Knöcheln an die Schrankwand, was einen dumpfen Nachhall erzeugte. Verblüfft trat ich einen Schritt zurück, lugte dann hinter den Schrank und sah, dass er eine Türöffnung verdeckte.

»In vielen Altbauten sind die meisten Räume Durchgangszimmer«, erklärte Holmes. »Ich weiß nicht, ob einer der Gäste die Tür ausgehängt hat oder ob man sie aus Sparsamkeit anderweitig verwendet hat. Jedenfalls ist der Raum ein ideales Quartier für Spione.«

»Deshalb wusste dieser Afrikaforscher, dessen Namen ich schon wieder vergessen habe, dass ich mich mit dem Juwelier gestritten habe. Wahrscheinlich wohnt er im Nachbarzimmer.«

»Ja, das ist leider tatsächlich der Fall«, bestätigte Holmes grimmig. »Wir sollten daher nichts mehr in diesem Raum besprechen ...«

»Warum haben Sie das nicht gleich gesagt?«, protestierte ich und blickte alarmiert auf den noch immer offenen Schrank.

»Weil ich kurz nach Ihrer Rückkehr durch das Fenster beobachtet habe, wie mein Zimmernachbar die Pension im Sturmschritt verlassen hat«, stellte Holmes sachlich fest. »Und bisher ist er noch nicht zurückgekommen.«

»Wahrscheinlich ist es kein Zufall, dass er sich immer diesen Raum geben lässt! Vielleicht finanziert er seine Exkursionen nicht nur durch den Handel mit afrikanischer Kunst, sondern auch durch Erpressung«, schimpfte ich wütend vor mich hin. Dieser Mensch war mir schon auf den ersten Blick unsympathisch gewesen.

»Im Zweifelsfall können wir uns in Ihrem Zimmer unterhalten. Es besitzt nämlich glücklicherweise keine Verbindungstür zum Nachbarraum«, beruhigte mich Holmes, und mir war schleierhaft, woher er das wusste, denn ich hatte meinen Schlüssel in den Salon mitgenommen.

5. Brügge

Am nächsten Morgen wollte ich mich im Bahnhof mit Holmes treffen. Leider setzte sich aber mein spezieller Freund, der Afrikaforscher, an meinen Frühstückstisch, und ich hatte Schwierigkeiten ihn abzuschütteln. Als ich am vereinbarten Bahnsteig eintraf, erwartete Holmes mich bereits ungeduldig hin und her gehend. Zur Belustigung zweier sommersprossiger Kinder trug er – trotz des endlich frühlingshaften Wetters – seine karierte Mütze mit Ohrenklappen. Bisher hatte ich Holmes nur im flackernden Schein der Zimmerbeleuchtung gesehen, aber im Tageslicht bemerkte ich seine ungesunde Hautfarbe, die davon zeugte, dass er sich in Paris keine Ruhe gegönnt hatte.

Es fehlten zur Abfahrt des Zuges nach Brüssel nur noch wenige Minuten. Hastig erklommen wir die Stufen zur Tür, die zu einem Abteil erster Klasse führte. Aber unsere Eile erwies sich als überflüssig, denn der Zug wurde mit fünf Minuten Verspätung abgepfiffen. Glücklicherweise erreichten wir trotzdem in Brüssel unseren Anschlusszug nach Brügge.

»Es ist bezeichnend, dass wir nur mit neunundvierzig Meilen pro Stunde fahren, obwohl es mindestens fünfundfünfzig sein müssten, damit wir unser Ziel pünktlich erreichen«, beschwerte sich Holmes, als wir Brüssel hinter uns gelassen hatten, während er lautlos Worte mit den Lippen formend die Strommasten und Bäume entlang der Bahngleise zählte.

Als wir den Bahnhof von Brügge verlassen hatten, fühlte ich mich in eine andere Zeit versetzt. Zwar erinnerten die roten Ziegelhäuser mit ihren hohen Giebeln, die die Straßen und Kanäle säumten, an die alten Stadtviertel Antwerpens. Aber die Stadt an der Schelde war trotz ihres historischen

Stadtkerns eine moderne Metropole, während sich Brügge seit dem Mittelalter offenbar nicht mehr verändert hatte.

Nach einem beschwerlichen Fußmarsch über holpriges Kopfsteinpflaster sahen wir endlich Mister Darwaters Domizil am Ende einer Sackgasse, und ich blieb erstaunt stehen. Ich hatte ein hochaltertümliches, windschiefes Häuschen erwartet, aber es handelte sich eher um eine Burg als um ein Stadthaus: Ein vierflügliger Gebäudekomplex mit schmalen, engen Fenstern und einer großzügigen Durchfahrt in den Innenhof, wo einige zerzauste Oleanderbüsche in Terrakottakübeln von Italien träumten.

»Der Bewohner dieses Hauses scheint ja ein ziemlich illustrer Zeitgenosse zu sein«, entfuhr es mir.

»Das spielt für mich bei der Beurteilung seiner Person keine Rolle«, entgegnete Holmes nonchalant. »Wie Sie wissen, wähle ich meine Klienten nicht nach ihrem Status aus, sondern danach, ob mich der Fall interessiert, mit dem sie mich beauftragen.«

»Aber Mister Fitzroy Darkwater ist nicht unser Klient.«

»Trotzdem lasse ich mich nicht von seinem Geld beeindrucken.«

»Wissen Sie zufällig, woher er über die nötigen Mittel verfügt, um sich dieses Anwesen leisten zu können?«, fragte ich, als wir uns dem Eingang näherten.

»Er ist der Erbe eines Industriellen aus Liverpool.«

»Sie haben sich über ihn erkundigt?«

»Keinesfalls. Es war eine simple Deduktion. Betrachten Sie bitte einmal gründlich das riesengroße Wappen über dem Portal! Was sehen Sie?«

»Poseidon, einen Triton, einen Wasservogel mit etwas Grünem im Schnabel und einen schwarzen Streifen«, antwortete ich, verschwieg aber lieber, dass ich das Wappen zwar ganz dekorativ fand, mich aber ansonsten nicht für Heraldik interessierte.

»Der dunkle Streifen illustriert den Namen des Hausherrn, die restlichen Bestandteile sind das Wappen von Liverpool. Kein Adelsspross hätte es nötig, sich ein derart krudes Wappen zusammenzubasteln«, erläuterte Holmes.

Bevor wir uns bemerkbar gemacht hatten, wurde die Tür bereits von einem älteren, hageren Diener in Livree aufgerissen. »Mister Sigerson und Mister Tristram, wie ich vermute?«, fragte er mit hochnäsigem Gesicht.

»In der Tat!«, erwiderte Holmes, und wir überreichten unsere Visitenkarten.

»Treten Sie bitte ein, mein Herr erwartet Sie bereits im Kaminzimmer«, entgegnete der Diener und überließ das Feld einem pausbäckigen Dienstmädchen, das unsere Hüte in Empfang nahm und uns in einen geräumigen Saal mit hohen, hölzernen Deckenbalken und marmornem Kaminsims geleitete, an dessen Längsseiten Ritterrüstungen aufgestellt waren. Den gefliesten Boden bedeckte ein farbiger Orientteppich mit hohem Flor, aber das alte Gemäuer hatte immer noch die Kälte des Winters gespeichert. Umso willkommener war das anheimelnd knisternde Kaminfeuer.

Der Herr dieser Pracht, ein mittelgroßer, schlanker Mann von Anfang vierzig mit langer Nase, eckigem Kinn und akkurat geschnittenem Haar undefinierbarer Farbe, schritt uns mit jovialem Lächeln entgegen. Er war mit schwarzem Gehrock, hellgrauer Weste, weißem Hemd mit Stehkragen, Gamaschen über schwarzen Lackschuhen und feinen cremefarbenen Handschuhen so sorgfältig gekleidet, dass er fast ein wenig stutzerhaft wirkte.

»Mister Sigerson! Mister Tristram! Doktor Peeters hat mir Ihren Besuch bereits angekündigt! Nehmen Sie doch Platz!«, begrüßte er uns, auf eine Sitzgruppe vor dem Kamin deutend. »Ich freue mich immer über Gäste. Wenn Sie wüssten, wie lange ...«

»Doch, ich weiß es!«, unterbrach ihn Holmes. »Sie haben vor einem Jahr Ihr Glück in Übersee gesucht und wahrscheinlich auch gefunden, weshalb Sie ein halbes Jahr später wieder nach England zurückgekehrt sind. Vor exakt sechs Wochen haben Sie dann Ihrer Heimat Lebewohl gesagt, um sich in Belgien niederzulassen, wo Sie aber bisher keinen gesellschaftlichen Umgang mit Ihren Nachbarn pflegen«, erklärte er und nahm auf einem Clubsessel Platz. »Sie haben doch nichts dagegen, dass ich rauche?«

Ehe der Hausherr protestieren konnte, hatte Holmes bereits seinen Tabaksbeutel aus der Tasche gezogen und begann die Pfeife aus Kirschholz zu stopfen, die er bevorzugte, wenn er sich konzentrieren wollte.

»Das ist alles zutreffend, aber woher um Himmels willen wissen Sie das?«, fragte Mister Darkwater kopfschüttelnd.

»Diese Schuhe haben Sie in England, nach den Schnürsenkeln zu schließen in der Grafschaft Lancashire erworben«, sagte Holmes, nachdem wir auf den Clubsesseln Platz genommen und er seine Pfeife gestopft hatte. »Sie sind exakt ein Jahr alt. Ihre Machart und der Abnutzungsgrad der Sohlen lassen daran keinen Zweifel. Ihre Haut hat in der Zwischenzeit mehr Sonne abbekommen, als ihr in England oder in Belgien vergönnt gewesen wäre, aber die Bräune verblasst bereits wieder. In der Diele lag die Liverpool Daily Post vom 2. Mai 1893 und was Ihren Mangel an nachbarschaftlichen Kontakten betrifft ...«

»Genug! Das grenzt ja an Zauberei«, unterbrach ihn Mister Darkwater lachend, der von Holmes' Folgerungen fast genauso beeindruckt war wie vor ihm Doktor Peeters. Er machte eine vage Geste in Richtung eines hohen Fensters, durch dessen stumpfe, fahle Butzenscheiben man einen Kanal eher erahnte als sah. »Brügge hat mich an Venedig erinnert, nur dass es näher an der Heimat ist. Mit etwas Glück konnte ich dieses Anwesen erwerben, und fühle mich hier schon fast wie zu Hause. Doch wegen der vielen Ausländer, mit denen ich mich nicht verständigen kann, bereue ich manchmal meine Entscheidung, auf dem Kontinent zu leben.«

»Sie sprechen doch hoffentlich nicht von den Belgiern?«, fragte ich belustigt nach, aber unser Gastgeber kam nicht dazu, meine Frage zu beantworten.

»Sie haben doch sicherlich schon gehört, dass Herr Peeters vor einigen Tagen gestorben ist?«, erkundigte sich Holmes, dem unser Gespräch offensichtlich zu weitschweifig war.

»Ich habe es erst durch das Telegramm erfahren, das Sie mir geschickt haben. Was für eine schreckliche Nachricht! Er war nicht mehr der Jüngste, aber trotzdem war ich schockiert. Noch letzte Woche hat er mich besucht und wirkte gesund und munter.«

»Sie haben ihn damals damit beauftragt, in Antwerpen einen Diamanten für Sie zu begutachten?«, wollte Holmes wissen. Er griff nach der Grillzange und klaubte einen Holzspan aus dem Kamin, mit dem er seine Pfeife anzündete.

Der Hausherr hüstelte leicht gekünstelt. »Ja, ich spiele mit dem Gedanken, den King-Diamanten zu erwerben. Mineralogie ist eine kleine Liebhaberei von mir. Bisher habe ich mich nur mit Basalten beschäftigt, aber man ist nie zu alt, um seine Gewohnheiten zu ändern. Schließlich bietet sich eine derartige Gelegenheit nicht alle Tage.«

Holmes nickte befriedigt, da seine Theorie bestätigt worden war.

»Was für einen Diamanten?«, fragte ich, denn ich konnte dem Gespräch nicht mehr folgen.

»Den King-Diamanten«, antworteten beide zugleich, als ob ihn nicht zu kennen eine Bildungslücke wäre.

»Lesen Sie denn gar keine Zeitung?«, fügte Holmes tadelnd hinzu.

»Doch, selbstverständlich! Vorzugsweise die politischen Meldungen und das Feuilleton«, erwiderte ich empört. »Aber haben Sie nicht neulich gesagt, Sie würden nur die Kriminalberichterstattung mit Interesse studieren?«

»Und die Nachrufe«, ergänzte Holmes gut gelaunt und zog genüsslich an seiner Pfeife. »Trotzdem ist mir das Auftauchen des lang verschollenen Diamanten nicht entgangen, und ich wäre um ein Haar nach Antwerpen gefahren, um ihn zu begutachten.«

»Das hätte auch ich am Liebsten getan, aber ich befürchtete, mich zu einem unbedachten Kauf hinreißen zu lassen«, ergänzte unser Gastgeber.

»Mister ... Sigerson!«, um ein Haar wäre ich vor unbefriedigter Neugier aus der Rolle gefallen und hätte Holmes gesagt. »Ob Sie vielleicht so freundlich sind, mich darüber zu informieren, was es mit diesem Diamant auf sich hat? Ist er so groß wie der Kohinoor?«

»Nein, bei Weitem nicht«, antwortete Holmes. »Sein grüner Farbton und sein Feuer zeichnen den King-Diamanten aus.«

»Ich dachte immer, Diamanten sind farblos?«, entfuhr es mir verblüfft.

Ein Holzscheit im Kamin zerbarst laut knackend und lenkte den Hausherrn einen Augenblick lang ab. »Viele Diamanten haben eine Färbung, aber sie ist oft nicht besonders attraktiv. Daher werden überwiegend die weißen Diamanten zu Schmuckstücken verarbeitet. Doch gelegentlich besitzen auch hochwertige Diamanten eine gelbe oder blaue Färbung. Eine ausgesprochen Rarität sind hingegen lupenreine, grüne Diamanten, wie der im Grünen Gewölbe in Dresden aufbewahrte«, informierte er mich dann reichlich besserwisserisch. »Wissen Sie eigentlich, warum Edelsteine in Karat gemessen werden?«, fragte er dann in einer Art und Weise, die keinen Zweifel daran ließ, dass er die Antwort kannte.

»Das Wort leitet sich von der arabischen Bezeichnung der Johannisbrotbaumsamen ab, die früher als Gewichte verwendet wurden, weil sie exakt die gleiche Größe haben«, entgegnete Holmes zur sichtbaren Enttäuschung unseres Landsmannes. Dann beugte er sich vor, stützte seine Ellbogen auf die Knie und sog an seiner Pfeife. »Mister Darkwater, ich wäre Ihnen sehr verbunden, wenn Sie uns alles berichten würden, was Sie über den King-Diamanten wissen. Möglicherweise musste Jan Peeters wegen des Diamanten sterben.«

»Es sind so viele Geschichten über den Stein in Umlauf, dass es schwer fällt, die Spreu vom Weizen zu trennen«, erwiderte Mister Darkwater, abfällig die Augenbrauen zusammenziehend. »Falls ich den King-Diamanten erstehen sollte, werde ich einen anerkannten Historiker damit beauftragen, die Vergangenheit des Diamanten wissenschaftlich zu untersuchen.«

»Und alle Varianten sind gleichermaßen haarsträubend«, klagte Holmes durch den blauen Dunst seiner Pfeife.

»Aber alle sind sich einig in der Überzeugung, dass der King-Diamant seinen Besitzern Unglück bringt.«

»Was Sie aber nicht davon abschrecken würde, den Diamanten zu erwerben?«, wandte ich ein und blickte den Hausherrn fragend an.

»Finsterer Aberglaube!« Mister Darkwater machte eine wegwerfende Handbewegung. Dann begann er endlich zu erzählen: »Der Diamant bildete ursprünglich das linke Auge einer Statue der indischen Göttin Kali. Ein portugiesischer Abenteurer trat extra zum Hindu-Glauben über, um Einlass in den Tempel bei Goa zu erlangen, in dem das bronzene Kultbild stand. Er ließ sich heimlich nachts im Inneren des Tempels einschließen, brach den Diamanten aus der Statue heraus und schmuggelte ihn aus Goa heraus. Die Kali-Priester prophezeiten allen späteren Besitzern des Diamanten Unglück, da die Göttin außer sich vor Wut sei. Der Fluch sollte sich schnell bewahrheiten: Nur eine Woche später verlor der portugiesische Abenteurer den Stein beim Kartenspiel an einen englischen Kapitän, der ihn nach England brachte. 1640 gelangte der Diamant in den Besitz König Karls des Ersten, und seitdem trägt er den Namen King-Diamant. Karl I. ließ ihn in Antwerpen bearbeiten. Erst nach vierjähriger Arbeit war der Schliff vollendet, aber der König konnte sich nicht lange an seinem Edelstein erfreuen. Man schreibt es der verhängnisvollen Wirkung des Diamanten zu, dass Karl I. 1649 gestürzt und hingerichtet wurde. In den Wirren der Cromwell-Herrschaft ging der Edelstein verloren, bis er überraschenderweise vor wenigen Wochen bei dem russischen Grafen Nikolai Bulgakow wieder auftauchte, der nun die Weltausstellung nutzt, um den Stein meistbietend zu verkaufen.«

»Im großen Ganzen entspricht Ihr Bericht den Anekdoten, die ich in Paris vernommen habe. Aber ich dachte bisher, der King-Diamant sei ursprünglich das rechte Auge eines steinernen Kultbilds des Brahma gewesen«, erklärte Holmes nachdenklich. »Ich habe Sie richtig verstanden, dass Sie ernsthaft erwägen, den Edelstein zu kaufen?«

»Herrn Peeters' Brief mit der Beurteilung des King-Diamanten war so euphorisch, dass ich gar keine andere Wahl habe.«

Holmes schaute mich von der Seite an, und ich zuckte mit den Schultern.

»Der Juwelier hat mir nichts von einem Brief erzählt«, sagte ich und fuhr mir nervös mit der Hand über die Stirn. »Aber das hat nichts zu sagen. Nachdem wir unsere Koffer ausgetauscht hatten, hat sich unsere Konversation auf den Austausch von Höflichkeitsfloskeln beschränkt.«

»Mich erstaunt ein wenig, dass der Juwelier kurz vor seinem Tod dazu gekommen ist, für Sie eine Expertise zu verfassen«, meinte Holmes nachdenklich. Seine Miene war ausdruckslos, als wäre er gelangweilt, aber seine steife Körperhaltung zeigte sein Interesse. »Würde es Ihnen etwas ausmachen, mir das Schriftstück zu zeigen? Ich möchte die Handschrift studieren, um zu überprüfen, ob es tatsächlich von Jan Peeters verfasst wurde.«

»Ganz bestimmt nicht! Ich muss Sie leider gründlich enttäuschen. Jan Peeters pflegte niemals seine Briefe selbst zu schreiben, denn er litt an der Gicht. Zu Hause beschäftigte er einen Sekretär, aber wem er in Antwerpen den Brief diktiert hat, entzieht sich leider meiner Kenntnis«, entgegnete der Hausherr pompös.

»Trotzdem würde ich gern einen Blick auf den Brief werfen«, insistierte Holmes mit Nachdruck.

Mister Darkwater zog mit provozierender Langsamkeit eine goldene Uhr aus der Rocktasche, warf einen flüchtigen Blick auf das Ziffernblatt und erhob sich dann umständlich aus seinem Sessel. »Sie werden mich einen Augenblick entschuldigen«, sagte er, während er sich seine Beinkleider glattstrich. Dann schritt er erhobenen Hauptes aus dem Saal.

»Der Fall ist ungewöhnlich, aber keinesfalls singulär«, verkündete Holmes. Das Gespräch hatte seine Aufmerksamkeit derart in Anspruch genommen, dass er seine Pfeife geistesabwesend neben sich auf den Boden gelegt hatte. »Vor einigen Jahren ist mir schon einmal ein ähnlich gelagerter Fall begegnet und zwar in Bristol. Aber auch in Garmisch-Partenkirchen und Nowosibirsk gab es schon dergleichen.«

»Von Taormina, Fontaine de Vaucluse und Nagasaki ganz zu schweigen«, ergänzte ich aufs Geratewohl, obwohl ich keine Ahnung hatte, was Holmes meinte.

Das füllige Mädchen von vorhin betrat den Raum und präsentierte uns den Brief des Juweliers auf einem silbernen Tablett. Holmes nahm ihn wortlos an sich.

»Er ist wohl zu vornehm, um einen Brief selbst auszuhändigen«, bemerkte ich belustigt.

»Ein typisches Verhalten von Neureichen«, brummte Holmes, der inzwischen den Brief aus seinem Umschlag gezogen hatte.

Ich reckte den Hals, um einen Blick auf das Schreiben zu erhaschen und Holmes las es mir daraufhin vor: »*Sehr geehrter Herr Darkwater. Es kann an der überragenden Qualität des King-Diamanten keinen Zweifel geben. Sie können sicherlich keinen besseren Blickfang für Ihre Sammlung finden. Da es bereits mehrere andere Interessenten gibt, kann ich Ihnen nur empfehlen nicht zu lange zu zögern, um den Preis nicht unnötig in die Höhe zu treiben.*« Holmes blickte mich an. »Und so weiter, was meinen Sie davon?«

»Der schwülstige Schreibstil passt nicht zu Herrn Peeters nüchterner Art.«

»Da Sie keine weiteren Briefe des Juweliers kennen, können Sie seinen Schreibstil nicht beurteilen.«

Bevor ich etwas erwidern konnte, kehrte der Hausherr in den Kaminsaal zurück, und ich formulierte eine Frage, die mich die ganze Zeit beschäftigt hatte: »Woher weiß man eigentlich, dass der Diamant, der momentan in Antwerpen angeboten wird, derselbe ist, der vor dreihundert Jahren in England verschwunden ist?«, wollte ich wissen.

»Auf einem Gemälde van Dycks trägt Karl I. den King-Diamanten als Mittelstein einer Brosche. Leider ist das Ölbild nur durch eine spätere Kopie überliefert, aber sie wird für zuverlässig gehalten. Auch entspricht der Antwerpener Diamant genau den barocken Beschreibungen des grünen King-Diamanten. Deshalb stimmen die Experten darin überein, dass es sich um ein und denselben Stein handelt.« Mister Darkwaters Enthusiasmus zeigte, dass auch er keinen Zweifel daran hegte. Er ging zu einem neugotischen Schränkchen, das am anderen Ende des Saals stand, und öffnete die linke Schiebetür.

»Ich würde mich an Ihrer Stelle nicht zum Kauf hinreißen lassen, bevor erwiesen ist, dass tatsächlich der Juwelier das Schreiben verfasst hat«, rief Holmes ihm nach. »Sie haben doch sicherlich nichts dagegen, wenn ich den Brief für ein paar Tage behalte, um ihn Doktor Peeters zu zeigen?« Das war eine rhetorische Frage, denn Holmes hatte das Schriftstück bereits eingesteckt.

Der Hausherr, der sicherlich eine derartige Behandlung nicht gewohnt war, erstarrte in der Bewegung, fuhr herum und bedachte Holmes mit einem mörderischen Blick. Dann zuckte er fatalistisch mit den Schultern. »Wenn es denn sein muss! Aber bitte erstatten Sie mir das Gutachten umgehend zurück. Ich benötige es für meine eigenen Unterlagen, denn es steigert den Wert des Diamanten. Außerdem ist die Expertise mein Eigentum. Schließlich ist sie auf meine Kosten angefertigt worden.« Ohne etwas entnommen zu haben, schloss er das Schränkchen wieder, kehrte zum Kamin zurück und läutete mit einer vergoldeten Glocke, die auf dem Kaminsims gestanden hatte, nach einem Diener. Dann nahm er neben uns Platz. »Aber jetzt haben wir genug über Diamanten geredet. Gehen wir zum geselligen Teil des Besuchs über.«

Holmes klopfte den Inhalt seiner erloschenen Pfeife in den Kamin.

Mister Darkwater richtete sich in seinem Clubsessel auf, und sein Blick wanderte zwischen uns hin und her. »Mister Sigerson, Mister Tristram, ich habe noch eine Frage an Sie«, begann er mit schlecht gespielter Beiläufigkeit. »Sie treffen sich doch bestimmt bald mit Doktor Peeters?«

»Selbstverständlich, schließlich ist er unser Klient«, entgegnete Holmes, den Blick auf die Wand hinter sich geheftet.

»Könnten Sie ihn vielleicht darum bitten, mir ein Buch zurückzugeben, das ich seinem Bruder geliehen habe?«

»*Bruges-la-Morte*?«, fragten wir beide zugleich.

»Ich sehe, Sie haben es gefunden!«, rief der Gastgeber mit strahlenden Augen aus, und seine Haltung entspannte sich augenblicklich.

»Leider nicht! Mister Tristram hat den Roman zufällig im Pensionszimmer gesehen, aber nach dem Tod des Juweliers war das Buch seltsamerweise verschwunden.«

»Bedauerlich, aber nicht zu ändern«, sagte der Hausherr, der vorgab, plötzlich das Interesse an der Sache verloren zu haben. »Es wird sicherlich die Aufmerksamkeit eines Bibliophilen geweckt haben.«

»Wohl eher eines Kleptomanen«, konterte ich, denn ein erst zwei Jahre altes Buch war schließlich keine Antiquität. »Sie waren offenbar eng mit dem Juwelier befreundet, dass Sie ihm Bücher geliehen haben?«

»Unsere Beziehung war rein geschäftlicher Natur. Aber ich bin ein großzügiger Mensch, der niemandem einen Wunsch abschlägt! Als Jan Peeters mich bat, ihm das Buch zu leihen, habe ich es ihm daher ohne zu zögern gegeben«, erklärte

Mister Darkwater großspurig. »Außerdem bin ich nicht gut auf Mister Rodenbach zu sprechen. Seit er in seinem Roman Brügge verklärt hat, wird die Stadt von Touristen heimgesucht. Selbst im Beginenhof ist man nicht mehr vor fotografierenden Amerikanern sicher. Deshalb habe ich mir vor ein paar Monaten ein Haus in Damme gekauft. Es ist ein reizendes Häuschen am Ortsrand mit Blick auf eine alte Windmühle, wo man im zwanglosen Rahmen Gäste empfangen kann. Dorthin werde ich mich im Mai zurückziehen, wenn hier zu viel Trubel herrscht.«

Die Tür wurde geöffnet, und der hagere Mann, der uns eingelassen hatte, servierte auf einem runden Tablett eine Flasche Malt-Whisky, einen Krug Wasser und drei Gläser. Dann wandte er sich dem Feuer zu, stocherte darin herum und legte ein neues Holzscheit nach.

»Wissen Sie zufällig, wer ein Motiv für den Mord an Jan Peeters gehabt haben könnte?«, fragte Holmes, als der Diener sich wieder zurückgezogen hatte.

»Wie ich schon sagte, ich habe ihn nur beruflich gekannt.« Der Hausherr klang enerviert. »Ich weiß daher nicht, ob er persönliche Feinde besaß. Aber seine Kunden waren sicherlich alle so zufrieden wie ich. Jan Peeters war ein hervorragender Juwelier und ein sehr gewissenhafter Gutachter.«

»Sie sind von einigen beachtlichen Antiquitäten umgeben«, bemerkte Holmes, nachdem er an seinem Whisky genippte hatte, und deutete auf die verkleinerte Bronzekopie des Reiterdenkmals des Marc Aurel, die sicherlich aus unserem Jahrhundert stammte. »Haben Sie keine Angst vor Einbrechern?«

Mister Darkwaters braungebranntes Gesicht verriet sein Missfallen, als er Holmes' Frage nach kurzer Überlegung beantwortete. »Die wenigen Besucher, die ich empfange, gehören Kreisen an, in denen Kunstobjekte zur selbstverständlichen Ausstattung eines Anwesens gehören. Meine wertvollen Steine hingegen halte ich unter Verschluss.« Der Hausherr leerte sein Glas in einem Zug. »Sollte ich den King-Diamanten erwerben, werde ich den Verkäufer um äußerste Diskretion bitten und den Stein niemandem zeigen.«

»Und wo gedenken Sie ihn aufzubewahren?«, wollte Holmes wissen.

»In diesem Gebäudekomplex gibt es eine kleine Kapelle mit Schatzraum, in der man früher Reliquien verwahrt hat. Dort habe ich meine Edelsteinkollektion untergebracht.«

»Sammeln Sie eigentlich auch Kunstgegenstände aus außereuropäischen Ländern?«, fragte Holmes in dem beiläufigen Tonfall, in dem man sich über das Wetter unterhält.

Mister Darkwater verzog das Gesicht. »Nein! Ich sammle nur europäische Meisterwerke. Aber mein ganzer Stolz sind meine edlen Steine.«

Ich hoffte, dass der Hausherr uns in seine Schatzkammer einladen würde, aber er wechselte abrupt das Thema und sprach fortan über die Weltausstellung in Antwerpen.

6. Am Scheldeufer

»Was halten Sie von Mister Darkwater?«, fragte Holmes, als sich der Zug nach Brüssel in Bewegung setzte.

Es hatte einige Mühe gekostet, uns der Gastfreundschaft unseres Landsmanns wieder zu entziehen, aber Holmes hatte schließlich ultimativ erklärt, dass seine Geschäfte keinen längeren Aufschub duldeten.

»Er ist reichlich exzentrisch. Außerdem finde ich es erstaunlich, wie mitteilsam und vertrauensselig er uns gegenüber war.«

»Immerhin hat Doktor Peeters uns als Ermittler eingeführt, die in seinem Auftrag arbeiten«, entgegnete Holmes leicht pikiert.

»Die krude Geschichte des King-Diamanten erinnert mich fatal an den guten alten *Mondstein*[7]«, fügte ich unbeirrt hinzu, denn wenn es um Kriminalromane ging, machte mir niemand etwas vor.

»Es gibt mindestens zwei andere Diamanten mit ähnlicher Vorgeschichte, die angeblich Unheil bringen. Wieder einmal zeigt sich, dass das Leben die phantastischsten Erfindungen der Schriftsteller in den Schatten stellt.«

Ich wagte es nicht, Holmes' Lieblingsthese zu widersprechen, sondern konzentrierte mich auf unseren Fall. »Sollte Mister Darkwater den Diamanten erwerben, wird er es bestimmt jedem seiner Gäste unter dem Siegel der Verschwiegenheit anvertrauen. Schließlich sind alle Sammler stolz auf ihre Schätze und wollen sie daher auch zeigen.«

»Auch vor dem Personal kann er seine Neuerwerbung nicht verbergen«, ergänzte Holmes.

[7] Wilkie Collins Roman *Der Mondstein* erschien bereits 1868 und gilt als einer der ersten Kriminalromane überhaupt.

»Außerdem finde ich es bemerkenswert, dass er ein französischsprachiges Buch kauft, obwohl er es nicht lesen kann«, sinnierte ich. »Wahrscheinlich ist er ein manischer Jäger und Sammler, der wahllos Gegenstände zusammenträgt.«

»Denken Sie daran, dass der Roman in Brügge spielt«, entgegnete Holmes, zog das Schreiben des Juweliers aus der Tasche und übereichte es mir. »Was halten Sie von Brief und Handschrift?«

Wenn Holmes mir derartige Fragen stellte, wusste ich nie, ob er mich unterweisen wollte, oder ob er einen Adressat für seine Erläuterungen benötigte. »Das Briefpapier macht einen teuren Eindruck«, bemerkte ich, als ich den schweren Umschlag und das dicke Papier in der Hand hielt.

»Genauer gesagt, handelt sich um cremefarbenes, handgeschöpftes Büttenpapier mit dem Wasserzeichen des Brüsseler Herstellers Amaulry Grimault«, präzisierte Holmes. »Es ist ein halber Bogen des kostspieligen Hundert-Gramm-Papiers, der mit einer langen Schere durch einen einzigen Schnitt geteilt worden ist.«

»Wenn Sie es sagen«, war alles, was mir dazu einfiel. Ernüchtert studierte ich den Text. »Der Juwelier konnte sich recht gut auf Englisch ausdrücken.«

»Warum erstaunt Sie das?«, wollte Holmes wissen. »Immerhin war er in der Lage, sich mit Ihnen zu unterhalten.«

»Leider habe ich nur auf Französisch mit ihm geredet«, musste ich zugeben, »und das hat er mit einem starken Akzent gesprochen.«

»Dann sollten wir vielleicht den Text von einem Flamen vorlesen lassen«, schlug Holmes vor und widmete sich selbst der Analyse des Corpus delicti. »Die lichtechte, dunkelblaue Tinte stammt mit größter Wahrscheinlichkeit aus Paris. Breite Federn des Typs, derer sich der Schreiber bediente, sind hingegen allgemein gebräuchlich. Soweit zum Papier und zur Tinte. Aber auch die Briefmarke verdient Beachtung.«

»Aber es ist doch nur eine normale Standardmarke mit König Leopold!«, entfuhr es mir erstaunt.

»Ihnen wird aber sicherlich nicht entgangen sein, wie schief sie aufgeklebt ist?«

Ich nickte, obwohl mir das nicht besonders bemerkenswert erschienen war.

»Die schlecht platzierte Briefmarke passt vortrefflich in das Bild, das ich mir von Jan Peeters gemacht habe. Wir können also davon ausgehen, dass er den Brief zwar nicht geschrieben, aber sicherlich frankiert hat.«

Ich verkniff mir den Kommentar, dass die Postämter aller Länder voller Beamter waren, die schludrig arbeiteten.

»Aber jetzt zur Handschrift: Zweifelsohne wurde der Text von einem Mann mittleren Alters geschrieben. Schauen Sie sich nur die ausdrucksvolle Krümmung der runden Formen und die flachen Abstriche an!«

»Die Wirtin kann es also nicht gewesen sein?«

Holmes legte den Kopf in den Nacken und dachte kurz nach. »Ein derart resolutes, weibliches Wesen käme unter Umständen auch infrage, zumal sie im passenden Alter ist. Der Schreiber verfügt jedenfalls über Entschlusskraft, weist aber eine gewisse Charakterschwäche auf. Daher hätte ich auch ohne Mister Darkwaters freundlichen Hinweis keinen Augenblick lang vermutet, dass Jan Peeters den Brief selbst geschrieben haben könnte«, erklärte Holmes, steckte das Schreiben in den Umschlag und verstaute diesen wieder in seinem Gehrock.

Ein paar Minuten schaute er aus dem Fenster unseres Erste-Klasse-Abteils, wo eine flache Landschaft mit Feldern und Weiden voller grasender Kühe an uns vorbeiflog. Dann drehte er sich wieder zu mir um. »Morgen werden wir den King-Diamanten und seinen Besitzer begutachten – ich als amerikanischer Millionär und Sie als mein Dolmetscher.«

»Haben Sie eigentlich vor, den Wirtsleuten während Ihres gesamten Aufenthaltes diese Komödie vorzuspielen?«, erkundigte ich mich entnervt, da ich es schwierig fand, Holmes mit dem jeweils richtigen Namen anzusprechen.

»Keinesfalls! Morgen Nachmittag wird unser amerikanischer Freund Mister Jeremiah Cooper abreisen und sein Zimmer für Sven Sigerson räumen, der es bereits telegrafisch reserviert hat«, versprach Holmes gut gelaunt.

»Verstehen Sie eigentlich etwas von Diamanten?«, fragte ich nach einer Weile vorsichtig nach.

»Ein klein wenig«, meinte Holmes bescheiden. Aber sicherlich war er auf diesem Gebiet eine international angesehene Koryphäe. »Ich habe in der hiesigen Stadtbibliothek die einschlägigen Standardwerke studiert. Aber vorsichtshalber werden wir vor dem Gespräch mit Graf Bulgakow einen Rundgang durch das Diamantenviertel unter Leitung eines einheimischen Maklers unternehmen.«

»Wollen Sie ein Haus in Antwerpen kaufen?«, fragte ich verblüfft, denn ich kannte Makler nur als Vermittler von Immobilien.

»Diese Idee käme mir nicht einmal im Traum in den Sinn«, meinte Holmes lachend. »Auch in der Diamantenbranche gibt es Makler. Ihre Aufgabe ist, Käufer zu finden. Dafür zahlen ihnen die Händler knapp ein Prozent Provision. Wenn jemand einen Diamanten kaufen möchte, kontaktiert er in der Regel zuvor einen Makler, der ihm bei der Suche hilft. Der Vermittler kennt sich in der Branche aus und hat die nötigen Kontakte.«

Beim nächsten Halt betrat ein Geschäftsmann das Abteil, das wir bisher für uns allein gehabt hatten, und unser Gespräch versiegte.

»Nach unserer Rückkehr in Antwerpen werde ich der Frage nachgehen, wo genau der Juwelier ins Wasser gestoßen wurde oder hineingefallen ist«, kündigte Holmes an, als der Störenfried im übernächsten Bahnhof das Abteil wieder verlassen hatte. »Wenn es nach mir gegangen wäre, hätte ich das bereits heute Morgen erledigt, aber Mister Darkwater wollte uns nachmittags keine Audienz gewähren.«

»Wie um Himmels willen wollen Sie den Tatort finden? Die Spur ist bestimmt schon kalt!«

Holmes zerrte einen schmuddeligen, doppelt zusammengefalteten Zeitungsartikel aus der Jackentasche und händigte ihn mir aus.

»Ich habe die Presse gründlich studiert.«

»Die gesamte Presse? In Antwerpen erscheinen elf Tageszeitungen – und zwar sechs in flämischer, vier in französischer und eine in deutscher Sprache«, bemerkte ich, während ich den Artikel ausbreitete. »Es bedarf also beträchtlicher Fremdsprachenkenntnisse, um in sämtlichen lokalen Blättern die Kriminalberichterstattung zu studieren.«

»Möglicherweise bleibt uns trotzdem nichts anderes übrig«, entgegnete Holmes todernst, aber ich war sicher, dass er scherzte. Wahrscheinlich wurde man in allen Blättern mit derselben mageren Nachricht abgespeist. »Die Angaben sind leider reichlich vage, aber es gelang mir, den Namen des Schiffers ausfindig zu machen, der die Leiche gefunden hat. Er heißt Pieter Janssen, und sein Kahn ist auf den Namen Marie-Henriette getauft. Er liegt nahe beim Weltausstellungsgelände vor Anker.«

»Marie-Henriette ist die belgische Königin, die Frau Leopolds I.«, verkündete ich, stolz auf mein Wissen.

»Ein patriotischer Schiffer! Hoffentlich sagt er Fremdlingen, die ihn auf Französisch ansprechen, die Wahrheit«, murmelte Holmes, streckte seine langen Beine aus, räkelte sich und schloss die Augen, womit er zeigte, dass unsere Unterhaltung damit für ihn beendet war.

In Antwerpen angekommen fuhren wir mit einem der von Pferden gezogenen Omnibusse zum Flussufer, um auf das linke Ufer der Schelde überzusetzen. Die Anlegestelle der Fähre befand sich am Steenplein, einem Platz, der nach *Het Steen*, einer alten Ringgraben-Burg benannt war. Die unteren Partien der Bug bestanden aus grauem Kalkstein, von dem sich der helle Sandstein der jüngeren Mauerpartien deutlich abhob. Die malerische Anlage mit ihren Rundtürmen und dem mächtigen Eingangstor mit Fallgitter diente früher dazu, die Schelde zu kontrollieren, aber in der modernen Stadt wirkte sie wie eine Märchenbuchillustration.

Auf dem Fährschiff drängten sich bereits Gruppen von fröhlichen, angeregt plaudernden Besuchern der Weltausstellung zusammen. Obwohl längst alle Sitzplätze belegt waren, ließ man noch immer Fahrgäste an Bord. Ich fragte mich, worauf der Kapitän noch wartete. Ungeduldig beugte ich mich über die Reling und betrachtete die Werftgebäude, die das Ufer säumten. Im nahegelegenen Hafen mit seinen langen Scheldekais, die selbst den größten Schiffen das Anlegen unmittelbar am Pier erlaubten, wurden Elfenbein, Kakaobohnen und Gummi aus dem Kongo entladen und in modernen Lagerhallen und Speichern untergebracht. Zwar mündete die Schelde erst fünfzig Meilen flussabwärts in die Nordsee, aber sie war schon hier Ebbe und Flut unterworfen.

Dann schaute ich zum Stadtzentrum zurück. Die Häuser überragend zeichnete sich die charakteristische Silhouette der einturmigen Kathedrale mit ihrem reichen Maßwerkschmuck gegen den trüben Himmel ab. Wie das gewaltige Rathaus war sie errichtet worden, um zu imponieren, was ihr auch mühelos gelang.

Endlich legte die Fähre ab, und das Weltausstellungsgelände kam immer näher. Mittelpunkt der Anlage war ein kirchenartiger Rundbau mit gewaltiger Kuppel, der von zwei neubarocken »Kirchtürmen« flankiert wurde. Zu beiden Seiten des Prachtbaus reihten sich die Glas-Eisen-Konstruktionen der Messehallen aneinander.

Nachdem wir endlich das Boot an der befestigten Anlegestelle verlassen hatten, schritten wir die mit groben Steinen gepflasterte Uferpromenade flussabwärts, fanden aber keinen Kahn namens Marie-Henriette. Vom Ausstellungsgelände her drangen Blasmusik und ein fernes Stimmengewirr, das wie das Summen von Millionen von Bienen klang. Am Horizont zog ein Dampfschiff vorbei. Seine beiden riesigen Schlote bliesen grauen Dampf in den ohnehin schon bedeckten Himmel.

Nach einem fünfminütigen Fußweg kehrten wir um und stellten fest, dass der Kahn nur wenige Yards hinter der Fährstation ankerte. Wir hatten Glück: Ein Seemann werkelte an Bord herum, ein ungepflegter Mann um die Fünfzig mit Tätowierungen auf den kräftigen Oberarmen, der dreckige Kleidung, grobe Schuhe und eine speckige Schiffer-Mütze trug.

»Pieter Janssen?«, rief Holmes, und der Mann nickte.

Es folgte ein flämischer Redeschwall, den wir beide nicht verstanden.

»Sprechen Sie englisch? Sprechen Sie französisch?«, rief Holmes in den entsprechenden Sprachen zurück.

»Nee«, war die lapidare Antwort des Schiffers, der uns mit einer weit ausholenden Geste einlud an Bord zu kommen.

Der morsche Kahn sah nicht wie ein hochseetüchtiges Piratenschiff aus, aber trotzdem wäre ich lieber an Land geblieben. Doch Holmes ließ sich nicht zweimal bitten und stieg mit seinen langen Beinen über die Bordkante. Widerstrebend folgte ich ihm. Als ich Pieter Janssen gegenüberstand, schlug mir eine beißende Schnapsfahne entgegen. Die dazugehörige Rumflasche hielt er in der Hand.

»Ob er den Juwelier betrunken gemacht und anschließend in die Schelde gestoßen hat?«, fragte ich leise auf Englisch und ließ meinen Blick angewidert über das verdreckte Deck schweifen.

»Dann hätte er wohl kaum anschließend die Polizei gerufen.«

Pieter Janssen lallte einige Worte vor sich hin und holte zwei schmuddelige Gläser aus der Kombüse. Man musste kein Flämisch verstehen, um zu begreifen, dass er uns aufforderte, mit ihm zu saufen.

»Wir sollten schleunigst verschwinden. Hier erhalten wir bestimmt keine wertvollen Hinweise«, drängte ich Holmes, da ich eine geradezu körperliche Abneigung gegen den Kahn und seinen Besitzer verspürte.

»Ich möchte wenigstens versuchen, Pieter Janssen zu befragen«, antwortete Holmes mit finsterem Gesichtsausdruck und hielt dem betrunkenen Schiffer seinen Zeitungsartikel unter die Nase. »Wo haben Sie Jan Peeters gefunden?«

Holmes hatte ganz langsam und deutlich artikuliert gesprochen. Der Seemann machte eine fahrige Handbewegung in Richtung Ufer und nahm einen Schluck aus seiner Flasche.

»Da hilft nur noch Bestechung«, schlug ich ohne große Hoffnung vor.

Holmes zückte seine Brieftasche, zog demonstrativ einen kleinen Geldschein heraus und deutete mit der übertriebenen Gestik eines Pantomimen auf das Ufer.

Der Schiffer griff gierig nach dem Geldschein, aber Holmes zog seine Hand blitzschnell zurück. Ohne die Banknote wieder einzustecken, ging er von Bord. Hastig tat ich es ihm gleich, der Seemann folgte uns schwankend. Wieder deutete Holmes auf den Zeitungsartikel und deutete auf den Fluss. Ein Aufleuchten ging über das Gesicht des Seemanns, und er torkelte ein paar Schritte am Ufer entlang, bis er eine Boje erreichte, auf die er grinsend deutete.

»Wenn das mal stimmt«, murmelte ich, während Holmes dem Mann seine Belohnung überreichte.

Pieter Janssen salutierte mit einer eckigen Bewegung und wankte zu seinem Schiff zurück.

Holmes ging vor der steinernen Uferbegrenzung in die Hocke und betrachtete aufmerksam die Bodenplatten. Ich verzichtete darauf, ihm meine Hilfe anzubieten, denn wenn Holmes in seine Arbeit vertieft war, wurde er noch ungeselliger als gewöhnlich. Einige Sekunden später stand er wieder auf, leckte sich mit konzentrierter Miene über den Zeigefinger und streckte ihn in die Luft. Dann trat er so nah an das Ufer, dass die Spitzen seiner Maßschuhe überstanden, und starrte auf das graue Wasser. Er trat wieder zurück und warf nun verwelkte Blätter vom Vorjahr in die Schelde. »Der Fall ist ganz eindeutig. Jetzt weiß ich, wo der Juwelier verunglückt ist!«, erklärte er mit triumphalem Gesichtsausdruck und drehte sich zu mir um. »Wir können zurückfahren!«

Eine kühle Brise, die nach Meerwasser roch, frischte auf und ich fror während der Passage über die Schelde. Als wir die Fähre verlassen hatten, schritt Holmes zielstrebig flussabwärts das Ufer ab. Nach einem kurzen Fußweg blieb Holmes abrupt stehen und deutete auf eine unspektakuläre Stelle am Ufer, die mir vage bekannt vorkam.

»Genau hier ist er ins Wasser gestoßen worden«, sagte er im grimmigen Tonfall des Staatsanwalts, der die Höchststrafe fordert.

»Tatsächlich«, stotterte ich betroffen, ich begriff ganz plötzlich, dass ich am Unglückstag ganz in der Nähe unschlüssig am Ufer herumgestanden hatte. Mich schauderte bei der Vorstellung, dass kurze Zeit später mein Zimmernachbar hier gestorben war.

»Zweifelsohne!«, bestätigte Holmes.

Wieder untersuchte er eingehend die Uferbegrenzung und das dahinterliegende Kopfsteinpflaster. Durch seine Lupe begutachtete er jeden einzelnen Pflasterstein, wobei er mindestens ein Dutzend Zigarettenstummel auflas und sorgsam in einer kleinen Papiertüte sammelte. Nebel breitete sich über dem Fluss aus, und unsere Kleidung begann klamm zu werden.

»Das unbeständige Wetter hat alle Spuren vernichtet. Daher sollten wir hier keine Zeit mehr verschwenden, sondern das verbleibende Tageslicht sinnvoll nutzen«, murrte er nach einer Viertelstunde und erhob sich wieder. »Aber zuerst muss ich mich wieder in einen Amerikaner verwandeln.«

Später erfuhr ich[8], dass Holmes in London mindestens fünf Orte besaß, an denen er seine Identität wechseln konnte. Wie er das in Antwerpen zustande brachte, entzog sich bedauerlicherweise meiner Kenntnis.

»Was soll ich in der Zwischenzeit tun?«, fragte ich, denn offenbar benötigte Holmes meine Unterstützung nicht mehr.

»Sie könnten die Wirtsleute fragen, ob ihnen die Handschrift des Briefes bekannt vorkommt.« Holmes überreichte mir das Schreiben. »Außerdem sollten Sie versuchen, endlich

[8] Durch Conan Doyles Erzählung *Der schwarze Peter.*

mit dem jungen Paar ins Gespräch zu kommen, das den ganzen Abend im Aufenthaltsraum herumgesessen hat.«

»Ich werde mich bemühen«, versprach ich, obwohl ich nicht sehr optimistisch war, was die Hochzeitsreisenden betraf. »Meinen Sie, dass es sich gelohnt hat, einen Tatort gefunden zu haben, an dem es nichts mehr zu sehen gibt?«

Ein nachsichtiges Lächeln huschte über Holmes' knochiges Gesicht. »Unbedingt! Allein schon die Erkenntnis, dass der Tatort sich in der Nähe der Pension befindet, war höchst aufschlussreich«, erklärte er enthusiastisch.

Dann nickte er mir zum Abschied kurz zu und eilte in die unserer Unterkunft entgegengesetzte Richtung davon. Mir klangen die Worte eines Geschäftsfreundes »Antwerpen ist die Stadt, in der man sich Zeit für die angenehmen Dinge des Lebens nimmt« in den Ohren, und ich schaute Holmes kopfschüttelnd nach.

7. Der Brief

Nachdem sich unsere Wege getrennt hatten, galt mein erster Besuch einer Buchhandlung, wo ich den Roman von Rodenbach kaufte, da ich mich des Verdachts nicht erwehren konnte, dass er der Schlüssel zur Aufklärung unseres Falls war. Das hatte ich jedoch Holmes gegenüber nicht erwähnt, da ich mir nicht schon wieder vorwerfen lassen wollte, voreilige Schlüsse zu ziehen.

Mit meiner Neuerwerbung suchte ich eines der Cafés am Groote Markt auf, dem belebten Hauptplatz Antwerpens, der vom Stadhuis aus dem 16. Jahrhundert beherrscht wurde. Beim Eintreten bemerkte ich verwundert, dass am Tresen nicht Kuchen oder Pralinen, sondern graue Nordseekrabben auslagen. Ich suchte mir einen Fensterplatz, bestellte einen Kaffee und blätterte neugierig in Rodenbachs Roman herum. Zu meinem Erstaunen war er mit mehr als dreißig Fotografien von Brügge illustriert. Sie suchten die Atmosphäre der Stadt einzufangen, aber ich musste gestehen, dass ich Brügge bei Sonnenschein und in Farbe vorzog.

Unwillkürlich schaute ich durch das Fenster und bewunderte durch einen leichten Nebelschleier die Gildehäuser mit ihren Treppengiebeln und ihren vergoldeten Figuren. Vor allem das mit einer Statue des Heiligen Georg geschmückte Haus der Armbrustschützen hatte es mir angetan.

Ich rief mir ins Gedächtnis, dass ich keine Vergnügungsreise unternahm, und begann mit der Lektüre des Romans. Im Vorwort erläuterte Rodenbach, dass die eigentliche Hauptperson seines Werkes die Stadt Brügge sei, die den Gemütszustand des Protagonisten Hugues Viane reflektiert. Ich begann zu lesen und lernte einen Witwer kennen, der nach dem Tod seiner Frau nach Brügge zog, da die Stadt seiner Trauer entsprach. Ihre verlassenen Straßen, bröckelnden Fassaden, sumpfigen Kanäle und der allgegenwärtige Nebel und Regen spiegelten sein Inneres wider. Was das trostlose Wetter betraf, wollte ich dem Autor nicht widersprechen. Wie hieß es noch in meinem Reiseführer? *Das Klima in Antwerpen ist schroff und die Witterung unbeständig. Durchschnittlich gibt es 177 Regentage im Jahr und nur 42 Tage mit unbewölktem Himmel.*

Nach wenigen Kapiteln schlug ich das Buch mit einem dumpfen Knall zu, damit es mir nicht endgültig die Stimmung verdarb. Nachdenklich fuhr ich mit der Hand durch mein Haar. Welchen Vorwand sollte ich nur benutzen, um die jungen Leute anzusprechen? Plötzlich fiel mir wieder ein, dass sie offenbar kein Französisch sprachen. Was hatte Holmes mir da nur aufgehalst?

Ohne große Begeisterung zahlte ich und machte mich auf den Weg zur Pension. Als ich sie erreicht hatte, fand ich das frisch verheiratete Paar im Salon. Der junge Mann war über einen Stadtplan von Antwerpen gebeugt, während seine Frau unbekümmert an einem Bierglas nippte.

»Guten Abend, Madame! Sprechen Sie zufällig etwas englisch?«, fragte ich kurz entschlossen die kleine, etwas träge Brünette mit müdem Blick, die ein einfaches Musselinkleid trug. Sie schaute irritiert ihren Ehemann an.

Er schien etwas dynamischer als seine bessere Hälfte zu sein, wirkte aber mit seinem niedrigen Haaransatz und den eng stehenden Augen nicht besonders intelligent. Er war mittelgroß und schlank. Sein ovales Gesicht mit der geraden Nase und den wulstigen Lippen schien direkt auf den Schultern aufzusitzen, so kurz war sein Hals. Die flämische Antwort, die ich von ihm erhielt, nahm mir die letzte Hoffnung, ohne Dolmetscher mit dem jungen Paar sprechen zu können.

Eine Entschuldigung vor mich hinmurmelnd, eilte ich zum Wirt, der schläfrig im Empfangsraum hinter der Rezeption saß. »Könnten Sie mir vielleicht einen Gefallen tun?«, sprach ich ihn mit einem verbindlichen Lächeln an. »Ich würde der jungen Frau im Salon gern eine Frage stellen, aber sie versteht mich nicht. Könnten Sie vielleicht so freundlich sein, meine Worte ins Flämische zu übersetzen?«

Der behäbige Mann nickte, erhob sich schwerfällig von seinem Sitz und begleite mich.

»Fragen Sie bitte die junge Frau, ob Sie nicht die Nichte des Apothekers Jan Vermeulen aus Brüssel ist, die mir vorgestern auf der Weltausstellung vorgestellt wurde.«

»Das halte ich für unwahrscheinlich«, entgegnete der Wirt und fuhr sich mit der Hand über seinen Schnurbart. »Ich weiß aus dem Gästebuch, dass ...«

»Bitte übersetzen Sie trotzdem meine Worte«, unterbrach ich den Wirt, bevor er den Familiennamen oder die Heimatstadt nennen konnte, beides Informationen, die Holmes bereits beschafft hatte.

»Aber ...«

Ich warf dem unkooperativen Gesellen den grimmigsten Blick zu, den ich zustande brachte. »Ich wäre Ihnen *sehr* verbunden, wenn Sie endlich nachfragen würden!«

»Wie Sie wollen!«

Mit mürrischem Gesichtsausdruck sprach der Wirt die junge Frau an, die uns die ganze Zeit geflissentlich ignoriert hatte. Zu meiner eigenen Überraschung verstand ich ein paar Worte. Bisher hatte ich den Eindruck gehabt, das Flämische sei nicht im Mindesten mit irgendeiner Sprache verwandt, die ich kannte.

Obwohl meine Frage an seine Frau gerichtet war, antwortete wieder der Ehemann.

»Nein, da müssen Sie sich getäuscht haben. Wir kommen aus Oostende und haben nichts mit Apotheken zu tun«, übersetzte der Wirt seine Worte. »Das hätte ich Ihnen auch sagen können«, fügte er dann neunmalklug hinzu. »Schließlich hat die junge Dame neulich meiner Frau gegenüber erwähnt, dass sie überhaupt keine Verwandten mehr besitzt.«

Ich bezweifelte, dass er mir diese Information tatsächlich freiwillig gegeben hätte. »Vielen Dank für Ihre Bemühungen! Richten Sie den beiden bitte meine besten Empfehlungen aus«, sagte ich, um meine Verlegenheit zu überbrücken, denn der schnurrbärtige Wirt betrachtete mich wie einen Hausierer. »Das ist wirklich seltsam. Ich hätte wetten mögen, dass ich die junge Frau und ihren Gatten schon einmal gesehen habe«, ergänzte ich, nachdem er meine Höflichkeitsfloskel übersetzt hatte.

»Sie sind kein Ehepaar, sondern Bruder und Schwester«, bemerkte der Wirt mit missbilligend gerunzelter Stirn.

»Was Sie nicht sagen«, stammelte ich und verfluchte meine Leichtgläubigkeit. Wieder einmal hatte ich Klatsch für bare Münze gehalten. »Erstaunlich, dass die jungen Leute ohne ihre Eltern verreisen. Sie werden doch nicht von zu Hause ausgerissen sein?«

Wie gut, dass die beiden kein Wort verstanden!

»Das ist mir gleich, solange sie zahlen. Außerdem halten Sie die beiden offenbar für jünger als sie sind. Er ist dreiundzwanzig und seine Schwester immerhin zwanzig.«

Unvermittelt wurde mir klar, dass ich selbst älter wurde. Die Geschwister waren mir als halbe Kinder erschienen. »Wenn es ums Geld geht, so kann man gar nicht vorsichtig genug sein«, wandte ich ein. »Immerhin gehören die beiden nicht zu Ihren Stammgästen.«

»Sie haben für eine Woche im Voraus bezahlt«, erwiderte der Wirt, ungeduldig sein Gewicht von einem Fuß auf den anderen verlagernd. »Aber Sie werden mich entschuldigen. Ich habe zu arbeiten und kann nicht den ganzen Tag mit Plaudern verbringen.«

Ohne eine Entgegnung meinerseits abzuwarten, ließ er mich im Salon stehen, stapfte durch den Empfangsraum und verließ die Pension durch die Hintertür. Ich überlegte noch, was ich als Nächstes tun sollte, als hinter mir eine Männerstimme erklang.

»Glauben Sie ihm kein Wort«, brüllte der Afrikaforscher mit seiner lauten Stimme in mein Ohr.

Ich fuhr erschrocken herum, denn ich hatte ihn nicht kommen hören. Musste er ausgerechnet in dieser Pension Kostproben seiner Pfadfinder-Talente ablegen? Ich wischte mir mit der eiskalten Hand über die glühend heiße Stirn und blickte ihn fragend an.

»Ich wollte Sie nicht erschrecken«, entschuldigte er sich. »Aber ich kam eben nicht umhin, Ihr Gespräch mit dem Wirt mit anzuhören. Ich kann Ihnen versichern, dass er sich täuscht. Die junge Frau ist weder die Schwester noch die Gattin ihres Begleiters.«

Das musste ich erst einmal verdauen.

»Woher wissen Sie das?«, stammelte ich nach einer Schrecksekunde.

»Ein Mann von Welt bemerkt so etwas auf den ersten Blick«, behauptete er, was wohl heißen sollte, dass er seinen Informanten nicht verraten wollte.

»Trotzdem vielen Dank für die Auskunft. Wissen Sie ...«, begann ich, kam aber nicht dazu, meinen Satz zu beenden, da der Forschungsreisende mit einem beiläufigen »gern geschehen« in den Salon verschwand.

Ich sagte mir, dass die Affäre des jungen Mannes wahrscheinlich nicht das Geringste mit unserem Fall zu tun hatte, notierte aber alles getreulich, um es später Holmes zu referieren.

Dann überlegte ich, wie ich bei der Suche nach der Person, die den Brief geschrieben hatte, vorgehen sollte. Am liebsten hätte ich die Handschrift mit den Unterschriften im Gästebuch verglichen, aber tagsüber bewachten die Wirtsleute den Empfang wie Kettenhunde, und nachts schlossen sie das Gästebuch weg. Ich sagte mir, dass Angriff die beste Verteidigung sei und schlenderte zur Rezeption, wo mittlerweile die etwas umgänglichere Frau des grantigen Gastwirts Dienst hatte. Sie war über eine komplizierte Klöppelarbeit gebeugt, der sie sich mit großer Hingabe widmete. Jetzt wusste ich endlich, warum in der Pension jede freie Fläche mit Spitzendeckchen geschmückt war.

»Entschuldigen Sie, Madame, ich habe eine kurze Frage.«

Die Wirtin verzog skeptisch das Gesicht, hob aber den Blick nicht von ihrer Handarbeit.

»Wie Sie wissen, hat mich Doktor Peeters beauftragt, den Tod seines Bruders aufzuklären. In diesem Zusammenhang würde mich interessieren, ob Sie oder Ihr Gatte zufällig diesen Brief für Jan Peeters geschrieben haben?« Ich schob ihr den Brief unter die Nase, sodass sie ihn nicht ignorieren konnte.

»Verdächtigen Sie mich, meine Gäste in der Schelde zu ertränken?« Sie verknotete mit einer vehementen Bewegung einen Faden und rief lautstark nach ihrem Mann.

Ich schloss die Augen, atmete tief durch und zählte innerlich bis fünf. »Selbstverständlich nicht«, beteuerte ich dann in einem zuckersüßen Tonfall. »Wie können Sie so etwas auch nur denken? Ich würde nur gern demjenigen, der diesen Text geschrieben hat, eine ganz harmlose Frage stellen.«

Wortlos riss sie mir das Schreiben aus der Hand und betrachtete es mit zu Schlitzen zusammengekniffenen Augen. »Weder mein Mann noch ich haben das geschrieben«, erklärte sie dann sichtbar erleichtert und lockerte den Faden wieder, den sie verknotet hatte. »Wie kommen Sie eigentlich auf die Idee, dass wir Briefe für unsere Gäste schreiben?«

Ich referierte ihr, was Mister Fitzroy Darkwater uns berichtet hatte.

»Dafür haben wir beim besten Willen keine Zeit«, widersprach die Wirtin und rief erneut nach ihrem Mann.

Ich erwog, ihr zu sagen, dass er außer Haus sei, ließ es aber dann doch sein. Statt mich in die Privatangelegenheiten der Wirtsleute einzumischen, wartete ich lieber im Salon auf Holmes.

Leider waren seine Geschäfte offenbar recht zeitraubend, denn als die Wirtin um Punkt zehn Uhr geräuschvoll die Haustür abschloss, war Holmes noch immer nicht in die Pension zurückgekehrt. Den dünnen Roman Rodenbachs hatte ich längst zu Ende gelesen und langsam begann ich mir Sorgen zu machen. Holmes konnte die Gepflogenheiten des Hauses unmöglich vergessen haben. Wo um Himmels willen mochte er nur stecken? Aber tief in meinem Inneren war ich davon überzeugt, dass er wusste, was er tat. Die Wirtin hingegen schien das zu bezweifeln, denn sie bedachte mich mit vorwurfsvoll-neugierigen Blicken. Bevor sie dazu kam, ihre Frage nach dem Verbleib meines Gefährten auszuformulieren, zog ich mich in mein Zimmer zurück, zumal Holmes mich sicherlich in aller Herrgottsfrühe wecken würde.

8. Das Diamantenviertel

Holmes begnügte sich glücklicherweise damit, eine Nachricht unter meiner Zimmertür durchzuschieben, in der er mir mitteilte, dass er sich einen Makler hatte empfehlen lassen, der um zehn Uhr vor der *Beurs voor Diamanthandel* auf uns warten würde.

»Das Diamantenviertel ist eine Welt für sich, manche nennen es ›Jerusalem an der Schelde‹«, meinte Holmes nachdem wir uns nach dem Frühstück auf den Weg gemacht hatten. »Der Makler wird mit uns von Geschäft zu Geschäft gehen und uns als potenzielle Kunden vorstellen. Das dürfte sehr lehrreich sein und verleiht unserem Auftritt bei dem Grafen mehr Authentizität. Es war übrigens gar nicht so leicht, einen Mann zu finden, der Englisch spricht. Die meisten Makler sprechen nur Jiddisch und ein paar Sätze Flämisch oder Französisch.«

Als Amerikaner verkleidet war Holmes eine auffällige Erscheinung. Seine lange Gestalt wurde durch den hohen Zylinder und den unkleidsamen Ziegenbart zusätzlich in die Höhe gezogen. Aber auch die aufwändige Maskerade konnte die Spuren der Strapazen der vergangenen Nacht nicht verbergen: Holmes' Gesicht war grau und seine geröteten Augen glanzlos.

»Warum haben Sie sich nicht mit einem frankophonen Makler begnügt?«, wunderte ich mich.

»Mister Cooper könnte sich nicht mit ihm verständigen. Wenn wir Graf Bulgakow besuchen, wäre ich Ihnen sehr verbunden, wenn Sie den Dolmetscher spielen können. Mit dem Makler hingegen würde ich gern persönlich sprechen.«

Bald hatten wir das Diamantenviertel erreicht. In der Nachbarschaft der Börse, die seit dem Vorjahr eine regelmäßige

Messe veranstaltete, befanden sich in unscheinbaren Gebäuden vierzig Diamantschleifereien, die insgesamt mehr als dreitausend Arbeiter beschäftigten. Der Diamantenmarkt war zum größten Teil eine jüdische Domäne – eine Tradition, die ins späte 15. Jahrhundert zurückreichte, als viele der aus Spanien und Portugal vertriebenen Juden in Antwerpen eine neue Heimat fanden. Die Bewohner des Viertels boten mit ihren langen Bärten, schwarzseidenen Kaftanen, breitkrempigen Hüten und dunklen Fellmützen einen malerischen Anblick. Die Frauen trugen farbige Kleider und Perücken, da ihre Religion es ihnen verbot, ihr eigenes Haar zu zeigen. Man sah auf der Straße keine gemischten Gruppen, denn Männer und Frauen lebten hier strikt getrennt. Die Väter brachten morgens ihre Söhne zur Schule, während die Frauen sich um die Mädchen kümmerten.

»Sie haben mir noch immer nicht erzählt, wo Sie die letzte Nacht verbrachte haben«, wagte ich Holmes, der am Frühstückstisch extrem einsilbig gewesen war, endlich zu fragen.

»In meinem Pensionszimmer selbstverständlich! Schließlich habe ich es bezahlt.« Holmes weidete sich einen Moment lang an meinem Erstaunen, bevor er eine Erklärung abgab. »Die Küchentür im Erdgeschoss, die zum Hausgarten führt, ist defekt. Mein Bruder Mycroft pflegte immer zu sagen, dass ich der beste Einbrecher Londons geworden wäre. Aber in die Pension einzusteigen, war wirklich ein Kinderspiel. Jeder hätte es zustande gebracht. Die Wirtsleute können sich glücklich preisen, dass ich kein Verbrecher bin.«

»Das kann man wohl sagen! Aber denken Sie bitte daran, dass wir im Ausland sind. Ich möchte keinen Ärger mit der belgischen Polizei bekommen. Man hört schlimme Dinge von ihr«, wandte ich ein, bevor ich begriff, was Holmes bezweckt hatte. »Mit Ihrem sträflich leichtsinnigen Verhalten wollten

Sie beweisen, wie der Juwelier zu später Stunde in die Pension zurückzukehren gedachte?«

»Oder wie sein Mörder sich unbemerkt ins Haus zurückschleichen konnte«, erwiderte Holmes seinen Schritt verlangsamend, als wir uns dem bombastischen Gebäude der *Beurs voor Diamanthandel* näherten.

Wahrscheinlich irritierte ihn, dass uns dort kein Diamantenexperte erwartete. Vor dem Eingang stand nur ein schwarz gewandeter Familienvater in den Vierzigern mit bleichem Gesicht, dunklem Vollbart und einem pelzverbrämten Hut, aus dem an den Schläfen Korkenzieherlocken auf die Schultern fielen. Sein etwa elfjähriger Sohn, dessen kurz geschorenes Haar ein Käppchen bedeckte, war bereits wie ein Erwachsener gekleidet. Holmes konsultierte seine Taschenuhr und schüttelte missbilligend den Kopf.

»Sind Sie die beiden Herren, die die Dienste eines Maklers in Anspruch nehmen möchten?«, fragte der bärtige Vater in einem etwas holprigen, aber gut verständlichen Englisch.

»Ja, das sind wir«, entgegnete Holmes, sein Gegenüber musternd. »Darf ich mich vorstellen: Jeremiah Cooper aus Alabama, und das ist mein Dolmetscher Mister David Tristram.«

»Ich heiße Aaron Rubin. Sie haben doch sicherlich nichts dagegen, wenn mein Ältester mich begleitet?«, sagte der Mann, dem Jungen die Hand auf die Schulter legend.

»Keinesfalls«, erwiderte Holmes und warf dem Knaben einen wohlwollenden Blick zu, was wahrscheinlich zu seiner Rolle als Amerikaner gehörte.

»Er soll nämlich mein Handwerk lernen«, erklärte Aaron Rubin mit väterlichem Stolz. Wir hatten also fälschlich angenommen, der Mann könne nicht unser Makler sein.

»Ist er dafür nicht etwas jung?«, erkundigte sich Holmes und betrachtete erstaunt den Dreikäsehoch.

»Der Junge ist bereits vierzehn Jahre alt, aber recht klein für sein Alter«, versicherte sein Vater und räusperte sich. »Aber kommen wir zum Geschäft: Darf ich Sie vielleicht der Einfachheit halber fragen, was für eine Art von Diamant Sie suchen?«

»Das Beste ist für mich gerade gut genug«, behauptete der falsche Amerikaner großspurig. »Geld spielt keine Rolle.«

»So begüterte Kunden hat man nicht alle Tage«, entgegnete der Makler mit Wohlgefallen und lotste uns in eine Diamantenschleiferei in der Hovenierstraat. Der Inhaber des Ladens, ein drahtiger Mann mittleren Alters, begrüßte uns freundlich und bot uns eine Tasse Kaffee an.

»Seit es Coca-Cola[9] gibt, trinke ich keinen Kaffee mehr«, lehnte Holmes hochnäsig ab.

Der Makler schaute mich fragend an, aber ich signalisierte mit einem Schulterzucken, dass auch ich den Namen Coca-Cola noch nie gehört hatte.

»Schauen Sie sich erst einmal um«, forderte uns Aaron Rubin auf, nachdem er sich eine Tasse Kaffee hatte einschenken lassen.

In der geräumigen Werkstatt saßen zwei Dutzend Männer konzentriert vor Schleifsteinen und drückten mit Zangen Edelsteine gegen beschichtete Metallscheiben, was ein schrilles Geräusch verursachte. Funken sprühten, Staubpartikel flogen durch den Raum, und die rotierenden Schleifsteine brummten dumpf.

»Es geht um Bruchteile von Millimetern, jeder noch so geringe Fehler kann einen Schaden von mehreren Tausend

[9] Nur dank seines Interesses an berauschenden Substanzen wird Holmes von der Existenz des Erfrischungsgetränks erfahren haben, obwohl es erst ab 1896 außerhalb der Vereinigten Staaten erhältlich war. Damals enthielt es noch Kokain und war daher ein beliebter Morphiumersatz.

Belgischen Franc verursachen«, erklärte uns der Makler. »Die Kunst besteht darin, möglichst wenig abzuschleifen und trotzdem den Stein zum Leuchten zu bringen. Ein Diamantenschleifer sitzt oft wochenlang an einem einzigen Edelstein. Facette für Facette wird bearbeitet, bis das Feuer des Steins zu glimmen beginnt. Für diese verantwortungsvolle Arbeit muss ein Diamantenschleifer mindestens fünf Jahre an Erfahrung mitbringen.«

»Sie schleifen nicht selbst?«, fragte Holmes enttäuscht.

»Nein, ich besitze nur theoretisches Wissen.« Der Makler, der die Frage nicht übel zu nehmen schien, deutete auf einen fast erbsengroßen Diamanten, an den ein Schleifer gerade letzte Hand anlegte. »Wie wäre es mit diesem ausnehmend schönen Stück?«

»Der Stein ist niedlich!«, rief Holmes vergnügt aus. »Haben Sie nichts Größeres auf Lager? Bei uns in den Staaten muss alles überlebensgroß sein.«

»Der Wert eines Diamanten richtet sich nicht nur nach der Größe, sondern auch nach Farbe, Reinheit und Schliff. Am Anfang unseres Rundgangs steht der Besuch einer Schleiferei, damit Sie einen Eindruck davon gewinnen, wie viel Arbeit in geschliffenen Edelsteinen steckt. Laien denken oft nur an den Materialwert«, spulte der Makler mit leicht gequälter Miene sein übliches Programm ab und leerte seine Kaffeetasse mit drei großen Schlucken. »Ich glaube, wir sollten jetzt einem der führenden Händler der Stadt einen Besuch abstatten.«

Er stellte die Tasse auf die Verkaufstheke und verabschiedete sich auf Jiddisch vom Werkstattbesitzer, der uns erbost nachblickte, als wir seinen Betrieb verließen.

»Im Grandhotel reden momentan alle über den King-Diamanten«, bemerkte Holmes unterwegs und schaute im Vorbeigehen demonstrativ in das Schaufenster eines kleinen Juweliergeschäfts, das Aaron Rubin keines Blickes würdigte.

Die Züge des Maklers verdüsterten sich. »Graf Bulgakow meint, auf unsere Dienste verzichten zu können. Dabei kostet ihn die theatralische Inszenierung des Diamanten weit mehr als unser Vermittlungshonorar betragen hätte.«

Der falsche Amerikaner blieb stehen und schaute den Makler mit geradezu kindlicher Begeisterung an. »Haben Sie den King-Diamanten schon gesehen?«

»Das nicht, aber man hat ihn mir aus erster Hand beschrieben.«

»Wie darf ich mir das vorstellen?«

»Einer meiner Kollegen hat sich als Kunde verkleidet und Graf Bulgakow einen Besuch abgestattet.« Der Makler setzte sich wieder in Bewegung. Sein Sohn ging mit neugierigen Augen hinter ihm her, und ich fragte mich, was die heutige Lektion des Jungen sein würde. »Leider besteht seiner Meinung nach kein Zweifel an der Echtheit des Steins. Ich sage ›leider‹, denn ich werde das ungute Gefühl nicht los, dass an der Sache etwas nicht stimmt. Sie wissen schon: Dieses unvermutete Auftauchen des seit Jahrhunderten verschollenen grünen Diamanten, der unprofessionelle Auftritt eines branchenfremden ...« Er suchte vergeblich nach einer nicht allzu unfreundlichen Formulierung.

»Sagten Sie eben, der Diamant sei grün? Er ist doch wohl nicht verschmutzt?«, wollte der falsche Amerikaner mit gerunzelter Stirn wissen.

Aaron Rubin schüttelte in stummer Verzweiflung den Kopf. »Die grüne Farbe ist keine Verunreinigung, sondern die attraktive Färbung macht den Edelstein besonders wertvoll.« Mit einer Geduld, die einem Dorfschullehrer alle Ehre gemacht hätte, zählte Aaron Rubin die Farbtöne auf, die ein Diamant besitzen konnte.

»Ein grüner Diamant? Ist das nicht so etwas wie ein schwarzer Schimmel?«, murmelte Holmes, als der Makler seine Ausführungen beendet hatte, irritiert vor sich hin.

»Ich kann Ihnen versichern, dass alles seine Richtigkeit hat. Aber wenn Ihnen mein Wort nicht genügt, sind Sie herzlich dazu eingeladen, die einschlägige Literatur heranzuziehen«, beteuerte Aaron Rubin, als wir eine Straße überquert hatten.

»Kannten Sie eigentlich den Brüssler Juwelier Jan Peeters, der vor ein paar Tagen in der Schelde ertrunken ist?«, fragte Holmes unvermittelt in einem sensationsgierigen Tonfall.

»Ein unsympathischer Mensch, aber dieses Ende hätte ich selbst ihm nicht gewünscht.« Der Makler stockte, offenbar erschrocken über die Heftigkeit seiner eigenen Reaktion und setzte dann ein gewinnendes Lächeln auf. »Wir mögen es nicht besonders, wenn sich Außenstehende in unser Geschäft drängen. Wir nennen die Fremden ›Kippler‹, was so viel wie Plagegeister heißt.« Das war also das Wort, das ihm vorhin auf den Lippen gelegen hatte. »Aber ich muss neidlos zugeben, dass Herr Peeters ein ausgezeichneter Kenner der Materie war. Deshalb hätte ich gern sein Gutachten des King-Diamanten gelesen.«

»Dieser Graf – ich habe seinen Namen vergessen – hat ihn ohne Weiteres den Edelstein begutachten lassen?«

»Es blieb ihm nichts anderes übrig. Schließlich kam Jan Peeters im Auftrag eines reichen Sammlers zu ihm.« Der Makler warf Holmes im Gehen einen skeptischen Seitenblick zu. »Sie spielen doch nicht etwa mit dem Gedanken, den King-Diamanten zu erwerben?«

»Je mehr ich darüber nachdenke, desto besser gefällt mir die Vorstellung, einen grünen Diamanten zu kaufen. Keiner meiner Freunde besitzt dergleichen.« Holmes sah den Makler komplizenhaft an und senkte dann die Stimme. »Ist der Preis, den der Graf verlangt, Ihrer Meinung nach überteuert?«

»Für einen Diamanten dieser seltenen Färbung ist er durchaus akzeptabel.«

»Seltsam, dass der Stein dann bisher keinen Liebhaber gefunden hat!«, wunderte ich mich.

Der Makler zuckte mit dem Schultern. »Ich kann es nur wiederholen: Ich kann mich des unguten Gefühls nicht erwehren, dass etwas an der Geschichte faul ist.«

»Das sollte keine Frage des Gefühls, sondern des Verstandes sein«, kommentierte Holmes lakonisch.

»Also, ich würde den Diamanten an Ihrer Stelle nicht kaufen«, entgegnete Aaron Rubin in einem scharfen Tonfall, wahrscheinlich, weil Graf Bulgakow keine Provisionen zahlte. »Vielleicht ist er ja tatsächlich verflucht. Lassen Sie sich Jan Peeters' Schicksal eine Warnung sein.«

Wir betraten ein exklusiv wirkendes Juweliergeschäft in einem Eckhaus am Ende der Straße. Das strahlende Gesicht des Verkäufers, der uns begrüßte, zeigte, dass Aaron Rubin ihm schon viele Kunden vermittelt hatte. Der Makler sagte etwas auf Jiddisch zu ihm, und der schlanke Mann in traditioneller, jüdischer Kleidung taxierte uns rasch mit intelligenten, dunklen Augen, bevor er uns übertrieben höflich auf Französisch begrüßte. Dann überließ er unserem Begleiter das Feld.

»Am besten würde mir ein schwarzer Diamant gefallen«, meinte Holmes todernst und schaute durch den wegen des schlechten Wetters reichlich dunklen Verkaufsraum, in dessen hinterer Ecke ein dicker Holländer mit dem Inhaber des Ladens einen Kaffee trank.

»Das dürfte sich als schwierig gestalten«, erwiderte unser Makler verdrießlich und ermahnte seinen feixenden Sohn, der offenbar englisch verstand, auf Jiddisch. »Möchten Sie den Diamanten in ein Schmuckstück einarbeiten lassen?«, fragte er, als der Junge wieder ernst dreinschaute.

»Ich würde ihn gern in ein Diadem für meine Gattin einfügen lassen.«

Diesmal war ich es, dem es schwer fiel, bei der bloßen Vorstellung von Holmes' amerikanischer Gattin nicht laut loszulachen. Aaron Rubin verschlug es einen Augenblick lang die Sprache und das einzige Geräusch, das man im Laden vernahm, war das Feilschen des Holländers mit dem Juwelier.

»Reine, weiße Diamanten kommen in einem Diadem hervorragend zur Geltung, vor allem wenn es sich um eine große Anzahl handelt«, schlug der Makler diplomatisch vor und machte eine vage Handbewegung in Richtung der Glasvitrinen, die entlang der Wände aufgereiht waren. »Sie werden nirgends eine größere Auswahl finden als hier.

»Die Diamanten sind mir alle zu klein«, verkündete der falsche Amerikaner, ohne die Edelsteine auch nur eines Blickes zu würdigen.

In der anderen Ecke des Ladens waren sich inzwischen Kunde und Ladenbesitzer handelseinig geworden.

»*Masi un broche*«, rief der Händler feierlich und besiegelte das Geschäft mit einem Handschlag.

»Das heißt Glück und Segen«, übersetzte Aaron Rubin und starrte Holmes so kritisch an, als hätte er die Absicht, ihn grußlos vor der Ladentheke stehen zu lassen. Dann brachte er wieder ein professionelles Lächeln zustande. »Vielleicht sollten wir unser Glück woanders versuchen.«

Wir verließen also den Laden, und der Makler schleifte uns mit einem respekteinflößenden Optimismus zu weiteren Diamantenschleifern und Juwelieren, aber Holmes nörgelte überall nur herum.

»Leider habe ich nicht gefunden, was ich suchte, aber das ist nicht Ihre Schuld. Daher möchte ich Ihnen eine kleine Entschädigung für Ihre Bemühungen zukommen lassen«, sagte Holmes gegen Mittag, als ich schon darauf gefasst war, sämtliche Betriebe des Diamantenviertels zu besichtigen, und drückte Aaron Rubin einige Dollarnoten in die Hand, die dieser kritisch beäugte, bevor er sie mit einem Schulterzucken einsteckte.

»Wenn Sie noch einmal einen Experten benötigen, so bin ich stets zu Diensten«, murmelte er dann halbherzig vor sich hin.

»Möglicherweise werden wir auf Ihr Angebot zurückgreifen«, erklärte Holmes mit einem freundlichen Blick auf den Jungen.

Sein Vater schien nahe daran, seine Geschäftsempfehlung zurückzunehmen, überlegte es sich aber im letzten Augenblick anders und wünschte uns einen schönen Tag. Dann trennten sich unsere Wege.

»Ich hatte den Eindruck, dass Sie sich mittlerweile ganz gut in der Stadt auskennen«, sagte Holmes, als sich die schwarzen Gestalten von Vater und Sohn um die Häuserecke geschoben hatten.

»Ein klein wenig. So weiß ich zum Beispiel, dass es in Antwerpen dreißig Zigarettenfabriken gibt«, vekündete ich stolz.

»Zu diesem Ergebnis bin ich mittlerweile selbst gelangt, denn ich habe in der Stadt bereits achtundzwanzig mir bisher unbekannte Aschensorten gefunden. Die restlichen Zigarettenüberbleibsel waren französische Fabrikate«, entgegnete Holmes und zog seine eigene Pfeife aus der Tasche.

»Keine niederländischen und deutschen Sorten?«

»Nein, man raucht hier teuren Tabak aus Frankreich oder das einheimische Kraut.« Holmes steckte die Pfeife wieder ein. »Aber ich habe Sie aus einem bestimmten Grund nach Ihrer Ortskenntnis gefragt: Haben Sie eine Idee, wo wir ein bis zwei Stunden totschlagen könnten, während unser Makler überall herumerzählt, was für ein grässlicher, neureicher Banause Jeremiah Cooper ist?«

»Zwei Stunden scheinen mir recht wenig. Wollen wir nicht lieber morgen Graf Bulgakow besuchen? Bis dahin wird er bestimmt von Ihrem bühnenreifen Auftritt im Diamantenviertel gehört haben«, schlug ich vor.

»So interessant ist Mister Cooper auch nicht, dass man ihn tagelang in Erinnerung behält.«

Ich wollte nicht widersprechen, glaubte aber, dass der angebliche Amerikaner für mehrere Tage Gesprächsstoff geliefert hatte.

»Die Wirtin hat mir ein Restaurant in der Grote Hondstraat empfohlen, das letztes Jahr eröffnet wurde. Es soll ganz ausgezeichnet sein«, beantwortete ich Holmes' Frage in der Erwartung, dass er unwirsch auf meinen Vorschlag reagieren würde.

»Dann gönnen wir der Wirtin die Provision, die sie dafür sicherlich erhält«, entgegnete Holmes zu meiner Überraschung und lenkte seine Schritte in Richtung Bahnhof, wo die Droschken warteten. »Ich bin sicher, Mister Cooper hätte sich nicht mit weniger als mit dem besten Restaurant der Stadt zufrieden gegeben.«

Das Lokal befand sich in einem kreisrunden, mit Jugendstil-Stuck verzierten Pavillon und machte schon von außen einen sündhaft teuren Eindruck. Beim Studium der Speisekarte war ich heilfroh, dass der Arzt sich bereit erklärt hatte, unsere Spesen zu übernehmen. Wir entschieden uns für Kaninchen mit Backpflaumen und tranken dazu Wein aus dem Haspengouw.

»Könnte nicht ein einheimischer Makler Jan Peeters umgebracht haben, um sich die lästige Konkurrenz vom Leib zu schaffen?«, fragte ich, als wir nach der Malzeit einen Elixir d'Anvers tranken, einen köstlichen, gelben Likör, dessen verdauungsfördernde Wirkung unlängst durch Louis Pasteur wissenschaftlich erwiesen worden war.[10]

»Graf Bulgakow ist nicht willens, Provision zu zahlen. Also war Jan Peeters in diesem Fall kein Konkurrent der Antwerpener Makler. Aber Sie haben recht, wir sollten die Antwerpener Diamantenexperten nicht voreilig aus dem Kreis der Verdächtigen ausschließen«, entgegnete Holmes und bedeutete dem Ober, der gerade vorbeieilte, dass er zahlen wollte.

[10] Louis Pasteur (1822 - 1895), einer der Begründer der Mikrobiologie, auf den u. a. die »Pasteurisierung« zurückgeht, hatte den Likör 1887 untersucht.

9. Der grüne Diamant

Graf Nikolai Bulgakow hatte ein kleines Ladengeschäft in der Pelikaanstraat gemietet, unweit der *Beurs voor Diamanthandel*, vor der unser vormittäglicher Rundgang begonnen hatte. Das Schaufenster war mit einem Gitter gesichert, und auch die Eingangstür war verrammelt, sodass man sich selbst während der Öffnungszeit mit einem Klingelzug bemerkbar machen musste, um eingelassen zu werden. Die offenbar sehr stabile Tür aus Eichenholz war mit mehreren Schlössern versehen, die, nachdem wir geläutet hatten, einzeln von innen aufgesperrt wurden. Der Türflügel öffnete sich ein klein wenig, und man sah die dicke Eisenkette, die sie mit dem Rahmen verband.

»Sie wünschen bitte, Monsieur?«, fragte ein schlanker Diener, der mit einem Akzent sprach, den ich nicht einordnen konnte. Er stand ihm Schatten des Portals und wir konnten daher sein Gesicht nicht sehen.

»Mister Jeremiah Cooper und Mister David Tristram. Wir möchten gern mit Graf Bulgakow sprechen. Wir haben einen Termin«, erklärte ich auf Französisch und überreichte dem schlaksigen, jungen Mann durch den Türschlitz unsere Visitenkarten.

Endlich entfernte der Diener die Türkette und trat aus dem Weg. Im Licht, das durch das Fenster des Vorzimmers einfiel, bemerkte ich, dass er höchstens zwanzig Jahre alt war und einen sehr aufgeweckten Eindruck machte. Nachdem wir eingetreten waren, verriegelte der Diener gewissenhaft die Tür und sicherte sämtliche Schlösser.

»Einen Augenblick bitte«, sagte er entschuldigend, drehte sich um und schob zwei schwere Brokatvorhänge auseinander, die eine Schiebetür in der Rückwand des Raums verhüllten, hinter die er verschwand.

»Legt der russische Graf Wert darauf, sich mit einem Räuber einschließen zu lassen?«, fragte ich Holmes mit gedämpfter Stimme.

»Durch diese Sicherheitsvorkehrungen will er den Preis in die Höhe treiben.« Holmes betrachtete die Wohnungstür, die mit ihren Schlössern dem Tresorraum einer Bank alle Ehre gemacht hätte. »Ein Räuber muss außerdem befürchten, auf bewaffnete Wächter zu treffen. Ich glaube kaum, dass der dünne Diener der einzige Angestellte des Grafen ist.«

Wir hörten das Aufschieben der Tür. Dann öffneten sich die Vorhänge, hinter denen die schlanke Gestalt des Dieners erschien, der uns mit einem Nicken aufforderte einzutreten.

»Bitte, hier entlang. Ihre Hoheit erwartet Sie!«

Der auf den Eingangsbereich folgende Raum war von viktorianischer Üppigkeit. Auf kostbaren Orientteppichen standen zwei bequeme Sofas mit Kelimkissen, und die Wände waren lückenlos mit modernen Gemälden bedeckt, überwiegend Landschaften und Genrebilder.

Ein nach der neusten Mode gekleideter Mann mit melancholischen, blassgrauen Augen und dünnem, farblosem Haar saß hinter einem überdimensionierten Schreibtisch, dessen Beine wie griechische Säulen gestaltet waren. Ein Teppich bedeckte die Tischplatte, auf dem eine unter der Dunkelheit leidende Topfpflanze, ein klobiger Aschenbecher und Papierstöße in penibler Ordnung aufgebaut waren. Auf einem wuchtigen, runden Beistelltisch im damals modernen Neurokokostil kümmerte eine weitere blässliche Topfpflanze vor sich hin, die aber wenigstens einen schönen Übertopf aus Fayence besaß.

»Willkommen, Monsieur Cooper und Monsieur Tristram!«, begrüßte uns der Graf und erhob sich. Er sprach französisch mit einem theatralisch gerollten R und wirkte auf mich wie ein Russe aus einer Operette. »Es ist mir eine Ehre, dass Sie extra aus Amerika angereist sind, um meinem Diamanten die Referenz zu erweisen. Ich kann Ihnen versichern, der Aufwand hat sich gelohnt. Zwar habe ich schon mehrere ernsthafte Interessenten, aber vielleicht werden wir trotzdem handelseinig, denn mir gefällt die Vorstellung, meinen Diamanten einem Amerikaner zu verkaufen.«

Als ich übersetzte, fiel mir die Krawattennadel mit einem mindestens einkarätigen Diamanten an der Seidenkrawatte des Grafen auf. An den Fingern der rechten Hand, die den vergoldeten Knauf eines Spazierstocks umfassten, steckten zahlreiche edelsteinbesetzte Ringe. Bisher hatte ich eine derartige Prachtentfaltung nur auf Papstporträts der Renaissance gesehen.

»Ich habe gehört, ein in Brügge lebender Engländer hätte den Diamanten so gut wie gekauft«, sagte Holmes mit einem grässlichen Südstaatenakzent, und ich wollte schon übersetzen, aber der Graf schüttelte vehement den Kopf.

»Sie haben Glück! Er hat sich noch nicht endgültig entschieden«, erklärte er in einem Englisch, das noch schauderhafter klang als sein Französisch.

»Gemütlich haben Sie es hier«, meinte Holmes und schaute sich bewundernd in dem vollgestopften Raum um. »So schöne Gemälde habe ich bisher nur in Boston gesehen!«

»Wenn Sie eines davon erwerben möchten, müssen Sie es nur sagen. Sie stammen von Absolventen der berühmten Antwerpener Akademie, und ich kann Ihnen bestimmt einen Sonderpreis vermitteln.«

Das war ein seltsamer Graf, der sein Glück als Schmuckhändler und Gelegenheitsgalerist versuchen musste.

»Vielleicht kaufe ich ein Dutzend davon. Sie würden sich gut im meinem Salon machen«, meinte der falsche Amerikaner leichthin und ließ seinen Blick demonstrativ über die Wände schweifen. »Man sagte mir, dass die Weltausstellung erst im November ihre Tore schließen wird. Aber vermutlich möchten Sie Ihren Edelstein so schnell wie möglich veräußern. Daher erstaunt mich, wie häuslich Sie sich hier eingerichtet haben.«

»Ich bin Russe, und wie die meisten meiner Landsleute bin ich Pessimist. Daher bin ich darauf gefasst, mich möglicherweise länger in Antwerpen aufhalten zu müssen, als mir lieb ist, und ich haben keine Lust, in einem Bretterverschlag zu sitzen«, entgegnete Graf Bulgakow, der nicht verbergen konnte, dass ihn die Frage irritiert hatte.

»Das wäre auch aus Sicherheitsgründen wenig empfehlenswert.«

»Wem sagen Sie das!« Der Graf stieß einen melodramatischen Seufzer aus. »Wenn ich bedenke, wie oft der King-Diamant im Lauf seiner Geschichte schon gestohlen wurde!«

»Haben Sie keine Angst, dass er auch Ihnen Unglück bringt?«, fragte ich, denn ich war es leid mich mit der Rolle des Zuhörers zu begnügen.

Graf Bulgakow lehnte sich auf seinem Sessel zurück. »Das sind doch alles Ammenmärchen!«

»Trotzdem höre ich diese Schauergeschichten immer wieder gern«, meinte der falsche Amerikaner. »Ich wäre Ihnen daher sehr verbunden, wenn Sie mir die Geschichte des King-Diamanten erzählen können.«

»Mit dem größten Vergnügen«, erwiderte der Graf und begann zu erzählen. In seiner Variante der Geschichte war der Stein ursprünglich das rechte Auge einer Shiva-Statue. Sonst waren die Berichte identisch.

»Und wie ist der Diamant in Ihren Besitz gelangt?«, fragte Holmes mit typisch amerikanischer Unschuldsmiene, nachdem Graf Bulgakow geendet hatte.

»Er war zusammen mit anderen Edelsteinen in ein schrecklich protziges Diadem eingelassen, das sich seit Langem im Besitz meiner Familie befand. Als ich das Schmuckstück veräußern wollte, erkannte der St. Petersburger Juwelier in dem Mittelstein den King-Diamanten.«

»Es war sehr freundlich von ihm, Sie vor dem Verkauf darauf hinzuweisen!« Der Graf war viel zu sehr mit seiner Selbstdarstellung beschäftigt, um zu bemerken, dass Holmes sich über ihn lustig machte. »Aber spannen Sie mich nicht länger auf die Folter und zeigen Sie mir endlich den grünen Diamanten!«

»Selbstverständlich. Wie konnte ich das nur über das anregende Gespräch mit Ihnen vergessen!«, entgegnete der Graf mit zumindest melodischem, russischem Akzent.

Er zog an einem Klingelzug hinter seinem Schreibtisch. Kaum war der klare Ton verklungen, öffnete schon der schlaksige Diener die Tür und betrat den Raum mit einem kleinen Silbertablett in der Hand. Vorsichtig hob er ein Gemälde – das eine weiß gekleidete Frau mit Sonnenschirm zeigte – vom Haken, wodurch ein dahinter versteckter Safe sichtbar wurde. Der Diener verdeckte den Safe mit seinem Rücken, während er ihn öffnete.

Holmes schloss die Augen und lauschte dem leisen Klicken des Nummernschlosses.

»Habe ich zu viel versprochen?«, fragte der Graf, nachdem der Diener einen grünen, geschliffenen Edelstein auf das Silbertablett platziert und dieses auf den Schreibtisch gelegt hatte.

Ich hatte erwartet, beim Anblick des berühmten Diamanten ein erhebendes Gefühl zu verspüren, aber es wollte sich nicht einstellen. Ernüchtert beäugte ich einen haselnussgroßen, grünen Stein, der für meine Laienaugen wie ein Smaragd aussah, und konnte es nicht fassen, dass möglicherweise wegen dieses funkelnden Steins ein Mord begangen worden war.

»Ich habe ihn mir größer vorgestellt«, bemerkte Holmes großspurig. Sicherlich war an ihm nicht nur ein Einbrecher, sondern auch ein Schauspieler verloren gegangen. Trotzdem wünschte ich, er hätte sich damit begnügt, einen ganz normalen Kaufinteressenten zu mimen.

»Aber bedenken Sie die Seltenheit der grünen Färbung. Dazu kommt die Reinheit des Steins und der ausgezeichnete Schliff«, widersprach der Graf ohne großen Elan. Offenbar hatte man ihm tatsächlich bereits von unserem Rundgang durch das Diamantenviertel erzählt.

»Außerdem sagt mir der Grünton nicht zu. Ein größerer Blauanteil wäre mir lieber. Ich glaube, ich werde mich doch für einen weißen Diamanten entscheiden«, verkündete Holmes und griff sich an die Krempe seines Zylinders, den er beim Betreten des Raums nicht abgenommen hatte.

»Sollten Sie es sich anders überlegen, lassen Sie es mich bitte wissen«, ermahnte uns der Graf und deutete dann auf seine Bilderwand. »Aber Sie haben sich doch vorhin für die Gemälde interessiert. Moderne Ölgemälde würden Ihrem Anwesen bestimmt ein distinguiertes, europäisches Flair verleihen.«

Holmes nickte und betrachtete zunächst einen Frauenakt und dann das Genrebild, hinter dem sich der Safe befand. »Mein Salon hat eine rosafarbene Tapete. Suchen Sie mir doch bitte bis nächsten Mittwoch ein Dutzend großformatige Gemälde aus, die dazu passen.«

In diesem Augenblick empfand ich aufrichtigen Respekt vor dem Grafen, dass er nicht lachte oder die Augen verdrehte. Mein Schwager Andrea hätte einen derartigen Banausen hochkant aus seiner Bildhauer-Werkstatt geworfen.

»Es wird mir ein Vergnügen sein«, erklärte er verbindlich und gab seinem Diener ein Zeichen.

Der junge Mann brachte den Diamanten in den Safe zurück und begleitete uns, nachdem wir uns verabschiedet hatten, zur Ladentür, die er für uns aufschloss.

»Was halten Sie von diesem seltsamen Grafen, der es nötig hat, in einer Jahrmarktbude dubiose Geschäfte zu betätigen?«, fragte ich Holmes auf der Straße, um einer Frage seinerseits zuvorzukommen.

»Außer der offensichtlichen Tatsache, dass er Diabetiker, Spieler und ein passabler Pianist ist, dürfte er genauso wenig ein Russe sein wie ich ein Amerikaner oder Norweger bin«, meinte Holmes, beim Gehen auf die Pflastersteine schauend.

»Sein Akzent ist etwas übertrieben«, pflichtete ich bei.

»Der Akzent war akzeptabel«, widersprach Holmes, »aber die Art, wie Graf Bulgakow die Adverbien verwendete zeigte unmissverständlich, dass er kein russischer Muttersprachler ist.«

»Aber er hat die Adverbien doch völlig korrekt verwendet«, bemerkte ich erstaunt.

»Das ist genau, was meinen Argwohn erweckte! Ein Russe hätte ganz charakteristische Fehler gemacht. Es würde mich auch nicht wundern, wenn er kein Graf ist.«

»Vielleicht ist er in Wahrheit Galerist und benützt den Diamanten nur als Köder, um Käufer für seine mittelmäßigen Gemälde anzulocken«, schlug ich scherzhaft vor.

»Ihre Theorie berücksichtigt nicht, dass nur wenige Menschen die Gemälde zu sehen bekommen«, meinte Holmes und blieb vor den Auslagen eines Juweliers stehen. »Wie Sie sicherlich bemerkt haben, wird der bombastisch eingerichtete Verkaufsraum in der Regel nur einmal die Woche genützt.«

»Die Staubschicht auf den Möbeln?« vermutete ich schüchtern und betrachtete die Dekoration des Schaufensters.

»Ist exakt fünf Tage alt«, bestätigte Holmes und setzte seinen Weg fort. »Das gilt auch für den Schreibtisch, auf dem Graf Bulgakow den Staub mit dem Ärmel weggewischt hätte, wenn er sich regelmäßig im Raum aufhalten würde. Die Abnützung der Holzoberflächen lässt erkennen, dass nur einmal die Woche geputzt wird, wozu auch die Anzahl der zerknitterten Papiere im Korb neben dem Schreibtisch passt.«

»Ich fand es erstaunlich, dass der Graf nicht zu verbergen suchte, hinter welchem Gemälde sich sein Safe befindet«, bemerkte ich.

»Er wird wohl kaum so leichtsinnig sein, den Diamanten dort über Nacht aufzubewahren. Entweder gibt es im Ladengeschäft ein weiteres Versteck, oder er nimmt den King-Diamanten mit, wenn er den Laden verlässt.«

Wir erreichten eine Straßenkreuzung, und Holmes blieb abrupt stehen, obwohl die Straße frei war.

»Ich muss heute Abend noch ein paar Dinge klären«, sagte er in seiner charakteristischen, knappen Art. »Sie täten gut daran, sich in der Zwischenzeit etwas auszuruhen, denn wir haben morgen einen anstrengenden Tag vor uns. Wenn es Ihnen nichts ausmacht, werden wir die belgische Hauptstadt besuchen.«

»Im Gegenteil! Es ist mir ein wahres Vergnügen«, beteuerte ich, aber bevor ich fragen konnte, was uns nach Brüssel führte, war Holmes schon im Sturmschritt um die Ecke gebogen.

10. Der Friedhof

Welche Erkenntnisse hoffen Sie auf dem Friedhof zu gewinnen?«, fragte ich entgeistert, als ich im Morgenzug nach Brüssel erfuhr, dass wir auf dem Weg zu Jan Peeters' Beerdigung waren.

»Ich möchte unbedingt die Wohnung des Juweliers inspizieren. Daher kam mir die Einladung zur Trauerfeier äußerst gelegen, zumal sie mir ermöglichen wird, auch Doktor Peeters' Domizil in Augenschein zu nehmen.«

»Sie verdächtigen ihn doch nicht allen Ernstes, seinen eigenen Bruder ermordet und uns anschließend mit der Aufklärung des Verbrechens beauftragt zu haben?«

»Keinesfalls! Doktor Peeters hätte eine andere Mordmethode gewählt. Schließlich wusste er, dass sein Bruder ein guter Schwimmer war«, meinte Holmes und wippte ungeduldig mit dem Fuß, wohl weil der Zug wieder einmal höchstens achtundvierzig Meilen die Stunde zurücklegte.

Seit Tagen war es trüb und unbeständig. Während der Zugfahrt verdichteten sich die Wolken schon wieder zu einer Regenfront, die über uns hinwegzog. Dicke Tropfen prasselten auf das Dach des Eisenbahnwaggons und rannen die vor Kälte beschlagenen Fensterscheiben hinab.

»Ein ideales Wetter für eine Veranstaltung im Freien«, brummte ich vor mich hin, aber Holmes reagierte nicht, sondern starrte dumpf brütend auf die nasse Scheibe.

Gott sei Dank tröpfelte es nur noch, als wir Brüssel erreichten. Am Bahnhof ergatterten wir eine Droschke, die uns zum nordöstlich des Stadtzentrums gelegenen Hauptfriedhof fahren sollte, der teilweise bereits zur kleinen Gemeinde Evere gehörte. Vornehme, breite Boulevards mit eleganten Geschäften, die mich an Paris erinnerten, und gepflegte Parks zogen hinter dem Droschkenfenster vorbei. Andere Straßenzüge ähnelten denen von Antwerpen, aber alle wurden beherrscht vom monströsen, reichlich eklektischen Gerichtsgebäude, das sich in exponierter Lage am Übergang von Unter- zu Oberstadt erhob. Der mindestens fünfhundert Fuß breite und dreihundert Fuß hohe Bau war sicherlich einer der größten Gebäudekomplexe unserer an Monumentalbauten so reichen Epoche. Trotzdem beeindruckte er mich gar nicht.

Nachdem wir das Zentrum der belgischen Hauptstadt durchquert hatten, polterte unsere reichlich klapprige Droschke über eine lange Ausfallstraße und hielt schließlich neben einem pompösen Portal, hinter dem ein ausgedehnter Park mit schnurgeraden Alleen lag. Auch hier draußen hatte es geregnet. Das Straßenpflaster war noch feucht und die Luft roch nach nasser Erde und Gras. Mittlerweile hatte aber der Wind die letzten Wolken vertrieben und die milde Frühlingssonne schien mir ins Gesicht.

»Wir möchten zur Beerdigung des Juweliers Jan Peeters«, sprach Holmes einen steinalten, verhutzelten Friedhofswärter an, der aus dem geöffneten Fenster des Pavillons neben dem Eingang schaute.

»Gehen Sie immer geradeaus, bis Sie das Waterloo-Monument erreichen. Dann biegen Sie rechts um die Ecke«, sagte er, ohne in seinen Unterlagen nachzuschauen. »Beeilen Sie sich lieber, Sie sind spät dran!«

»Waterloo-Monument? Hat hier die berühmte Schlacht stattgefunden?«, fragte ich trotz unseres Zeitdrucks erstaunt.

»Nein, Waterloo liegt natürlich südlich von Brüssel!«, erklärte der alte Friedhofswärter im belehrenden Tonfall eines pensionierten Volksschullehrers.

Wir bedankten uns für die Auskunft und betraten den Friedhof. Hohe Ulmen ragten zu beiden Seiten des Wegs in den blauen Himmel, der nicht zu einem Friedhof passen wollte. Unsere Füße produzierten schmatzende Geräusche im Schlamm des vom Regen durchnässten Pfads, und von den Blättern der Bäume fielen noch ab und zu schwere Tropfen herab. Nach einem kurzen Fußmarsch erreichten wir das Waterloo-Denkmal, das aus einer überlebensgroßen, weiblichen Bronzefigur bestand, die elegisch auf ein von Löwen bewachtes Grab blickte. Wir blieben kurz stehen und lasen die Inschrift, die der bei Waterloo gefallenen englischen Offiziere, Unteroffiziere und Soldaten gedachte. Ich gestand mir innerlich ein, dass mir unser Fall langsam über den Kopf wuchs, und hoffte, nicht selbst in Belgien mein Waterloo zu finden.

Als wir rechts in einen Seitenweg abbogen, sahen wir in der Ferne eine rund fünfzig Köpfe zählende Menschenmenge. Zum Glück hatte trotz unserer Säumigkeit die Trauerfeier noch nicht begonnen. Als wir näher kamen, löste sich der Bruder des Juweliers, der unser Kommen bemerkt hatte, aus der Menge und schritt uns über den schlammigen Weg entgegen. In seiner vertrauten Umgebung hatte er sein früheres Selbstbewusstsein zurückerlangt.

»Monsieur Sigerson, Monsieur Tristram, schön, dass Sie gekommen sind«, sagte er und geleitete uns zu den anderen, die vor einem pompösen Familienmonument aus schwarzem Granit versammelt waren. »Meine Frau Laurette und meine beiden Söhne«, stellte er uns eine hübsche Brünette in den Dreißigern mit zwei neugierig dreinblickenden, blonden Jungen vor. Dann deutete er auf eine magere Frau um die Vierzig mit vorstehendem Kinn und aschblondem Haar. »Das ist meine Nichte Helene de Molenaer, die ältere Tochter meines Bruders. Sie ist zur Beerdigung aus Ieper angereist. Seine jüngere Tochter wohnt in Philadelphia und konnte leider nicht rechtzeitig kommen.«

Laurette Peeters, die neben ihrer Nichte wie das blühende Leben aussah, bestaunte uns mit unverhohlener Neugier. Die altjüngferliche Helene de Molenaer schien uns hingegen nicht recht einordnen zu können.

»Die Herren sind die privaten Ermittler, die ich damit beauftragt habe, die genauen Todesumstände meines Bruders aufzuklären«, informierte Doktor Peeters seine Familie, nachdem wir den beiden Frauen unser Beileid ausgesprochen hatten.

»Bitte scheuen Sie keine Kosten, um die Wahrheit ans Licht zu bringen«, erklärte die Tochter des Juweliers bestimmt und musterte uns dann mit kritisch zusammengekniffenen Augen. »Sie werden doch hoffentlich den Mörder meines Vaters fassen?«

»Ich stehe kurz vor Aufklärung des Falls«, behauptete Holmes kühn, »aber vielleicht wird Ihnen gar nicht gefallen, was ich herausfinde.«

»Sie glauben doch wohl nicht im Ernst, dass Jan Selbstmord begangen hat?«, mischte sich Doktor Peeters ein. Die Empörung gegen diese Annahme kam in seiner Stimme deutlich zum Ausdruck.

»Nein, es war ganz sicher Mord.« Holmes blickte anklagend in die Runde und alle Farbe wich aus den Gesichtern der beiden Frauen. Nur Doktor Peeters schaute unbefangen zurück. Holmes räusperte sich, bevor er fortfuhr.« Ich habe mich in den Gasthäusern in der Nähe des Tatorts umgehört und einen Wirt gefunden, der sich an Jan Peeters erinnerte. Er hat in seinem Lokal mit einem jungen Mann ein angeregtes Gespräch geführt, das schließlich in einen Streit ausartete. Leider ist die Beschreibung des zweiten Mannes so vage, dass es jeder sein könnte.«

»Also, falls Sie mich verdächtigen sollten, ich habe ein Alibi. Meine Patienten können bezeugen, dass ich an dem schrecklichen Tag bis acht Uhr in meiner Praxis war.«

Das sollte wie ein Scherz klingen, aber der Bruder des Juweliers konnte seine Besorgnis nicht verbergen.

»Sie werden entschuldigen, dass ich Ihnen gern schnell ein paar Fragen stellen möchte«, sagte Holmes zu Helene de Molenaer.

»Das ist genau der richtige Zeitpunkt«, bemerkte Laurette Peeters spitz und deutete auf einen Priester, dessen schwarze Silhouette sich am Ende des Wegs vor dem Grün der Bäume und des Rasens abzeichnete. »Meine Herren, Sie werden mich entschuldigen.«

Sie verließ die Gruppe der Trauernden und schritt dem Pfarrer gravitätisch entgegen.

Der Wind bewegte die Blätter der hohen Alleebäume, und es roch nach Erde und nassem Gras. In den Lichtstrahlen, die die Baumkronen durchbrachen, tanzte der Pollen der blühenden Büsche.

»Unvorstellbar, dass mein Vater ertrunken sein soll! Schließlich hat er früher an Schwimmwettbewerben teilgenommen«, platzte es aus der Tochter des Juweliers heraus, die mit den Tränen kämpfte.

»Hatte Ihr Vater Feinde?«, wollte Holmes wissen, und ich war darauf gefasst, dass sie den Namen ihrer Tante nennen würde, aber sie verneinte nur mit einem Kopfschütteln. »Vielleicht Konkurrenten, aber sicherlich keine Feinde.«

»Wie war das Verhältnis Ihres Vaters zu den Antwerpener Diamantenschleifern und -händlern?«

»Das weiß ich leider nicht. Er sprach niemals zu Hause über seinen Beruf.«

Mittlerweile hatte Helene de Molenaer sich wieder gefasst.

In ihrer nüchternen, etwas trockenen Art erinnerte sie mich an ihren Vater.

»Wussten Sie, dass er für einen in Brügge lebenden Engländer den King-Diamanten begutachtet hat?«

»Was für einen Diamanten?«

Entweder die Tochter des Juweliers war eine hervorragende Schauspielerin oder sie hatte – wie ich – noch nie etwas von diesem einzigartigen Edelstein gehört.

»Ein lange verschollener, grüner Diamant, der vor Kurzem in Russland wieder aufgetaucht ist und momentan in Antwerpen ausgestellt wird«, erklärte Holmes.

Helene de Molenaer blickte einen Augenblick lang nachdenklich auf den Boden. »Ich weiß nichts davon, aber das will nichts heißen. Wie ich schon sagte, mein Vater redete mit mir nicht über seinen Beruf.«

»Stimmt es, dass er einen Sekretär beschäftigte, dem er seine Briefe diktierte?«, fragte Holmes sichtlich enerviert über das unergiebige Gespräch, zumal der Priester schon die Hälfte des Wegs zurückgelegt hatte.

»Ja, das stimmt! Er hatte nämlich eine ziemlich unlesbare Handschrift. Es war nur ein Vorwand, dass ihn die Gicht beim Schreiben behindere.«

»Ha! Das habe ich erwartet«, entfuhr es Holmes, was ihm das vorwurfsvolle Zischen einer alten Dame einbrachte.

»Ich fand, dass er weder ungelenk noch steif wirkte«, pflichtete ich Helene de Molenaer bei.

Holmes warf mir einen vorwurfsvollen Blick zu, den ich nicht deuten konnte. »Der Sekretär nimmt nicht zufällig an der Trauerfeier teil?«, wollte er dann wissen und musterte die jüngeren Männer in der schwarz gekleideten Menge.

»Natürlich nicht!« Frau de Molenaer schien die bloße Vorstellung absurd zu finden. »Er war nur Bediensteter, kein

Freund der Familie. Außerdem lebte er nicht einmal im Haus, sondern kam ab und zu morgens für ein paar Stunden vorbei.«

»Zum Schluss habe ich noch eine private Frage«, begann Holmes vorsichtig. »Ich habe gehört, dass sich Ihr Vater schlecht mit seiner Schwägerin verstand.«

Ich erwartete, sie würde die familiären Reibereien bestreiten oder gar Holmes zurechtweisen, dass ihn das nichts anginge, aber nichts dergleichen geschah.

»Mein Vater konnte sich nicht damit abfinden, eine Wallonin in der Familie zu haben.«

»Aber das Verhältnis zu seinem Bruder wurde dadurch offenbar nicht getrübt. Immerhin hat dieser mich beauftragt, den Tod des Juweliers zu untersuchen«, bemerkte Holmes, der ausnützte, dass sich Doktor Peeters gerade außer Hörweite befand.

Uns beauftragt, hätte ich am liebsten korrigiert.

»Trotzdem standen sich die beiden vor der Heirat meines Onkels näher«, erwiderte die Tochter bedauernd, bevor der Priester durch die Menge schritt und damit unser Gespräch beendete.

Während der Trauerfeier überdachte ich alles, was wir bisher erfahren hatten. Aber ich hätte lügen müssen, wenn ich behauptet hätte, der Lösung unseres Falls näher gekommen zu sein. Noch bevor Doktor Peeters uns zum Leichenschmaus einladen konnte, sprach Holmes ihn an: »So leid es mir tut, wir müssen bald aufbrechen. Könnten Sie vielleicht vorher die Freundlichkeit besitzen, uns den Namen und die Anschrift des Sekretärs Ihres Bruders zu geben?«

»Er heißt Charles Simonet, aber wo er wohnt, weiß ich nicht.«

Der Arzt wandte sich an eine griesgrämige, ältere Witwe, die wegen ihrer schlichten Kleidung sicherlich nicht zur

Familie gehörte, aber trotzdem in der vordersten Reihe gestanden hatte, und übersetzte ihr die Frage.

»Onderrichtsstraat 9«, sagte sie mit belegter Stimme.

»Das ist die Straße, in der mein Bruder wohnte. Nach der Hausnummer zu schließen, ist es das übernächste Haus«, erläuterte Doktor Peeters.

»Das trifft sich gut! Wie ich Ihnen schon in meinem Schreiben mitgeteilt habe, würde ich mich gern im Haus Ihres Bruders umschauen«, meinte Holmes, nachdem er sich die Anschrift notiert hatte.

»Wenn Sie möchten, kann mein Kutscher Sie nach Brüssel transportieren«, bot Doktor Peeters an. »Wenn Sie Ihre Untersuchungen abgeschlossen haben, können Sie mit ihm nach Schaarbeek fahren, wo Sie heute Abend in meinem Heim herzlich willkommen sind.«

»Dafür wäre ich Ihnen sehr verbunden«, entgegnete Holmes erfreut.

Die alte Frau sagte noch etwas auf Flämisch und beäugte Holmes dabei, als wäre er ein steckbrieflich gesuchter Verbrecher.

»Marie, die treue Haushälterin meines Bruders, möchte Sie gern begleiten«, erklärte Doktor Peeters und sah uns entschuldigend an.

»Mit dem größten Vergnügen!«, erwiderte Holmes, aber er schien über unsere Reisegefährtin alles andere als begeistert zu sein.

11. Das Haus des Juweliers

Fanden Sie es nicht reichlich seltsam, dass die Tochter des Juweliers behauptete, ihr Vater hätte niemals über seine Arbeit gesprochen?«, fragte ich Holmes auf Englisch, als wir uns von den Familienmitgliedern verabschiedet hatten und in der Kutsche saßen.

Die Haushälterin quittierte meine Worte mit einem verstimmten Blick, der einer spanischen Gouvernante zur Ehre gereicht hätte. Obwohl sie ihr nicht ähnlich sah, erinnerte sie mich an unsere Antwerpener Pensionswirtin. Es musste an dem gewohnheitsmäßig vorwurfsvollen Gesicht liegen, dass alle Haushälterinnen und Wirtinnen mit der Zeit gleich aussahen.

»Das dürfte für viele Männer zutreffen«, entgegnete Holmes, der sicherlich selbst zu dieser Spezies gehörte, und schaute an die Decke des Wagens.

»Trotzdem ...«, begann ich, aber Holmes bedeutete mir mit einer Geste, nicht weiterzusprechen.

Doch ich ließ mich nicht beirren. »Für mich ist diese Heimlichtuerei im engsten Familienkreis ein untrügliches Anzeichen dafür, dass Jan Peeters in irgendwelche dubiosen Geschäfte verwickelt war«, meinte ich unverdrossen.

»Wie können Sie es wagen, eine derartige Behauptung aufzustellen! Jan Peeters war ein ausgezeichneter Juwelier und ein vorbildlicher Familienvater«, wies Marie mich in gutem Englisch zurecht.

Ich schrak zusammen, denn ich hatte ihre Anwesenheit fast vergessen. Außerdem war ich davon ausgegangen, dass sie unserem auf Englisch geführten Gespräch nicht folgen konnte.

»Sie haben als junges Mädchen in einem englischen Haushalt gearbeitet«, stellte Holmes fest, als sei das eine allgemein anerkannte Tatsache.

»Wenn Sie es ganz genau wissen wollen: Ich war drei Jahre in London«, knurrte Marie bärbeißig zurück.

»Das habe ich auf den ersten Blick erkannt«, sagte Holmes aufgeräumt. »Ihre frühere Dienstherrin hat Ihnen zum Abschied diesen vergoldeten Anhänger mit der Gravur *domine dirige nos*[11] geschenkt. Dieses Motto steht bekanntlich unter dem von zwei Drachen gehaltenen Wappen der Stadt London geschrieben.« Der letzte Satz war an mich gerichtet. »Und der dezente Farngeruch hinter Ihren Ohren kann nur von einem englischen Parfüm stammen.«

»Die Kinder und Enkel meiner früheren Herrschaft schicken mir noch immer Weihnachtspakete«, bestätigte Marie, schon nicht mehr ganz so feindselig.

Mit der ganzen Umgänglichkeit, die er – wenn es der Aufklärung eines Falles diente – Frauen gegenüber aufbringen konnte, plauderte Holmes während der restlichen Fahrt mit der alten Haushälterin. Das Haus des Juweliers befand sich in der Brüsseler Oberstadt, wo die wohlhabenden Bürger lebten. Aber noch ehe Doktor Peeters' Kutsche durch die steilen, geschäftigen Straßen des Regierungsviertels rumpelte, hatte Marie Holmes ins Herz geschlossen.

Schließlich bremste der Kutscher in einer engen Straße mit schmalen, neu errichteten Häusern. Die meisten der gepflegten Bauten besaßen steinerne Fenster- und Türumrahmungen und typisch französische Balkone mit schmiedeeisernen Brüstungen. Das dunkle Schieferdach von Jan Peeters' dreistöckigem, aus hellem Kalkstein gemauertem Haus überrag-

[11] Herr, lenke uns.

te die Nachbarbauten. Die gesamte Breite seines Erdgeschosses wurde von einem Juweliergeschäft eingenommen, darüber lag die Beletage mit großen Fenstern, während im dritten, deutlich niedrigeren Stockwerk die Dienstboten wohnten.

»Wissen Sie zufällig, ob das Juweliergeschäft weitergeführt wird?«, fragte Holmes seine neue Verbündete.

»Die Arbeit im Laden wird schon seit Langem von Angestellten erledigt. Das Geschäft läuft sehr gut. Ich wüsste nicht, warum es die beiden Erbinnen verkaufen sollten.«

Der Kutscher riss den Schlag auf, wir stiegen aus und folgten Marie zur Haustür neben dem Ladeneingang. Mit hoch erhobenen Kopf und feierlicher Miene schloss die alte Haushälterin die Eichentür auf, in die eine Glasfüllung mit Blumenmuster eingelassen war. Dahinter lag ein aufwändig gestaltetes Treppenhaus, dessen tragende Teile aus Metall gegossen waren. Schlanke Säulen aus Gusseisen mit spinnenartig filigranen Kapitellen trugen die mit Messing verkleidete Podestdecke. Die hölzernen Stufen der Wendeltreppe waren an einer Spindel mit floralen Ornamenten befestigt. Dazu passte das Spiralmuster des Steinmosaiks, das auf dem Boden im Flur ausgelegt war. Staunend erkannte ich, dass ich vor meinem Besuch in Brüssel keine Ahnung gehabt hatte, was Jugendstil war.

»Mich interessieren vor allem die Korrespondenz des Juweliers und sein Schreibtisch«, erklärte Holmes, während er mit seinen langen Beinen die Stufen der Wendeltreppe erklomm.

Auch der Boden des oberen Treppenabsatzes war mosaiziert, während in den Wohnräumen ein versiegelter Parkettboden aus Tropenholz verlegt war. Ohne nach rechts oder links zu schauen und diese Pracht auch nur eines Blickes zu würdigen, durchschritt Holmes das Foyer und den Salon, der mit noch teurer aussehenden, modernen Sesseln möbliert war. Die Mittagssonne schien durch die hohen Sprossenfenster und tauchte Wände, Böden und Möbel in warmes Licht.

Hinter dem Salon lag ein Bibliotheks- und Arbeitsraum, dessen Schmalseite ein Schreibtisch mit Jugendstildekor einnahm. Auf der Tischfläche lagen in unordentlichen Stößen Briefe, Rechnungen, leere Zettel und Notizbücher. In der restlichen Wohnung herrschte hingegen penible Ordnung.

»Es ist mir schrecklich peinlich, dass es hier so aussieht, aber auf dem Schreibtisch durfte ich leider nicht putzen«, sagte Marie entschuldigend. Sie war etwas außer Atem, da sie Mühe gehabt hatte, mit Holmes Schritt zu halten.

»Wenn es mein Schreibtisch wäre, hätte ich Ihnen das ebenfalls bei Androhung der Todesstrafe verboten«, entgegnete Holmes finster und blätterte dann aufmerksam die Schriftstücke durch.

Kopfschüttelnd und einige unverständliche Worte vor sich hinmurmelnd verließ Marie den Raum und schloss geräuschvoll die Türen von Arbeitsraum und Salon hinter sich.

»Nicht nur der King-Diamant, sondern auch unser Fall enthüllt immer neue Facetten«, stellte Holmes konzentriert fest.

Ich schaute ihm über die Schulter, wusste aber nicht, was er an den in französischer Sprache abgefassten Gutachten, die er nacheinander in die Hand nahm, bemerkenswert fand.

Ein metallisches Klappern und Scheppern drang durch den Salon ins Arbeitszimmer. Holmes erstarrte in der Bewegung, legte die Dokumente auf den Schreibtisch zurück und ging dann mit langen Schritten auf die Geräuschquelle zu. Ich schloss mich an und wir gelangten in eine vom Innenarchitekten des Treppenhauses gestaltete Küche, die ich in der Belegtage nicht erwartet hätte, denn in vornehmen Häusern pflegten die Küchen im Erdgeschoss untergebracht zu sein.

Glücklicherweise erinnerte ich mich aber an das Juweliergeschäft unter uns, bevor ich mich laut wunderte.

»Was haben Sie vor?«, stellte Holmes die alte Haushälterin so alarmiert zur Rede, als ob er sie verdächtigte, wichtige Beweismittel zu einem Hackbraten zu verarbeiten.

»Ich bereite das Essen für die Herrschaft vor. Frau de Molenaer wird für ein paar Tage im Haus logieren«, erwiderte Marie verdattert über die heftige Reaktion und schaute mit treuen, blauen Augen zu Holmes auf. »Außerdem dachte ich, Sie möchten bestimmt auch eine Kleinigkeit zu sich nehmen. Schließlich sind Sie schon den ganzen Vormittag unterwegs.«

Die Worte der Haushälterin brachten mir erst ins Bewusstsein, wie ausgehungert ich war.

»Danke, das ist nicht nötig«, beteuerte Holmes, bevor ich dazu kam, etwas Gegenteiliges zu sagen.

»Aber, Sie sollten etwas essen, so mager und blass, wie Sie sind.«

Immer wieder stellte ich fest, dass Holmes bei älteren Frauen die mütterlichen Instinkte weckte. Einen Augenblick lang starrte er sie konsterniert an, dann verzog sich sein hageres Gesicht zu einem entgegenkommenden Lächeln.

»Vielleicht haben Sie recht, aber ich würde es vorziehen, Ihnen keine Mühe zu bereiten, sondern auswärts zu speisen.«

»Das ist mir keine Mühe, ich muss sowieso kochen«, wandte die Haushälterin ein, aber Holmes ignorierte ihre nicht von der Hand zu weisende Bemerkung.

»Es gibt nicht zufällig in der Umgebung ein gemütliches kleines Lokal? Vielleicht speiste ja Ihr früherer Arbeitgeber ab und zu auswärts.«

»Er ging manchmal in die kleine Brasserie an der Ecke, aber ich kann sie Ihnen wirklich nicht empfehlen. Wissen Sie, im Gegensatz zu den meisten Brüsselern war Herr Peeters kein

Gourmet. Ihm war ziemlich egal, was er aß, Hauptsache es ging schnell.« Sie warf einen sorgenvollen Blick auf den Herd, aber es kochte nichts über. »Auch über meine Kochkünste hat er niemals ein nettes Wort verloren.«

»Das ist unfassbar! Was Sie gerade zubereiten, riecht ganz ausgezeichnet«, bemerkte ich wahrheitsgemäß.

»Zweifelsohne!«, gab Holmes gönnerhaft zu. »Trotzdem wird die Brasserie für unsere Zwecke völlig ausreichen«, fügte er in einem Tonfall hinzu, der keinen Widerspruch duldete. »Vielleicht können wir auf dem Weg dorthin bei dem Sekretär vorbeischauen, dessen Dienste Jan Peeters in Anspruch genommen hat.«

»Wahrscheinlich werden Sie ihn um diese Zeit nicht zu Hause antreffen.« Maries Gesichtsausdruck ließ keinen Zweifel daran, was sie von unangemeldeten Besuchen zur Mittagessenszeit hielt. »Aber er arbeitet nachmittags als Schreiber bei einem Anwalt in der Nachbarschaft.«

Holmes ließ sich die Adresse der Kanzlei geben, und wir machten uns auf den Weg zur Brasserie.

»Wonach haben Sie eigentlich auf dem Schreibtisch gesucht?«, fragte ich, nachdem Holmes die prächtige Haustür hinter sich zugezogen hatte.

»Ich habe eine Theorie, die noch der Bestätigung bedarf. Vorher möchte ich mich dazu nicht äußern«, antwortete er schroff, wie immer wenn man sich nach einer laufenden Ermittlung erkundigte.

»Dieser Jan Peeters war ein komischer Geselle. Wozu bezahlt er eine Haushälterin, die ganz ausgezeichnet kocht, wenn die Eckspelunke seinen Ansprüchen genügt?«, überlegte ich, als wir auf ein Haus an der Straßenkreuzung zuschritten, das durch ein Blechschild als Brasserie ausgewiesen wurde.

»Höchstwahrscheinlich hat seine verstorbene Gattin sie eingestellt«, erwiderte Holmes, »und ihr Mann hat sie aus Gewohnheit behalten.«

Im Schankraum standen Bänke mit dunkelrotem Lederbezug entlang der Wände. Darüber hingen stumpfe Spiegel, in denen sich eine Folge von Blechschildern mit Bierreklame verschwommen spiegelte. Wir nahmen im hinteren Bereich des Lokals Platz und bestellten bei einer vollschlanken Kellnerin unbestimmbaren Alters überbackenen Chicorée und zwei Gläser Bier.

»Was für ein Bier möchten Sie?«, fragte die Serviererin, und als wir zögerten, zählte sie uns mehr Marken auf als es im gesamten Empire gab.

»Ein Duvel«, bestellte Holmes ohne nachzudenken, während ich mich – mangels anderer Kriterien – des hübschen Namens wegen für ein Grimbergen entschied.

Man servierte das Essen, ohne wenigstens das Bier bald nachzureichen. Ein Bissen genügte, um mich davon zu überzeugen, dass Marie eher untertrieben als übertrieben hatte: Das Essen war lauwarm, fad und verkocht.

Obwohl das Lokal halb leer war, steuerte ein kleiner, sorgfältig gekleideter Mann zielstrebig unseren Nachbartisch an. Sein Kopf hatte eine seltsame, an eine Birne erinnernde Form, von der er mithilfe eines gewaltigen Schnurrbarts abzulenken versuchte. Bevor er sich auf einen der rustikalen Stühle setzte, kontrollierte er aufmerksam sein Äußeres im rückwärtigen Spiegel, und sein Blick blieb missbilligend an einem großen Sprung im Glas haften.

»Haben Sie unser Bier vergessen?«, ermahnte ich die mit hochrotem Gesicht vorbeieilende Serviererin, denn ich brauchte etwas, um das fettige Essen hinunterzuspülen.

»Einen Augenblick«, versprach sie und nahm in aller Seelenruhe die Bestellung unseres Nachbarn auf.

Dann brachte die korpulente Dame endlich unsere Getränke, Holmes' Bier in einem tulpenförmigen Glas, das zur Not als Bierglas durchgehen mochte, meines hingegen in einem Rotweinglas.

»Wieso bekommen wir keine einheitlichen Gläser?«, rief ich der für ihren Leibesumfang erstaunlich flinken Kellnerin nach, die aber bereits außer Hörweite war.

»In Belgien wird jede Biersorte aus einem speziellen Glas getrunken«, antwortete der kleine Mann am Nachbartisch und lächelte uns verbindlich an. »Sie sind doch sicherlich die beiden privaten Ermittler, die in Doktor Peeters' Auftrag den Tod seines Bruders untersuchen?«

»Keinesfalls! Wir sind zwei englische Touristen, die Flandern besichtigen«, entgegnete Holmes unbekümmert, und auch mir war unser neuer Nachbar nicht geheuer.

»Sie sitzen genauso wenig zufällig in dieser Brasserie wie ich selbst, denn wegen des Essens lohnt sie keinen Umweg«, insistierte der Belgier und zwirbelte reichlich manieriert seinen Schnurrbart.

»Leider haben Sie es versäumt, uns vor dem Koch zu warnen. Von außen sah das Lokal jedenfalls recht einladend aus«, erwiderte Holmes säuerlich.

»Außerdem sieht man Ihren staubigen Schuhen an, dass Sie aus Jan Peeters' Haus kommen, wo seit dem Tod seines Besitzers das Treppenhaus nicht mehr geputzt worden ist«, bemerkte der übertrieben korrekt gekleidete Mann. Seine eigenen Schuhe glänzten sogar im schummrigen Licht des Lokals, als wären sie lackiert.

»An Ihnen nehme ich den Geruch des gedünsteten Huhns wahr, das die Haushälterin des verstorbenen Juweliers gerade zubereitet. Monsieur, darf ich Sie daher fragen, was Sie mit der Angelegenheit zu schaffen haben?«, konterte Holmes grimmig, was der schnurrbärtige Belgier lustig zu finden schien.

»Mon Dieu, was für eine Frage! Schließlich bin ich Kommissar bei der Brüsseler Polizei!«, erklärte er in einer Art und Weise, als müsste man ihn kennen.

»Was Sie nicht sagen! Ich hätte Sie für einen Maskenbildner oder Friseur gehalten«, entfuhr es Holmes, dem vor Erstaunen fast die Gabel aus der Hand fiel. »Üblicherweise erkenne ich dank meiner wissenschaftlichen Methode unfehlbar den Beruf meiner Gesprächspartner.«

»Wenigstens haben Sie mich nicht für einen Franzosen gehalten. Daher sei Ihnen ausnahmsweise verziehen.« Die grünen Augen des Belgiers musterten die lange, dünne Gestalt Holmes', der ihn selbst im Sitzen um mehr als einen Kopf überragte. Als er die von Pfeife und Tabaksbeutel ausgebeulte Jackentasche bemerkte, nahm sein Gesicht einen selbstzufriedenen Ausdruck an. »Es ist mir eine Ehre, Ihnen zu begegnen, Mister ...«

»Bitte keinen Namen«, unterbrach ihn Holmes vehement. »Ich lebe zurzeit inkognito auf dem Kontinent.«

Der Belgier machte eine beschwichtigende Geste. »Die alte Marie hat Sie mir bereits als Mister Sven Sigerson und Mister David Tristram vorgestellt.«

Die Bedienung knallte ein bauchiges Weinglas auf den schmuddeligen Tisch unseres Nachbarn.

»Das ist genau, was ich bei unserer Rückkehr aus Brügge meinte: Wenn das Personal etwas mitbekommen hat, weiß es bald die ganze Stadt«, sagte Holmes, unseren Tischnachbarn ignorierend.

Bevor der Belgier etwas erwiderte, hielt er sein Weinglas prüfend gegen das magere Licht der Deckenlampe und polierte es mit seinem blütenweißen Taschentuch. Erst dann trank er einen Schluck seines Schoppens. »Ich finde das Studium des menschlichen Charakters aufschlussreicher als die Analyse von Zigarettenkippen und Schmauchspuren.«

»Das eine schließt das andere wohl nicht aus«, entgegnete Holmes reserviert, drehte dann dem grünäugigen Belgier demonstrativ den Rücken zu, schlang hastig ein paar Bissen hinunter und kippte sein Bier hinterher.

Ich verstand das Signal zum Aufbruch, tastete aber den Rest meines kalt gewordenen Essens nicht an, sondern beschränkte mich auf das Leeren meines Bierglases.

»Wir möchten zahlen!«, rief Holmes der offenbar chronisch überforderten Bedienung zu, die uns abkassierte, ohne anstandshalber nachzufragen, ob es geschmeckt habe.

»Ich kann Ihnen in Brüssel ein paar vorzügliche Lokale empfehlen«, meldete sich unser Nachbar. »Sonst behalten Sie die belgische Küche in allzu schlechter Erinnerung.«

»Wir haben in Antwerpen bereits ganz ausgezeichnet gegessen«, beteuerte ich, um das Gespräch zu beenden.

Holmes setzte wortlos seinen Hut auf, und wir machten uns schleunigst davon.

»Dieser Mensch war nicht nur hochgradig aufdringlich und lästig, sondern er hat mich zu allem Überfluss auch noch davon abgehalten, mit den anderen Gästen zu sprechen, obwohl ich nur zu diesem Zweck das Lokal besucht hatte«, brummte Holmes, während wir zur Kanzlei des Anwalts gingen, in der wir den früheren Sekretär des Juweliers anzutreffen hofften.

»Ich kann mir nicht vorstellen, wie er mit seinem unverwechselbaren Äußeren und der exaltierten Kleidung jemanden unauffällig beschatten kann«, sinnierte ich vor mich hin.

»Leider haben Sie ihm einen Vorwand gegeben, uns zu belästigen. Holmes warf mir einen kritischen Seitenblick zu. »Mir ist die Bierglas-Vielfalt in Belgien schon am ersten Abend in Antwerpen aufgefallen.«

»Ich habe mich in Antwerpen an das lokale de Koninck gehalten«, behauptete ich, da ich mich nicht daran erinnerte, wie die Gläser der Trappistenbiere ausgesehen hatten.

Die Kanzlei befand sich im dritten Stockwerk eines der ältesten Gebäude der Straße, dessen Putz bereits abzubröckeln begann.

»Man ist hier wohl auf sportliche Klienten spezialisiert und beschäftigt nur gesunde Angestellte«, fluchte ich beim Erklimmen der ungewöhnlich hohen Stufen vor mich hin.

Als wir die oberste Etage erreichten, informierte uns ein Schild neben der Tür darüber, dass die Kanzlei erst in einer Stunde öffnen würde.

»Die Mittagspause ist hier ja fast so lang wie in Italien«, murrte Holmes und klopfte mit den Fingerknöcheln an die Glasfüllung der Tür.

Aus dem Inneren der Kanzlei drangen schlurfende Schritte, und ein Schemen näherte sich. Nach kurzem Zögern öffnete ein nervöser, junger Mann von durchschnittlicher Größe die Tür einen Spaltbreit. Seine Kleidung war billig, aber mit einem gewissen Anspruch auf Eleganz: Zu einem schon leicht fadenscheinigen, schwarzen Gehrock trug er eine einfache, aber adrette, graue Hose. Sein strähniges, dunkelblondes Haar war von einem Scheitel über dem linken Ohr auf die andere Seite des Kopfes gebürstet. Das lange Gesicht, die farblosen Augenbrauen, die kurze, schmale Nase und der herzförmige Mund ließen ihn wie eine Spitzmaus aussehen.

»Die Kanzlei ist noch geschlossen!«, verkündete er in einem enttäuschten Tonfall, der darauf schließen ließ, dass er jemand anderen erwartet hatte.

Er wollte die Tür wieder zuziehen, aber Holmes hatte bereits seinen Fuß in den Türspalt gestellt, durch den es nach Bohnerwachs, Staub und nasser Tinte roch.

»Ich vermute, Sie sind Charles Simonet, der Sekretär, der früher für den verstorbenen Juwelier Jan Peeters gearbeitet hat?«, fragte Holmes und bedachte sein Gegenüber mit einem kurzen, abschätzigen Blick.

»Wer will das wissen?«

»Wir würden Ihnen gern ein paar kurze Fragen stellen«, sagte Holmes, nachdem er dem wenig kooperativen Mann seine Karte überreicht hatte.

Der Schreiber strich sich mit seiner schmalen rechten Hand fahrig durch das strähnige Haar. »Ich darf während der Mittagspause niemand hereinlassen, und wie Sie sicherlich verstehen werden, möchte ich meinen Arbeitsplatz nicht verlieren.«

»Ich habe wirklich nur zwei kurze Fragen, die Sie mir auch im Treppenhaus beantworten können«, beteuerte Holmes und präsentierte den Brief des Juweliers. »Wissen Sie zufällig, wer das geschrieben haben könnte?«

Der aufgeregte Mann überflog mit ängstlichen Augen den Text. »Ich war es jedenfalls nicht, und es ist auch nicht die Handschrift meines früheren Arbeitgebers. Dann könnten Sie den Brief nämlich nicht entziffern.« Er blickte uns beifallheischend an, aber niemand lachte.

»Wussten Sie, dass Jan Peters nach Antwerpen gefahren ist, um den King-Diamanten zu taxieren?«, fragte Holmes und versuchte einen Blick in die Büroräume zu erhaschen.

»Ich verstehe nichts von Schmuck und Diamanten. Wie sollte ich auch bei meinem mageren Lohn.« Erschrocken über seine eigenen Worte schaute Charles Simonet sich um, ob ihn jemand in der Kanzlei gehört haben könnte.

»Aber Sie haben doch von Zeit zu Zeit Gutachten für den Juwelier geschrieben?«, fragte Holmes unerbittlich nach.

Der Schreiber stieß einen leisen Seufzer aus. War er so nervös, weil er jemanden erwartete, oder weil der Anwalt nichts von seiner Nebentätigkeit bei Jan Peeters wusste?

»Ich bin nicht von der Polizei und auch nicht vom Finanzamt«, versicherte Holmes mit gedämpfter Stimme.

»Ich habe nur nach Diktat geschrieben, ich bin nicht für den Inhalt der Briefe und Expertisen verantwortlich«, brach es aus unserem Gegenüber heraus.

»In der Schreibtischschublade des Juweliers lagen Gutachten, die auf das letzte Jahr datiert waren. Wissen Sie zufällig, ob es sich bei ihnen um Duplikate handelt?«

Der Schreiber biss sich auf die Unterlippe und hob dann entschuldigend die leicht abfallenden Schultern. »Ich beschäftige mich sonst nur mit juristischen Texten und kenne mich in den Gepflogenheiten der Edelstein-Branche nicht aus, aber ...« Er stockte, wohl weil er befürchtete, zu viel zu verraten.

»Aber?«

Holmes sah ihn scharf an, aber der junge Mann wich seinem Blick aus. »Ich kann mich nicht daran erinnern, jemals ein Duplikat geschrieben zu haben. Manchmal hat Herr Peeters mich jedoch unterschiedliche Varianten eines Gutachtens schreiben lassen«, sagte er mit tonloser Stimme.

Holmes schüttelte bedächtig den Kopf. »Ich nehme an, diese Varianten unterschieden sich nicht nur stilistisch?«, wollte er dann wissen.

Wieder vergewisserte sich der Schreiber, ob jemand in Hörweite war. »Keinesfalls! Sie unterschieden sich in der Bewertung der Edelsteine. Ich habe immer vermutet, dass Jan Peeters die Gutachten auf Vorrat schreiben ließ, damit er in Antwerpen nicht die Dienste eines Kollegen in Anspruch nehmen musste. Aber seltsam fand ich es trotzdem.«

»Danke, Sie haben mir sehr geholfen! Ich will Sie nicht länger von der Arbeit abhalten«, sagte Holmes, wobei er das

Wort Arbeit dehnte, und zog endlich seinen Fuß aus dem Türspalt zurück.

Augenblicklich schlug der junge Mann uns die Tür vor der Nase zu und verriegelte sie von innen.

»Er hätte sich wenigstens von uns verabschieden können!«, entfuhr es mir. »Wenn das meine Kanzlei wäre, würde ich ihn nicht während der Mittagspause allein im Büro lassen!«

»Sicherlich ist er genau der Typ Sekretär, den Herr Peeters verdiente«, bemerkte Holmes salomonisch.

Beim Hinabsteigen der Stufen hoffte ich auf eine Begegnung mit dem Besucher, den Charles Simonet erwartet hatte, aber meine Neugier wurde leider nicht befriedigt.

12. Die Maske

Ins Haus des Juweliers zurückgekehrt, unterzog Holmes unter den wohlwollenden, doch aufmerksamen Augen der Haushälterin jeden einzelnen Gegenstand im Arbeitsraum einer eingehenden Untersuchung. Es war halb drei, als wir endlich in Doktor Peeters' Kutsche nach Schaarbeek aufbrachen. Leider erachtete Holmes es wieder einmal nicht für nötig, mir mitzuteilen, ob er etwas herausgefunden hatte.

Bald bog unser Fahrzeug in den Boulevard Émile Jacquemain[12] ein, der Brüssel mit dem nordöstlich der Hauptstadt gelegenen Städtchen Schaarbeek verband. Den Ortsnamen hatte ich bisher nur mit den hier angebauten, bitteren Kirschen verbunden, aus denen das rote Kriek-Bier gebraut wurde. Aber ich erfuhr aus meinem Reiseführer, dass Schaarbeek ein bedeutender Industriestandort mit über fünfzigtausend Einwohnern war, von denen die meisten in Straßen mit dichter Blockbebauung lebten.

Das Domizil des Arztes befand sich hingegen in einer gehobenen Wohngegend. Seine repräsentative Villa mit schönem Garten zeigte, wie einträglich eine Arztpraxis in einem Villenvorort war. Es war ein entschieden modernes Gebäude, dessen Fassade jede Symmetrie vermied und lag inmitten eines gepflegten Gartens mit Tulpen- und Rosenbeeten. Das Tor zur Straße war nicht abgeschlossen, und wir gingen über einen kiesbestreuten Weg zur Schmalseite des Baus und stiegen die drei Stufen zur überdachen Haustür hinauf. Ein dunkelhaariges Hausmädchen öffnete uns sogleich, und wir gelangten in eine Diele, die mit Kirschholz getäfelt war. Von

[12] Seit 1999 Boulevard du Roi Albert II, bzw. Koning Albert II-laan.

der Mitte des Raums führte eine schmale Treppe in das Obergeschoss, die Laurette Peeters eilig herunterstieg.

»Mein Mann lässt sich entschuldigen, er wurde zu einem Notfall gerufen. Ausgerechnet heute! Er konnte nicht einmal am Leichenschmaus teilnehmen. Aber da kann man nichts machen. Das bringt sein Beruf nun einmal mit sich«, sagte sie noch etwas atemlos, während das Mädchen unsere Hüte in Empfang nahm. Ich vermutete eher, dass die Hausherrin die Trauerfeier vorzeitig verlassen hatte, um uns zu empfangen. Ihr Gesicht strahlte, und ihre Augen glänzten erwartungsvoll. »Ich finde es aufregend, die Bekanntschaft privater Ermittler gemacht zu haben! Meine Freundinnen werden mich darum beneiden. Vielleicht kann ich Ihnen bei der Aufklärung des Mordfalls behilflich sein?«

Holmes hob eine Augenbraue. »Vielen Dank für das freundliche Angebot, aber wir schaffen es auch allein.«

Wenigstens hatte er *wir* gesagt.

»Darf ich Ihnen eine Tasse Kaffee anbieten?«

»Danke, das ist sehr nett, aber wir haben uns schon in Brüssel gestärkt«, entgegnete Holmes zu meinem Bedauern mit einem entschuldigenden Lächeln.

»Vielleicht etwas Stärkeres, zum Beispiel einen kleinen Genever? Der schmeckt auch nach dem Essen.« Laurette Peeters wandte sich in Richtung Küche.

»Nein, danke! Dafür haben wir leider keine Zeit«, erwiderte Holmes mit nur mühsam aufrechterhaltener Höflichkeit.

Im Haus herrschte eine bedrückende Stille, und ich brauchte einen Augenblick, bis ich begriff, was hier fehlte. »Wo sind denn Ihre beiden Söhne?«, fragte ich und schaute durch das Fenster suchend in den Garten.

»Sie übernachten heute bei meiner Schwester, damit ich

mich besser um Sie kümmern kann«, erklärte die Hausherrin freudestrahlend.

»Das war wirklich nicht nötig«, beteuerte Holmes unüberhörbar enerviert.

Laurette Peeters hielt in der Bewegung inne, drehte sich um und blickte uns aus ihren warmen, braunen Augen offen und neugierig an. »Monsieur Sigerson, Sie haben doch bestimmt schon einen Verdacht, wer der Mörder sein könnte?«

»Ich verfolge eine vielversprechende Spur, vermag aber noch nicht zu sagen, wo sie endet.«

»Eine Frau kommt sicherlich als Täter nicht infrage, denn mein Schwager war kräftiger, als er wirkte. Früher hat er an Wettschwimmen teilgenommen, auch wenn er sie meist verloren hat«, redete die Hausherrin unbefangen weiter.

Holmes entgegnete nichts, sondern machte Anstalten, in den Garten zu gehen.

»Kann ich denn wirklich nichts für Sie tun?«, fragte Laurette Peeters konsterniert. »Soll ich Sie vielleicht im Haus herumführen?«

»Das wäre sehr freundlich von Ihnen«, sagten wir beide zugleich, ich ehrlich interessiert, Holmes mit mühsam verborgener Langeweile.

Das Erdgeschoss wurde von Küche, Speisekammer, Esszimmer und einem Wintergarten eingenommen. Im Obergeschoss befanden sich vier weitere Räume, der erste davon eine Bibliothek. Dunkle Holzregale bedeckten alle Wände des kleinen, fast quadratischen Zimmers, das nur von einem einzigen kleinen Schiebefenster französischer Machart mit Tageslicht versorgt wurde.

»Seine Bücher sind der ganze Stolz meines Mannes. Er wäre gern Historiker geworden, aber seine Familie hat ihm das glücklicherweise ausgeredet«, erklärte die Hausherrin sich kritisch im Raum umblickend. »Ich finde die Bibliothek ziemlich klaustrophobisch.«

Das lag nicht zuletzt an der Vorliebe für schwere, dunkle Möbel, die der Hausherr mit den meisten seiner Landsleute teilte. Neugierig schritt ich die Regale ab, denn nichts verrät so viel über Interessen und Neigungen eines Menschen wie seine Bücher. In diesem Fall schienen sie recht breit gestreut zu sein. Außer den von seiner Frau angekündigten historischen Standardwerken und medizinischer Fachliteratur standen auch ganze Reihen von belletristischen Büchern in den Regalen.

Auf die Bibliothek folgte ein geräumiger Salon mit einem Klavier und Möbeln aus Tropenholz, die mit allerlei Nippes angefüllt waren. Die Nachmittagssonne schien durch die Sprossenfenster und ließ die dunkle schulterhohe Wandvertäflung schimmern. Mein Blick blieb auf einer großen, hell patinierten, afrikanischen Tanzmaske haften, die über einem niedrigen Sideboard hing. Sie war das einzige Alte in dieser modernen Jugendstil-Umgebung.

»Ein interessantes Stück. Darf ich fragen, woher Sie es haben?«, erkundigte sich Holmes, der ebenfalls die Maske studierte.

»Von meinem Schwager!«, entgegnete Laurette Peeters mit spitzer Stimme und trat einen Schritt zurück. Ihr Gesicht war rosa vor Abscheu. »Gefällt sie Ihnen?«

»Sie ist hochinteressant ...«, begann Holmes.

»Also ich finde sie schrecklich hässlich«, unterbrach ihn die Hausherrin. »Als mein Mann das Paket öffnete, war ich schockiert. Am liebsten hätte ich dieses Ding auf den Dachboden verbannt, aber mein Mann hat darauf bestanden, es in der Wohnung aufzuhängen, nur weil es ein Geschenk seines Bruders war.«

»Ihr Schwager hat Ihrem Gatten die Maske per Post geschickt?«, fasste Holmes den emotionalen Ausbruch zusammen. »Und Sie haben sich darüber gewundert?«

»Die Tatsache, dass Jan meinem Mann etwas geschenkt hat, war keinesfalls erstaunlich. Schließlich hatte Tom vor wenigen Tagen Geburtstag. Aber musste es ausgerechnet diese schreckliche Maske sein? Außerdem war mein Mann darüber enttäuscht, dass sein Bruder nicht an seiner Geburtstagsfeier teilgenommen hatte. Jan hätte seine Geschäftsreise nach Antwerpen bestimmt auch um ein paar Tage verschieben können.«

»War dem Schreiben, das Ihr Schwager dem Paket beigefügt hat, zu entnehmen, wo er die Figur erworben hat?«, fragte Holmes, das Kunstwerk mit schräg gelegtem Kopf musternd.

Die Hausherrin zuckte mit den Schultern. Unser Interesse an der Maske hatte ihre Bereitschaft, uns zu helfen, stark gedämpft. »Nein, außer der Maske enthielt das Päckchen nur einen knappen Geburtstagsgruß, in dem mein Schwager die Hoffnung äußerte, dass die Maske aus dem Kongo Tom gefallen möge.«

»Interessiert sich Ihr Mann für den Kongo?«, wollte Holmes wissen.

»Er ist von einer wahren Leidenschaft für alles ergriffen, was aus der großen weiten Welt stammt. So sammelt er auch Kunstwerke aus Ostasien.« Laurette Peeters deutete auf eine japanische Hängerolle in einem spiegelnden Glasrahmen, der in einer dunklen Ecke hing. »Aber warum interessieren Sie sich eigentlich für unsere Raumdekoration, Monsieur Sigerson?«

»Weil Ihr Schwager das Paket kurz vor seinem Tod aufgegeben hat!« Holmes beugte sich vor, um die eingeschnitzten

Verzierungen der Maske genauer zu betrachten. Auf die Wangen des ovalen, tiefschwarzen Gesichts mit breiter Nase, schmalen Augenschlitzen und einem herzförmigen Mund waren mit weißer, an Theaterschminke erinnernder Farbe Dreiecke gemalt.

»Sie glauben doch wohl hoffentlich nicht ernsthaft, mein Schwager habe sich auf dem Rückweg von der Hauptpost betrunken?« Sie beantwortete ihre Frage selbst. »Man konnte ihm nachsagen, was man wollte, aber ein Alkoholiker war er bestimmt nicht. Er war ein ungeselliger Hagestolz und Heimlichtuer.«

»Vielen Dank für die erhellende Charakterisierung«, meinte Holmes trocken. »Ich wäre Ihnen sehr verbunden, wenn Sie mir den Geburtstagsgruß Ihres Schwagers zeigen könnten.«

»Selbstverständlich«, murmelte die Hausherrin mechanisch, ging zu einem Sekretär aus Kirschholz und durchwühlte die rechte Schublade.

»Vielleicht kann man auch diese Maske bei einem Voodoo-Zauber einsetzen«, sagte ich leise zu Holmes, damit es die junge Frau nicht hören konnte.

»Eine sicherlich überflüssige Frage: Interessiert sich Ihr Mann zufällig für ausländische Religionen?«, rief Holmes der Arztgattin zu, die auf ihn zuschritt.

»Natürlich nicht! Wir sind praktizierende Katholiken!«, antwortete Laurette Peeters belustigt und überreichte Holmes einen kleinen, blauen Briefumschlag. »Um Ihnen die Mühe abzunehmen, nach meinem Schwager zu fragen: Er war ein ganz prosaischer Mensch, der überhaupt keine religiöse Ader besaß.«

»Hat er einmal einen Herrn Cuypers erwähnt?«, fragte Holmes, während er die Karte aus dem Umschlag zog.

»Den Namen habe ich noch niemals gehört«, beteuerte die Hausherrin ohne nachzudenken. »Wer soll das sein, ein Diamantenschleifer?«

»Ein Forschungsreisender, der behauptet, eine Berühmtheit zu sein. Er verdient seinen Lebensunterhalt damit, dass er in einer Antwerpener Pension afrikanische Kunst an die Gäste verkauft«, entgegnete ich und vermied den Blickkontakt mit Holmes, der es nicht schätzte, wenn ich irgendeine noch so belanglose Information weitergab.

»Hat Jan die Maske nicht auf der Weltausstellung erworben? Schließlich werden dort Produkte aus den Kolonien angeboten«, erkundigte sich die Hausherrin überrascht.

»Das könnte natürlich genauso gut möglich sein«, musste ich zugeben.

Neugierig schaute ich Holmes über die Schulter, der die Karte aus so großer Nähe betrachtete, dass er sie fast mit der Nase berührte. Laurette Peeters hatte nicht übertrieben, als sie das Schreiben mit »knapp« charakterisierte. *Lieber Tom, herzlichen Glückwunsch zum Geburtstag, ich hoffe, die Maske gefällt dir, dein Bruder Jan,* lautete der mit einer etwas krakeligen Handschrift verfasste Text.

»Ist das die Schrift Ihres Schwagers?«, fragte ich und drehte mich nach der Hausherrin um.

Sie hatte vor Ärger die Stirn krausgezogen und die Arme vor der Brust verschränkt. »Ja, das ist sie! Wahrscheinlich hielt Jan es für überflüssig, unsretwegen seinen Sekretär zu bemühen.«

»Wie sollte er? Der Sekretär war schließlich in Brüssel geblieben. Wahrscheinlich hat irgendein unvorhergesehenes Ereignis Ihren Schwager dazu gebracht, seinen Aufenthalt in Antwerpen zu verlängern. Ursprünglich hatte er sicherlich geplant, sein Geschenk persönlich zu überreichen«, sinnierte Holmes und gab das Schreiben zurück. »Würde es Ihnen etwas ausmachen, wenn ich die Maske kurz von der Wand hole? Es ist eine kleine Marotte von mir, gern hinter die Dinge zu schauen.«

Das Gesicht der Hausherrin verzog sich zu einem freudlosen Lächeln. »Machen Sie mit der Maske, was Sie wollen.«

Ganz behutsam hob Holmes das Kunstwerk vom Haken, und ich wartete mit angehaltenem Atem darauf, die Rückseite zu sehen. Insgeheim hoffte ich, dort eine Geheimbotschaft oder einen schwarz bemalten Diamanten zu entdecken. Aber das Holz der Rückseite war glatt geschmirgelt, und es gab keine Spur von eingeritzten Zeichen oder angeklebten Zetteln. Nachdem Holmes die Maske ausgiebig durch seine Lupe betrachtet hatte, schnuppert er daran. Anschließend beklopfte er vorsichtig das Holz der Vorder- und der Rückseite des Kunstwerks und hängte es dann zurück an die Wand, ohne sich vorher Notizen gemacht zu haben.

»Ich habe alles gesehen, was ich sehen wollte«, sagte er reichlich abrupt zu unserer Gastgeberin. »Daher möchte ich Ihre Geduld nicht länger strapazieren. Ich glaube, wir finden den Weg zum Bahnhof allein.«

»Aber Sie sollten die Rückkehr meines Mannes abwarten!« Laurette Peeters blickte Holmes an, als hätte er den Verstand verloren. »Wie er Ihnen schon selbst auf dem Friedhof mitgeteilt hat, rechnet er damit, Sie heute Abend als Gäste in unserem Heim zu begrüßen. Das Mädchen hat bereits zwei Zimmer für Sie hergerichtet.«

»Ich weiß Ihre Gastfreundschaft zu schätzen, aber so leid es mir tut, ich kann wirklich nicht bleiben«, drängte Holmes und blickte sich nach dem Mädchen um.

»Aber Sie können unmöglich aufbrechen, ohne wenigstens eine kleine Erfrischung zu sich zu nehmen«, erklärte Laurette entrüstet.

»Vielen Dank für das freundliche Angebot, aber wir werden im Speisewagen dinieren«, entgegnete Holmes, und obwohl die Hausherrin ihn noch eine Viertelstunde lang umzustimmen versuchte, blieb er bei seinem Entschluss.

»Dann lasse ich wenigstens den Kutscher die Pferde einspannen. Der Weg zum Bahnhof ist zu weit für einen Fußmarsch«, sagte Laurette Peeters endlich resigniert, gab dem dunkelhaarigen Mädchen ein Zeichen, und dieses verschwand.

»Das wäre sehr liebenswürdig von Ihnen«, erwiderte Holmes, aber er hatte schon weit größere Distanzen zu Fuß zurückgelegt.

»Es war mir ein Vergnügen, Sie kennen gelernt zu haben«, versicherte Laurette Peeters zum Abschied tapfer. »Wie gern würde ich Ihnen bei Ihren Ermittlungen helfen! Wenn Sie es sich anders überlegen sollten ...«

»Lasse ich es Sie ganz bestimmt wissen«, beendete Holmes ihren Satz, bevor er sich seinen Hut geben ließ. »Bitte richten Sie meine besten Empfehlungen an Ihren Gemahl aus.«

Im Garten wurden die Schatten schon länger, als wir zur Kutsche gingen. Wir machten es uns auf dem Rücksitz gemütlich, der Kutscher knallte mit der Peitsche, und die Fahrt ging los. Mein Blick streifte Holmes, der mitgenommener wirkte als nach einer durchwachten Nacht.

»Wenn Laurette Peeters wüsste, mit wem sie es in Wahrheit zu tun hatte, hätten Sie sie bestimmt nicht abschütteln können«, sagte ich belustigt auf Englisch.

»Malen Sie den Teufel nicht an die Wand!« Holmes verdrehte die Augen in komischer Verzweiflung.

»Bestimmt hat dieser seltsame Afrikaforscher Jan Peeters die Maske angedreht«, stellte ich fest. »Vielleicht gehören die beiden aber auch zur selben Verbrecherbande, und der Juwelier ist ihnen auf die Schliche gekommen.«

»Wir haben noch nicht genug Material gesammelt, um derart kühne Thesen aufstellen zu können«, wandte Holmes kopfschüttelnd ein.

Zögerlich kam mir eine Frage über die Lippen, die mir leicht unangenehm war: »Ich möchte zu gern wissen, was dieser schreckliche Mensch eigentlich gegen mich hat. Sie haben ja selbst mitbekommen, wie er meine kleine Meinungsverschiedenheit mit dem Juwelier aufgebauscht hat.«

»Meinen Sie, Bart Cuypers will Ihnen einen Mord anhängen?«, erkundigte sich Holmes und sprach damit meine schlimmste Befürchtung aus.

»Das hätte nur Sinn, falls er selbst der Mörder sein sollte. Aber welchen Vorteil sollte ihm der Tod des Juweliers bringen?«, überlegte ich, doch Holmes gab keine Antwort und meine Gedanken wanderten zu dem Forschungsreisenden zurück. »Eine afrikanische Maske ist ein seltsames Geburtstagsgeschenk. Ob der Juwelier damit seiner Schwägerin schaden wollte?«

»Sie glauben doch hoffentlich nicht an diesen faulen Zauber?«, fragte Holmes und blickte aus dem Fenster, aber ich ließ mich nicht von seinem teilnahmslosen Gebaren täuschen.

»Selbstverständlich nicht!«, beteuerte ich. »Ich kann Ihnen aber versichern, dass es auch unter praktizierenden Katholiken abergläubische Menschen gibt. Wenn ich nur an meine angeheiratete italienische Verwandtschaft denke!«

»Ihre Theorie hat aber leider den Schönheitsfehler, dass der Juwelier selbst umgekommen ist und nicht die Frau seines Bruders«, meinte Holmes. »Außerdem kannte Jan Peeters die Vorliebe seines Bruders für exotische Dinge. Also war ein afrikanisches Kunstwerk ein passendes Geschenk für Doktor Peeters.«

»Vielleicht hätte der Juwelier um ein Haar den Geburtstag seines Bruders vergessen und konnte in der Eile kein anderes Geschenk auftreiben«, entgegnete ich. »Deshalb ist er auch nicht persönlich vorbeigekommen.«

»Ich glaube nicht, dass diese Fragestellungen etwas mit unserem Mordfall zu tun haben«, bemerkte Holmes unwirsch, als die Kutsche vor dem Bahnhof, einem hübschen, roten Ziegelbau mit schiefergedecktem Turm bremste.

Schaarbeek lag an der Bahnstrecke von Brüssel nach Leuwen, weshalb wir ohne umzusteigen nach Antwerpen fahren konnten. Das frühlingshafte Wetter erwies sich leider als kurzes Intermezzo. Kaum setzte sich unser Zug in Bewegung, schoben sich schon wieder schwarze Wolken vor die Sonne.

13. Ein nächtlicher Spaziergang

Als wir am frühen Abend zur Pension Antonis van Dyck zurückkehrten, ging ein kalter Sprühregen auf die Stadt nieder, der mich unweigerlich an meine englische Heimat erinnerte. Fröstelnd schlug ich meinen Mantelkragen hoch und sagte mir, dass mich niemand geheißen hatte, das sonnige Italien zu verlassen. Zu spät wich ich vor einer vorbeifahrenden Kutsche zurück, die eisige Gischt aufspritzte, deren Kälte meinen Körper durchdrang.

Holmes riss die Tür der Pension auf, und wohlige Wärme strömte uns entgegen. Die Wirtin saß an der Rezeption und konzentrierte sich auf eine besonders komplexe Klöppelarbeit. Mindestens zwanzig unterschiedliche Fäden waren auf ihrem Kissen befestigt. Als ich sie grüßte, hob sie nur widerwillig den Kopf mit der frisch gestärkten Haube, aber Holmes' Anblick entlockte ihr ein warmherziges Lächeln.

»Monsieur Sigerson, ich freue mich, dass man Ihnen meine Pension empfohlen hat! Ich freue mich immer über kultivierte Gäste.«

Sie ahnte nicht einmal, was Holmes bei einem längeren Aufenthalt aus ihrem Pensionszimmer gemacht hätte, wobei die unbeschreibliche Unordnung nur die Spitze des Eisbergs war: Übelriechende, chemische Experimente bei geschlossenem Fenster, Geigensoli zu nächtlicher Stunde und dubiose Gestalten, die sich rund um die Uhr die Klinke in die Hand geben, hätten unweigerlich die anderen Gäste in die Flucht geschlagen.

»Wenn ich nur an diesen unsäglichen Amerikaner denke, der dieses Zimmer vor Ihnen bewohnt hat!«, rief sie erfreut aus, während sie unsere Schlüssel über den Tresen schob.

»Mister Tristram hat mir bereits schlimme Dinge über ihn berichtet«, bestätigte Holmes ohne den Anflug eines Lächelns und schielte nach einer französischsprachigen Abendzeitung, die neben dem Gästebuch lag.

»Monsieur Tristram hat viel Zeit mit diesem Jeremiah Cooper verbracht.« Die Wirtin warf mir einen vernichtenden Blick zu, bevor ihre blaugrauen Augen wieder zu Holmes wanderten und sich auf ihrem Gesicht erneut ein herzliches Lächeln ausbreitete. »Sie können die Zeitung gern mitnehmen«, bot sie leichtsinnigerweise an, da sie nicht wusste in welchem Zustand – falls überhaupt – sie das Blatt zurückerhalten würde. »Ich hörte, Sie sind ebenfalls privater Ermittler?«

Die Frage sollte bedeutungslos klingen, aber die Wirtin konnte ihre Beunruhigung nicht verbergen. Bisher hatte sie mir zu verstehen gegeben, dass sie nicht viel von meiner Profession hielt, aber offenbar hatte sie ihre Meinung geändert.

»Ja, wir sind Kollegen«, beendete Holmes das Gespräch, und wir begaben uns in den Salon, wo er sich hinter der Abendzeitung verschanzte.

»Kann ich Ihnen denn wirklich nicht helfen?«, fragte ich, obwohl ich nicht ernsthaft mit einer positiven Antwort rechnete.

Ohne von seiner Zeitung aufzusehen, verneinte Holmes mit einem Kopfschütteln. Es regnete noch immer, weshalb ich meinen ursprünglichen Plan, einen kleinen Spaziergang zu machen, aufgab. Ich konnte das Wasser die Regenrinnen herunterplätschern hören, das im Garten die Blumen wässerte. In Italien sagte man, dass sich der Mai der Blüten brüstet, die der April produziert, aber in Belgien regnete es selbst im Wonnemonat unentwegt.

Gelangweilt griff ich nach dem politischen Teil der Zeitung, den Holmes auf den Tisch geworfen hatte. Auf der dritten Seite sah ich das Bild einer neugotischen Brücke mit hochgeklappter Fahrbahn in London. Wie ich dem beigefügten, kurzen Text entnahm, verband die unlängst fertig gestellte, über zweihundert Meter lange Klappbrücke über die Themse den Tower mit der City Hall. »Das ist die neue Towerbridge! Was für ein Wunderwerk der Technik!«, entfuhr es mir, und ich deute auf den Artikel.

»Wenn man das Prinzip erst einmal verstanden hat, ist es ganz einfach: Das Öffnen und Schließen der Fahrbahnen erfolgt durch ein hydraulisches System. Zwei Dampfmaschinen pumpen Wasser in Druckspeicher, wodurch die Brücke in einer Minute hochgeklappt werden kann«, erklärte er, ohne den Blick von seiner Zeitung zu heben. »Aber es erstaunt mich, dass Sie offenbar noch nichts von der Brücke gehört haben. Schließlich wurde bereits 1886 ihr Grundstein gelegt.«

»Ich stamme nicht aus London, sondern aus Birmingham. Außerdem lebe ich seit sechs Jahren in Italien«, verteidigte ich mich matt.

Holmes lehnte sich in seinem Sessel zurück und würdigte den Artikel jetzt erstmals eines Blickes. »Die Fußgängerbrücke wird vor allem Taschendiebe und Prostituierte anziehen. Ich rechne damit, dass man sich spätestens in fünfzehn Jahren[13] gezwungen sehen wird, sie zu schließen.«

Während ich noch über diese kühne Prognose nachdachte, betrat die Wirtin den Salon mit einem Tablett voller kleiner Gläser. Wir saßen mittlerweile um einen Tisch voller Zeitungen, zerknüllter Notizzettel und rauchender Aschenbecher.

[13] Holmes war noch nicht pessimistisch genug. Die Fußgängerbrücke der Towerbridge wurde bereits 1910, also vierzehn Jahre später, aus den von ihm richtig vorhergesagten Gründen geschlossen.

»Was für ein scheußliches Wetter!«, bemerkte ich, mehr um irgendetwas zu sagen.

»Heute Abend geht keiner freiwillig raus«, stimmte mir die Wirtin zu und nötigte uns einen Genever auf. Er bewirkte, dass ich nach dem dritten Schluck müde meinen Kopf auf meine Hand stützte und zufrieden durch die Spitzengardinen des Fensters den Niederschlag betrachtete.

Draußen war ein heftiger Wind aufgefrischt, der an den Fensterläden rüttelte, und ich bestellte einen weiteren Genever. Gegen halb elf erhob ich mich aus meinem Sessel und wünschte Holmes eine gute Nacht, denn die Luft im Salon war so rauchgeschwängert, dass ich sie nicht mehr ertrug. In der Zwischenzeit hatte der Sturm die Regenwolken weggetrieben, und ich verspürte den unwiderstehlichen Drang, frische Luft zu atmen. Doch die Tür der Pension war bereits verriegelt. Leicht angetrunken, wie ich war, brauchte ich einen Augenblick, um mich an die kaputte Küchentür zu erinnern, durch die Holmes vor Kurzem ins Haus eingedrungen war. Zum Glück war ich allein in der Diele und konnte so unbemerkt in die Küche gelangen.

Die Küche, in die ich niemals zuvor geschaut hatte, war kleiner als erwartet und alles andere als anheimelnd. Auf einem Ecktisch türmten sich die schmutzigen Teller, Gläser und das Besteck der Mahlzeiten des Vortags. Der ekelerregende Geruch von altem Fett war in jede Ritze des Raums gedrungen und verdarb mir für die nächsten Tage den Appetit auf gebratene Kartoffeln. Außerdem hatte ich Schwierigkeiten, mich zu orientieren. Denn nur der Mond, der durch Fenster und Gartentür fiel, spendete schwaches Licht. Vorsichtig tastete ich mich durch den schummrigen Raum und schaffte es, ihn zu durchqueren ohne gegen den Herd oder ein Möbelstück zu stoßen. Wie Holmes bereits experimentell nachgewiesen hatte, ließ sich die Tür zum Garten problemlos öffnen. Erleichtert stellte ich fest, dass sie nicht quietschte, und schlüpfte hastig ins Freie.

Als ich durch den winzigen Kräutergarten zum Gartentor eilte, fühlte ich mich wie ein entflohener Sträfling. Ein lauter Knall ließ mich zusammenfahren, aber es war nur ein heftig zugeschlagenes Fenster. Mit einem Seufzer der Erleichterung setzte ich meinen Weg fort. Auf dem Bürgersteig angelangt, hastete ich ruhelos weiter. Erst an der nächsten Straßenkreuzung blieb ich stehen. Offenbar ging man hier früh zu Bett, denn außer mir war niemand unterwegs.

Genüsslich schloss ich die Augen, um die kühle Nachtluft einzusaugen. Ganz plötzlich spürte ich, dass ich nicht mehr allein auf dem Bürgersteig war. Hinter mir hörte ich Schritte, die sich eilig näherten. Ich drehte mich nach dem nächtlichen Fußgänger um, konnte aber niemanden sehen. Als ich gerade weitergehen wollte, verspürte ich einen heftigen Schmerz am Hinterkopf. Ich schrie vor Schreck leise auf, hob abwehrend die Hand, bekam aber nur noch undeutlich mit, wie ich rücklings zu Boden sank, bevor ich vollends das Bewusstsein verlor.

Vermutlich habe ich nicht lange besinnungslos auf dem Bürgersteig gelegen, aber als ich wieder zu mir kam, waren alle Lichter hinter den Fenstern der Pension Antonis van Dyck erloschen. Mein schmerzender Kopf war so schwer wie Blei und alles drehte sich um mich, was sicherlich nicht nur auf den Schlag auf den Kopf, sondern auch auf den Genever zurückzuführen war. Erst im dritten Anlauf gelang es mir, mich mühsam aufzurappeln und mich auf demselben Weg in die Pension zurückzuschleppen, auf dem ich sie verlassen hatte.

14. Eine neue Klientin

Am nächsten Morgen weckten mich gegen zehn Uhr laute Stimmen und Schritte, die durch das Erdgeschoss hallten. Durch die filigranen Gardinen sah ich, dass es ausnahmsweise nicht regnete. Einen Augenblick lang wunderte ich mich, dass ich so lange geschlafen hatte. Dann erinnerte mich ein stechender Kopfschmerz an mein Missgeschick vom vergangenen Abend. Vorsichtig betastete ich meinen Hinterkopf und verzog sogleich gequält das Gesicht, als ich mit dem Finger über eine dicke Beule fuhr. Wer um alles in der Welt hatte mich auf offener Straße niedergeschlagen? Eigentlich konnte es nur ein Raubüberfall gewesen sein.

Mühsam richtete ich mich auf und schleppte mich zum Kleiderschrank. Ein Griff in die leere Innentasche meines Gehrocks, wo sich eigentlich meine Brieftasche befinden sollte, bestätigte meinen Verdacht: Man hatte mir meine Geldbörse gestohlen. Das konnte auch nur mir passieren! Verärgert ließ ich mich wieder auf mein Bett zurücksinken. Glücklicherweise hatte ich meine Papiere bei meinem nächtlichen Spaziergang nicht mit mir geführt und auch der finanzielle Verlust hielt sich in Grenzen.

Nachdem ich mich langsam angekleidet hatte, stieg ich die Treppe hinunter, um Holmes von dem Überfall zu berichten. Ich konnte ihn jedoch nicht finden und wandte mich an die Rezeption, wo die Wirtin mit vor Aufregung geröteten Wangen über ihr Klöppelkissen hinweg in die Luft starrte. Bei meinem Anblick stieß sie einen melodramatischen Seufzer aus. »Monsieur Tristram! Seit Ihrer Ankunft werde ich vom Unglück verfolgt!« Verwechselte sie mich mit dem King-Diamanten? »Zuerst verunglückt der arme Herr Peeters und dann wird auch noch einer meiner Gäste ermordet. Zwei Todesfälle in einer Woche, und beide waren Gäste meiner Pension!«

Einen Augenblick lang war ich sprachlos, denn diese Wendung hatte ich nicht erwartet. Welche dunklen Geheimnisse mochten sich hinter den Spitzenvorhängen und den geklöppelten Deckchen dieses wohlanständigen Hauses verbergen? »Doch nicht etwa der Afrikaforscher, ich kann mir seinen Namen einfach nicht merken?«, entfuhr es mir dann.

»Er heißt Bart Cuypers, aber er ist nicht das Opfer. Im Gegenteil, man bezichtigt ihn der Tat. Sie wurde nämlich mit einer afrikanischen Waffe begangen.« Wieder seufzte die Wirtin. »Das Opfer ist der junge Herman Seghers. Sie erinnern sich bestimmt an ihn. Schließlich haben Sie meinen Mann neulich gebeten, seiner Begleiterin eine Frage zu stellen. Aber was musste ich heute Morgen erfahren? Die junge Frau ist gar nicht seine Schwester! Und das in meiner Pension!«

Im gleichen Augenblick wurde die Haustür aufgerissen, und Holmes stürmte mit mehreren Zeitungen unter dem Arm herein. Die Sonne stand noch tief, und die Luft, die durch die geöffnete Tür hereinströmte, war unangenehm kühl.

»Ich würde übrigens gern mit der jungen Dame sprechen. Wissen Sie zufällig, wo sie ist?«, fragte Holmes, der offenbar die Antwort der Wirtin mitbekommen hatte.

»Da muss ich leider passen! Sie hat sich heute Morgen im allgemeinen Durcheinander unbemerkt aus dem Staub gemacht.«

»Woher wissen Sie dann, dass sie nicht die Schwester ihres Begleiters ist?«, fragte ich erstaunt.

»Dann wäre sie bestimmt geblieben! Außerdem meinte der Kommissar, dass Herr Seghers gar keine Schwester hatte.«

»Vielleicht ist der junge Mann selbst kein Belgier, sondern Holländer«, vermutete ich halb im Scherz, obwohl ich noch immer unter höllischen Kopfschmerzen litt.

Die Wirtin starrte mich bestürzt mit ihren graublauen Augen an und hätte vor Schreck fast ihre Handarbeit über die Theke gestoßen.

»Das wäre der Gipfel! Wie um Gottes willen kommen Sie denn auf diese Idee?«

»Ich finde, der Name Seghers klingt ziemlich holländisch«, entgegnete ich schulterzuckend.

»Da irren Sie sich aber gewaltig. Sie haben doch sicherlich schon von dem Antwerpener Blumenmaler Daniel Seghers gehört?«, belehrte mich der Wirt durch die offene Tür aus dem Nachbarraum.

Ich ignorierte ihn, denn inzwischen platzte ich fast vor Neugier. »Kann mir nicht endlich jemand sagen, was genau passiert ist?« Vorwurfsvoll blickte ich Holmes an, der mit der Schulter gegen einen Türrahmen lehnte, die Arme hinter dem Rücken.

»Der frühe Vogel fängt den Wurm«, sagte er, ein mir seit meiner Kindheit verhasstes englisches Sprichwort bemühend. »Um acht Uhr haben zwei eifrige, aber nicht besonders kompetente Polizisten die Pension durchsucht. Aber Sie haben so tief geschlafen, dass nicht einmal der lautstarke Protest des entrüsteten Tatverdächtigen Sie geweckt hat.«

Endlich gab er seine lässige Körperhaltung auf und überließ mir eine seiner Zeitungen, die ich ihm förmlich aus der Hand riss. *Mord im Beginenhof* lautete eine Überschrift auf der ersten Seite. Darunter sprangen mir die Formulierungen *Pension des Schreckens* und *Antwerpener Todesserie* ins Auge. Offenbar las ich gerade ein übles Revolverblatt. Entsprechend gering war der Informationswert des Artikels: Der junge Herman Seghers war leblos in St. Catharina, der Kirche des Beginenhofs, aufgefunden worden. Die Mordwaffe, ein afrikanischer Dolch, steckte noch in seinem Rücken. Zwar war das Verbrechen am frühen Nachmittag begangen worden, aber wegen des schlechten Wetters suchte mehrere Stunden lang niemand das Gotteshaus auf. Erst der Küster, der abends die Kirche St. Catharina abschließen wollte, fand den Toten. Es gab also keine Zeugen des Verbrechens, was den Journalisten aber nicht davon abhielt, unter den Pensionsgästen einen Massenmörder zu vermuten.

»Was ist eigentlich ein Beginenhof?«, wollte ich wissen, nachdem ich meine Lektüre beendet hatte. Es war das zweite Mal, dass ich dieses Wort hörte, und diesmal fragte ich nach.

»Das ist ein Gebäudekomplex, in dem Frauen in strenger Abgeschiedenheit ein christliches, arbeitsames Leben führen. Beginenhöfe sind seit dem Mittelalter in den Niederlanden weit verbreitet, und selbst heute gibt es rund tausend Beginen in Belgien«, erklärte Holmes und ich wunderte mich, woher er das wusste.

»Ein Beginenhof ist also ein Nonnenkloster?«, fasste ich zusammen.

»Im Unterschied zu einem Kloster legen die Frauen keine lebenslangen Gelübde ab, sondern versprechen nur, ledig zu bleiben, solange sie der Gemeinschaft angehören.«

»Was hatte aber ein Mann im Beginenhof zu schaffen?«, entfuhr es mir, denn Holmes' Erklärungen hatten für meinen Geschmack das Verbrechen noch rätselhafter gemacht. »Und welchen Grund sollte der Afrikaforscher gehabt haben, Herman Seghers zu ermorden? Er ist nicht mit ihm verwandt und würde daher nicht von seinem Tod profitieren.«

»Das fehlende Motiv ist der einzige Grund, warum Bart Cuypers noch nicht verhaftet wurde. Aber man hat ihm untersagt, Antwerpen zu verlassen«, meinte Holmes und begann mit Hingabe, seine Pfeife zu stopfen.

»Dafür fehlen ihm momentan wohl sowieso die Mittel«, rutschte es mir heraus. »Er isst ausschließlich in der Pension und begnügt sich dabei stets mit dem preiswertesten Imbiss, der angeboten wird.«

»Wem sagen Sie das!«, seufzte die Wirtin und schaute beifallheischend nach ihrem Mann, der aber bereits wieder verschwunden war. »Er schuldet mir mittlerweile einen ganzen Monat Miete. Ich kann nur hoffen, dass er seine traurige Berühmtheit nützt, um noch ein paar dieser ...«, sie bekreuzigte sich, »Götzenbilder zu verkaufen.«

»Sie sprachen von ›Miete‹. Sie gewähren also Ihren Logiergästen einen Rabatt?«, schaltete Holmes sich ein.

Die Wirtin starrte einen Augenblick lang auf ihr verwaistes Handarbeitszeug. Langsam nahm sie einen Faden nach dem anderen in die Hand, verschlang sie sorgfältig zu einer lockeren Schleife. Erst dann blickte sie mit furchtsamen Augen hoch. »Kann ich mich auf Ihre Diskretion verlassen?«

»Selbstverständlich!«, beteuerte Holmes auf seine vertrauenerweckende Art, und auch ich gelobte Verschwiegenheit.

Bevor sie endlich zu reden begann, vergewisserte sich die Wirtin, dass niemand in Hörweite war. »Von der Übernachtungsgebühr der Pensionsgäste könnten wir nicht leben. Wie Ihr Kollege schon ungalanterweise bemerkte, ist unser Haus selbst während der Weltausstellung nicht voll belegt. Mein Mann musste sich daher schon als Touristenführer verdingen, und ich sehe ihn nur noch zwischen Tür und Angel. Also nehmen wir Logiergäste zu einer moderaten Monatsmiete bei uns auf«, lamentierte sie mit gedämpfter Stimme. »Aber wovon sollen wir in Zukunft leben, wenn unsere Gäste nacheinander ermordet werden?«

Holmes wollte etwas erwidern, aber die bekümmerte Wirtin ließ ihn nicht mehr zu Worte kommen.

»Monsieur Sigerson und Monsieur Tristram! Sie sind meine letzte Hoffnung! Mein Vertrauen in die Antwerpener Polizei ist zutiefst erschüttert! Sie hat es nicht einmal für nötig erachtet, den Tod des Juweliers zu untersuchen. Legen Sie um Himmels willen dem heimtückischen Mörder, der unter meinen Gästen wütet, das Handwerk! Ich werde mich auch erkenntlich zeigen und ...«, sie stockte und nestelte verlegen am Bund ihrer Schürze, »erlasse Ihnen die Übernachtungsgebühr.«

Fast hätte ich über dieses nicht besonders großzügige Angebot gelacht, aber dann dachte ich an die Nebenbeschäftigung ihres Gatten. Wahrscheinlich konnte die arme Frau uns wirklich nicht bezahlen.

»Die beiden Verbrechen weisen einige interessante Details auf, und es wird mir ein Vergnügen sein, sich ihrer Aufklärung anzunehmen. Aber ich akzeptiere Ihren Auftrag nur unter einer Bedingung: Sie dürfen in Zukunft keine Informationen vor uns zurückhalten«, meinte Holmes mit undefinierbarer Miene.

»Das habe ich auch bisher nicht getan!«, behauptete die Wirtin, stützte sich mit beiden Händen auf die Rezeptionstheke und blickte uns entrüstet an.

»Die hiesige Polizei scheint nicht besonders schnell zu sein. Warum hat sie erst heute Morgen Herman Seghers Zimmer untersucht, obwohl sein Bewohner bereits gestern ermordet wurde?«, fragte ich, um die Wirtin auf andere Gedanken zu bringen.

»Er hatte keine Papiere bei sich, und daher war die Polizei erst einmal damit beschäftigt, seine Identität festzustellen«, erklärte Holmes und riss das Gespräch wieder an sich. »Aber da gerade von Dokumenten die Rede ist. Wir haben Sie neulich schon einmal gebeten, einen Blick auf ein Schreiben zu werfen und uns mitzuteilen, ob einer der Gäste es verfasst hat. Ist das die Handschrift des jungen Herman Seghers?«

Holmes präsentierte den Brief des Juweliers, aber die Wirtin warf nur einen flüchtigen Blick darauf. »Das kann ich Ihnen leider nicht sagen«, gab sie bekümmert zu. »Ich habe Herman Seghers Schrift noch nie gesehen.«

»Und die Unterschrift im Gästebuch?«

»Stammt von seiner Schwester. Zumindest dachte ich das damals, wenn ich allerdings geahnt hätte ...«

»Davon würde ich mich gern mit eigenen Augen überzeugen«, schnitt Holmes ihr das Wort ab, dessen Bohemienseele derartige Konventionen herzlich egal waren. »Könnten Sie bitte die Freundlichkeit besitzen, mir das Gästebuch auszuhändigen?«

Unsere neue Klientin starrte ihn einen Augenblick lang empört an. Dann schob sie mit der Miene einer Märtyrerin auf dem Weg in die Arena das dicke, ledergebundene Buch über die Theke, das sie gewöhnlich wie ihren Augapfel hütete.

Ungeduldig blätterte Holmes den Folianten von hinten nach vorn durch, bis er die ihn interessierende Seite gefunden hatte. Mit dem Zeigefinger fuhr er die Spalten hinunter und hielt vor der vorletzten Zeile inne, die er mit zusammengekniffenen Augen studierte. »Sie haben recht, das ist eindeutig die Handschrift einer jungen Frau«, erklärte er dann desillusioniert, klappte das Gästebuch zu und händigte es der Wirtin aus. »Ich habe noch eine Frage. Sie sagten vorhin, Ihr Mann habe sich einen Nebenerwerb gesucht. Darf ich daraus schließen, dass die Pension Ihnen gehört?«

Die Wirtin griff nach dem Band ihrer Schürze und wickelte es sich um den linken Zeigefinger. »Ich wüsste nicht, was das mit dem Mord an Herman Seghers zu tun haben sollte, aber andererseits habe ich nichts zu verbergen!« Sie schaute zornig zu Holmes hoch. »Ja, das Haus gehört mir. Ich habe es vor fünfzehn Jahren von meiner Großmutter geerbt und mit meinem ersten Mann eine Pension darin eröffnet. Meinen zweiten Mann habe ich erst letztes Jahr geheiratet, und ich muss mit Bedauern feststellen, er ist keine große Hilfe in der Pension.«

Stimmen und hallende Schritte drangen aus dem Treppenhaus, und die Wirtin verstummte. Die Geräusche wurden immer lauter, bis der französische Offizier mit seiner Familie die Eingangshalle betrat. Die beiden Frauen trugen weiße, luftige Kleider und hielten geblümte Sonnenschirme in der Hand. Mit wenigen, eingeübten Handgriffen zündete Holmes seine Pfeife an, wobei er den vorwurfsvollen Blick Colonel Lavals ignorierte, der mit einem zackigen Gruß an der Rezeption vorbeischritt. Seine Frau und seine Tochter begnügten sich mit einem angedeuteten Kopfnicken. Holmes nahm einen tiefen Zug an seiner Pfeife, verabschiedete sich von der Wirtin und folgte dann mit seinen langen Beinen der französischen Familie. Es gelang ihm mühelos, den Offizier zu überholen und vor der Tür aufzuhalten.

»Machen Sie sich keine Sorgen, wir haben schon schwierigere Fälle gelöst. Wahrscheinlich wird die schreckliche Geschichte irgendwann Ihrem Haus zum Vorteil gereichen. Schließlich kennt mittlerweile jeder Antwerpener Ihre Pension. Was sag ich, bestimmt ist sie in ganz Belgien bekannt!«, sagte ich leise zur Wirtin. Wahrscheinlich hätte ich besser *berüchtigt* sagen sollen. Wenn sie wüsste, dass ihren Gästen von Dieben und Räubern aufgelauert wurde! Ich hatte das bisher für mich behalten, da ich zuerst Holmes darüber informieren wollte, und war langsam ganz begierig darauf, endlich unter vier Augen mit ihm zu sprechen.

»Meinen Sie?«

Das war keine Höflichkeitsfloskel, sondern eine ehrliche Frage, und ich nickte mit gutem Gewissen. »Ganz bestimmt wird es so kommen!«, beteuerte ich mitfühlend und wünschte der Wirtin einen schönen Tag, denn die französische Familie war gerade im Begriff, sich zu verabschieden.

Als ich zu ihnen stieß, setzte Madame Laval ein charmantes Lächeln auf und suchte Blickkontakt mit Holmes.

»Sind Sie verheiratet, Monsieur Sigerson?«, fragte sie, was Holmes vehement verneinte.

Die Offiziersgattin lächelte entschuldigend, doch ihre Augen waren ernst. Das laute Poltern der Räder einer Kutsche, die über das Kopfsteinpflaster der engen Straße raste, übertönte ihre Entgegnung, aber Holmes hörte ihr ohnehin nicht mehr zu.

»Ich nehme an, Monsieur Tristram wird Sie heute Abend begleiten?«, erkundigte sich Colonel Laval bei meinem Anblick sachlich, aber nicht unfreundlich.

»Selbstverständlich, Mister Tristram ist mein Kollege und Biograph.«

Holmes' überschwänglicher Tonfall und die Tatsache, dass er mir nicht vorwarf, meine Berichte fast so romanhaft auszuschmücken wie sein Freund Doktor Watson, zeigten mir, wie sehr er sich in Paris gelangweilt haben musste.

»Gut, dann bis acht Uhr!«

Der Colonel riss forsch die Haustür auf und marschierte kerzengerade los, als wollte er Antwerpen erobern. Obwohl die zaghaften Strahlen der Frühlingssonne es kaum schafften, die milchige Wolkendecke zu durchdringen, öffneten Madame Laval und Mademoiselle Laval ihre Sonnenschirme, bevor sie dem Offizier folgten.

15. Das Polizeipräsidium

Als die französische Familie um die Ecke gebogen war, gab ich endlich dem Bedürfnis nach, meiner Empörung Luft zu machen.

»Heute Morgen habe ich Sie überall gesucht«, begann ich und berichtete dann, dass man mich in der Nacht überfallen und ausgeraubt hatte.

»Wie kommen Sie eigentlich auf die Idee, nachts aus der Pension auszubrechen?«, fragte Holmes und betrachtete schmunzelnd die Beule an meinem Kopf wie ein Beweisstück. »Sie können von Glück reden, so glimpflich davongekommen zu sein.«

»Ich hatte keine Ahnung, dass die belgischen Straßen so unsicher sind«, verteidigte ich mich erbost, denn ich hätte mir etwas mehr Anteilnahme gewünscht.

»Wenigstens haben Sie Ihre Eskapade nicht in der Pension herumerzählt, sonst würde jetzt jeder den geheimen Ausgang in der Küche kennen.« Holmes dachte einen Augenblick lang nach. »Trotzdem gefällt mir die Sache gar nicht«

»Meinen Sie, mir hat sie gefallen?«, entfuhr es mir entrüstet. Bevor Holmes etwas erwidern konnte, stellte ich eine Frage, die mich schon den ganzen Vormittag beschäftigte: »Oder glauben Sie etwa, dass der Mörder des jungen Mannes auch mich niedergeschlagen hat?«

»Das kann man beim derzeitigen Ermittlungsstand noch nicht sagen«, antwortete Holmes ausweichend und klopfte die Asche aus seiner Pfeife durch die Schlitze eines Kanaldeckels. »Zufällig habe ich gerade vor, dem Kommissariat einen Besuch abstatten, um mich nach dem Stand der Ermittlungen im Mordfall Seghers zu erkundigen. Ich wäre Ihnen daher sehr verbunden, wenn Sie dort den Überfall nicht erwähnen würden. Ohne Personenbeschreibung kann man den Täter ohnehin nicht fassen, und wenn Sie Anzeige erstatten, würde diese die ungeteilte Aufmerksamkeit des Kommissars auf sich lenken«, dämpfte Holmes meine Hoffnung auf Gerechtigkeit, steckte seine inzwischen gesäuberte Pfeife in die ausgebeulte rechte Jackentasche und machte sich auf den Weg.

»Sie erinnern sich, dass ich möglichst vermeide, mit der Polizei zusammenzutreffen«, gab ich zu bedenken. Mein langer Aufenthalt in Italien hatte mich die dortigen Landessitten annehmen lassen. Außerdem ärgerte ich mich, den nächtlichen Angreifer nicht anzeigen zu dürfen, auch wenn ich nicht bestreiten konnte, dass Holmes' Argument nicht von der Hand zu weisen war.

»Wir haben leider keine andere Wahl, denn die Polizisten haben alle Beweisstücke mitgenommen«, meinte Holmes, während wir die Straße überquerten. »Und was mich betrifft, so kann ich mich nicht über die Polizei beklagen. Die englischen Kriminalisten haben mich stets freundlich und zuvorkommend behandelt.«

»Weil Sie Ihnen die Arbeit abgenommen haben!«

»Ich bin froh, wenn ich behilflich sein kann«, stellte Holmes bescheiden fest. Ihm war jede Publicity zuwider. Daher überließ er nur allzu gern die letzte Schlussfolgerung den Gesetzeshütern.

»Inspektor Lestrade hat sich nicht einmal geschämt, sich zum Dank mit Ihren Federn zu schmücken. Aber nun wird er wohl oder übel ohne Sie auskommen müssen!«

Diese Vorstellung bereitete mir ein wahrhaft diebisches Vergnügen.

»Das wird ihm wohl auch mühelos gelingen, denn die Zeit der großen Verbrecherpersönlichkeiten ist vorüber«, erklärte

Holmes so ernsthaft, als wäre es ein Glaubensbekenntnis. »Meine Detektei ist auf dem Kontinent zu einer Agentur für das Aufspüren entlaufener Hunde und die Enttarnung von Heiratsschwindlern verkommen.«

Es war Holmes' Tragik, dass er eines ebenbürtigen Gegenspielers bedurfte, um das Feuerwerk seiner einzigartigen Fähigkeiten zu entzünden und anscheinend war nur London mit der nötigen Anzahl von kriminellen Genies gesegnet oder besser gesagt gestraft.

»Hoffentlich ist der Antwerpener Kommissar ein angenehmerer Zeitgenosse als sein grünäugiger, kleiner Kollege, dessen Bekanntschaft wir in Brüssel gemacht haben«, bemerkte ich, bevor ich einen Gedanken aussprach, der mich die ganze Zeit beschäftigt hatte. »Meinen Sie, dass Herman Seghers und der Juwelier von demselben Täter ermordet wurden?«

»Das kann man zum derzeitigen Ermittlungsstand noch nicht sagen. Aber es spricht einiges dafür, dass ein Zusammenhang zwischen den beiden Verbrechen besteht.«

»Aber Sie werden doch weiterhin den Tod des Juweliers verfolgen?«

»Selbstverständlich, schließlich ist sein Bruder unser Klient«, antwortete Holmes gut gelaunt. »Sie konnten vorhin Ihre Enttäuschung über das magere Angebot der Wirtin nicht verbergen. Aber denken Sie daran, dass wir dank Doktor Peeters erster Klasse reisen und ein pralles Spesenkonto besitzen.«

»Aber irgendwann möchte er Ergebnisse sehen und der Tod seines Bruders liegt weiterhin im Dunkeln«, gab ich zu bedenken. Enttäuschung stieg in mir auf, als Holmes nicht widersprach. »Wenigstens gibt es beim zweiten Mord einen Tatverdächtigen! Warum sprechen wir daher nicht so schnell wie möglich mit diesem Forschungsreisenden, ich kann mir einfach seinen Namen nicht merken?«

»Bart Cuypers!« Holmes' Betonung kam der flämischen Aussprache ziemlich nahe. »Das werden wir bald nachholen, aber nicht in der Pension, wo die Wände Ohren haben. Ich habe Herrn Cuypers nämlich gebeten, sich mit uns heute Nachmittag in der Stadt zu treffen.«

Diese Vorstellung heiterte mich etwas auf, während ich auf das Polizeipräsidium zuschritt, das sich in einem neuen, aber schon leicht verwahrlosten Steinbau mit einer repräsentativen Freitreppe befand.

»Wollen Sie nicht den Pförtner nach der Zimmernummer fragen?«, fragte ich, als Holmes ohne zu zögern in den rechten Korridor hinter der massiven Eichentür abbog und eine bestimmte Zimmertür ansteuerte.

»Nein, ich kenne bereits den Namen des Ermittlers, in dessen Auftrag die Polizisten heute Morgen die Pension durchsucht haben.«

Auf dem Schild neben der Tür stand *Commissaire Jules Cauveleart*, ein Name an dessen korrekte Aussprache ich nicht einmal zu denken wagte.

Holmes klopfte vehement an und öffnete gleichzeitig die Tür.

»Herein!«, rief der mittelgroße Mann mit breiten Schultern und kurzem Stiernacken, der hinter einem mit Akten überladenen, wackligen Schreibtisch saß und blickte überrascht auf. Seine Hose war zu weit, seine Jacke altmodisch und glänzte an den Ellbogen. Ein eckiger Schädel mit hellbraunem, strähnigem Haar und einem buschigem Schnurrbart rundete die wenig eindrucksvolle Erscheinung ab.

»Guten Morgen, ich bin doch bei Ihnen richtig? Ich würde gern mit dem Kommissar sprechen, der für den Mord im Beginenhof zuständig ist«, fragte Holmes auf Französisch, und ich hoffte einen Moment lag inständig, dass er nicht an den Falschen geraten war. Aber dann erinnerte ich mich erleichtert daran, wie sich der fanatische Flame darüber beschwert hatte, dass er im Kontakt mit belgischen Behörden gezwungen war, sich der französischen Sprache zu bedienen.

Jules Cauveleart grübelte über die einfache und unmissverständliche Frage erstaunlich lang nach. Durch das Fenster hinter seinem Rücken hatte man eine eindrucksvolle Sicht auf den grauen Strom, dessen träge Gemächlichkeit offenbar auf den Polizisten abgefärbt hatte.

»Ja, Sie sind bei mir richtig«, bestätigte er schließlich, und ein fragender Blick aus trägen, braunen Augen wanderte zwischen uns hin und her. »Monsieur Sven Sigerson und Monsieur David Tristram?«, fragte er dann skeptisch.

»Ja, das sind wir. Aber woher kennen Sie unsere Namen?«, entfuhr es mir verblüfft.

Die Augenbrauen des Kommissars zogen sich missgelaunt zusammen. »Ein Kollege aus Brüssel hat mich gewarnt, dass Sie mich wahrscheinlich aufsuchen würden.«

Das sah diesem neugierigen kleinen Mann mit den grünen Augen ähnlich!

»Sehr aufmerksam von ihm«, entgegnete Holmes mit einer ironischen, angedeuteten Verbeugung und nahm auf einem der beiden Stühle vor dem Schreibtisch Platz.

Auch ich zog mir einen Stuhl heran.

»Ich will Ihre Zeit nicht über Gebühr in Anspruch nehmen, sondern möchte nur kurz einen Blick auf die Tatwaffe werfen.«

»Sonst haben Sie keine Wünsche? Wie wäre es vielleicht mit den Protokollen der Zeugenvernehmung, der Liste der Dinge, die Herman Seghers bei sich hatte oder dem Obduktionsbericht?«, fauchte uns der eben noch so lethargische Kommissar herablassend an, zog dann gemächlich eine

Schublade auf, aus der er einen Bleistift herausholte und diesen bedächtig zu spitzen begann.

Es gelang mir nur mühsam, mich zu beherrschen, denn am liebsten hätte ich ihm vorgeworfen, dass Räuber, die nachts heimtückisch unbescholtene Touristen überfielen, frei in Antwerpen herumliefen, während er untätig hinter seinem Schreibtisch thronte.

»Für das Erste wäre ich mit dem afrikanischen Dolch zufrieden«, erwiderte Holmes höflich.

»Seien Sie froh, dass mein Brüsseler Kollege mich vorgewarnt hat.« Der Kommissar legte den Bleistift beiseite, erhob sich wortlos von seinem Armstuhl, schlurfte zur Tür in der Seitenwand seines Büros und drehte sich noch einmal zu uns um. »Aber Sie dürfen den Dolch nicht anfassen!«, erklärte er streng, bevor er in den Nebenraum verschwand, aus dem er nach einer Ewigkeit mit einer kleinen Pappschachtel zurückkehrte, sie öffnete und auf seinen Schreibtisch legte.

Sie enthielt einen kleinen, schartigen Dolch mit leicht gebogener Klinge, der überhaupt nicht meiner Vorstellung von einer afrikanischen Waffe entsprach. Ich musste innerlich über mich selbst lachen, dass ich eine primitive Holzwaffe erwartet hatte.

»Höchst aufschlussreich«, brummelte Holmes vor sich hin, kritzelte einige Zeilen auf die letzte Seite seines Notizbuchs und schaute wieder hoch. Seine bis dahin angespannte Haltung entkrampfte sich etwas. »Haben Sie schon herausgefunden, mit welchem Gift der Dolch präpariert war?«

»Woher wissen Sie, dass der Dolch vergiftet war?«, fragte der Kommissar überrascht und rutschte auf seinem Stuhl zurück.

»Anderenfalls hätte der Mörder nur ein Mediziner oder ein Soldat sein können. Kein Ungeübter kann mit dieser Waffe einen erwachsenen Mann mit einem einzigen Stich umbringen.«

»Selbstverständlich wäre auch ein Großwildjäger wie Monsieur Cuypers dazu imstande«, widersprach der Kommissar, nachdem er einen Augenblick lang konzentriert in die staubige Zimmerecke geschaut hatte, als ob er dort die Lösung des Falls zu finden hoffte.

»Heutzutage werden wilde Tiere mit dem Gewehr und nicht mit dem Dolch gejagt. Man hätte unter anderen Umständen überprüfen können, ob Bart Cuypers eine Nahkampfausbildung bei der belgischen Armee erhalten hat, aber sein unathletischer Körperbau spricht eindeutig dagegen. Ich weiß nicht, ob Ihnen bereits der Obduktionsbericht vorliegt, aber ich vermute, dass der Messerstich das Herz des Opfers knapp verfehlt hat.«

Der Kommissar starrte Holmes entgeistert an.

»Ich wollte nicht glauben, was ich über Sie gehört habe, aber offenbar trifft jedes Wort zu«, stammelte er dann. »Sie haben recht. Das Gift hat den Tod des jungen Mannes herbeigeführt, noch bevor er verblutet ist. Für mich ist Bart Cuypers der Hauptverdächtige. Es ist allgemein bekannt, wie in den Kolonien gejagt wird! Man bindet ein Beutetier als Köder fest und schießt dann aus dem Hinterhalt und aus sicherer Entfernung.«

»Hauptsache man hat repräsentative Trophäen, mit denen man zu Hause angeben kann«, ergänzte Holmes, der die Jagdleidenschaft unserer meisten Landsleute nicht teilte. »Aber selbst diese unsportlichen Jäger setzen kein Gift ein.«

»Das muss Bart Cuypers sich bei den Eingeborenen im Kongo abgeschaut haben«, bemerkte der Kommissar verächtlich. Dann begutachtete er das Tintenfass auf seinem Schreibtisch, das nur noch zur Hälfte gefüllt war.

»Erstens wird am Kongo nicht mit Gift gejagt, und zweitens würde ich an Ihrer Stelle nach jemandem suchen, der ein Motiv hatte, Herman Seghers umzubringen. Die Tatsache, dass seine angebliche Schwester nach der Tat untergetaucht ist, könnte ein Hinweis darauf sein, dass er in kriminellen Kreisen verkehrte«, sagte Holmes, der sich auf seinem Stuhl kerzengerade aufgerichtet hatte.

»Das haben unsere Kollegen aus Oostende bereits überprüft. Herman Seghers ist wegen Diebstahl, Einbruch, Hehlerei und Erpressung mehrfach vorbestraft. Seit seiner letzten Haftentlassung lebte er von Gelegenheitsarbeiten«, bestätigte der Kommissar selbstgefällig.

»Es stellt sich also die Frage, wer ihm und seiner Begleiterin den Aufenthalt in der kostspieligen Pension Antonis van Dyck bezahlt hat«, entgegnete Holmes. »Könnten Sie mir vielleicht freundlicherweise noch mitteilen, ob sich unter den Habseligkeiten des Toten irgendwelche Schriftdokumente befanden?«

Der träge Kommissar staunte Holmes einen Moment lang mit halb geöffnetem Mund an. »Sie meinen eine Postkarte, mit der der Mörder ihn bittet, sich mit ihm im Beginenhof zu treffen?«, fragte er dann mit einem unverschämten Grinsen.

»Ich wäre auch mit der Rechnung eines Schusters oder dem Leihschein einer Bibliothek zufrieden«, bemerkte Holmes, trotz der Unverschämtheit seines Gesprächspartners nicht von seiner gewohnten Wohlerzogenheit abweichend.

»Bedauerlicherweise fanden wir nur die Rechnung eines billigen Cafés. Eine Nachfrage bei dem Besitzer ergab, dass Herman Seghers dort mit seiner so genannten Schwester gesehen wurde.« Jules Cauveleart warf einen flüchtigen Blick in seine Unterlagen. »Genauer gesagt, erinnerte man sich nur an die Schwester, aber wir gehen davon aus, dass Herman Seghers sie begleitet hat.«

»Ich habe noch eine letzte Frage«, begann Holmes so beiläufig, dass ich etwas sehr Wichtiges erwartete. »Haben Sie bereits herausgefunden, um welches Gift es sich genau handelt?«

Der Kommissar zuckte gleichgültig mit den Schultern und verzog dann mürrisch die Lippen. »Es war irgendetwas Afrikanisches, das genügt mir. Der Amtsarzt tippt auf Schlangengift. Jedenfalls ist die Labormaus, deren Fell er mit der Tatwaffe eingeritzt hat sofort tot umgefallen.«

Während der behäbig formulierten Ausführung seines Gesprächspartners, hatte Holmes seelenruhig in der Brusttasche seines Gehrocks herumgewühlt und eine kleine Tablettendose aus Silber zu Tage befördert, die er vor sich auf dem Schreibtisch platziert. »Eine höchst präzise und wissenschaftliche Vorgehensweise«, spöttelte er, »Aber vielleicht kann ich für Sie eine genauere Analyse erstellen.« Ehe Jules Cauveleart protestieren konnte, hatte Holmes schon mit der linken Hand den Schaft des Messers gepackt und mit der rechten nach einer auf dem Schreibtisch herumliegenden Schere gegriffen, mit der er über die Klinge der Mordwaffe kratzte, sodass einige Partikel in die Pillendose fielen. »Ich lasse Sie wissen, wenn ich das Gift identifiziert habe!«, versprach Holmes dem konsternierten Kommissar, dessen Gesicht vor ohnmächtiger Wut hochrot angelaufen war.

»Sie können doch nicht einfach ...«, begann er, ließ aber den Satz unvollendet.

Holmes bedankte sich für die freundlichen Auskünfte, und wir verabschiedeten uns von dem Kommissar, der uns konsterniert nachstarrte.

Als wir durch den Korridor schritten, erwartete ich jede Sekunde, dass ein Polizist uns aufhielt und die widerrechtlich entnommene Probe zurückforderte, aber man ließ uns unbehelligt das Polizeigebäude verlassen.

»Untersuchen wir jetzt endlich den Tatort?«, fragte ich, als wir den düsteren, staubigen Bau hinter uns gelassen hatten. Es regnete noch immer nicht, im Gegenteil war der Himmel wolkenlos blau, und ich wollte das kurze Gastspiel der Sonne ausnutzen.

Holmes nickte. »Es lohnt sich nicht, für die kurze Strecke eine Droschke zu rufen«, erklärte er ultimativ, als ich einer Mietkutsche nachschaute. »Der Beginenhof befindet sich an der Rodestraat, nahe bei der Sint Jakobskerk. Sie werden die Kirche sicherlich kennen, denn dort befindet sich die Grablege der Familie Rubens.«

»Ach, tatsächlich«, erwiderte ich höflichkeitshalber, aber meine Gedanken waren noch immer im Kommissariat. »Das war ein sehr vorsichtiger Mörder! Erstechen und Vergiften! Warum hat er sein Opfer nicht noch zusätzlich erschlagen?«

»Das hätte dem Verbrechen eine ganz andere Note gegeben. Wahrscheinlich wäre es dann ein Ritualmord gewesen. Dergleichen ist auf den Wandmalereien etruskischer Gräber zu sehen«, meinte Holmes als ob das eine Binsenweisheit wäre und warf mir dann einen belustigten Blick zu. »Ich stimme mit Ihnen überein, dass die Mordmethode auf Ängstlichkeit und Unerfahrenheit hinweist. Außerdem musste der Täter unerkannt aus dem Beginenhof entkommen. Er konnte also nicht riskieren, seine Kleidung durch Blutflecke zu verschmutzen. Trotzdem bleibt die ganze Angelegenheit mysteriös. Die Antwerpener Polizei hat dem Mord an Herman Seghers weit mehr Beachtung geschenkt als dem Tod des Juweliers. Sie hat in kurzer Zeit erstaunlich viel über die Vergangenheit des jungen Manns herausgefunden. Wie ich einer Zeitungsnotiz entnahm, gibt es sogar eine Zeugin, die ihn im Beginenhof gesehen hat. Aber seltsamerweise hat niemand den zweiten Mann, der die Anlage betreten und verlassen hat, bemerkt.«

16. Der Beginenhof

Der idyllisch gelegene Beginenhof war eine Oase der Stille mitten in der betriebsamen Innenstadt Antwerpens. Er bestand bereits seit dem Mittelalter und lag damals – wie auch die Sint Jakobskerk – außerhalb der Stadtmauern. In der Mitte des Gevierts mit den kleinen, roten Ziegelhäusern und den kopfsteingepflasterten Gassen befand sich ein schöner Garten mit Obstbäumen und einem Teich. Die Häuser der Beginen waren zu geschlossenen Häuserfronten aneinandergefügt und besaßen Tür- und Fensterumrahmungen aus hellem Stein, Dachgauben und gemauerte Schornsteine. Alles strahlte Weltabgeschiedenheit und Bescheidenheit aus.

»Vielleicht hat eine der frommen Damen Herman Seghers erstochen, weil er ihr einen unsittlichen Antrag gemacht hat«, meinte ich mich neugierig nach den Bewohnerinnen umschauend, aber die mauerumgürtete Anlage war menschenleer. Gänseblümchen bedeckten die Wiese mit weißen Tupfen und auch die Weißdorn-Sträucher waren über und über mit Blütendolden bedeckt, deren unangenehmer, leicht modriger Geruch in der Luft hing.

»Sie hätte wohl kaum einen afrikanischen Dolch verwendet und schon gar keinen vergifteten«, entgegnete Holmes.

Eine Tür öffnete sich, und eine kräftige Frau um die vierzig mit frischer Gesichtsfarbe trat ins Freie. In jeder Hand trug sie einen schweren Korb voller Gurken, Spinat und Salat. Ihre Tracht bestand aus einem bodenlangen, schwarzen Umhang und einer weißen Haube, dic bis über die Schultern fiel. Unseren freundlichen Gruß erwiderte sie mit einem knappen Kopfnicken.

»Vielleicht gehört sie zur Bande des Mörders und unter dem Gemüse befinden sich Waffen«, bemerkte ich, als die Begine mit abweisendem Gesichtsausdruck unseren Weg gekreuzt hatte.

»Das erinnert mich an meine Reise durch Indien, auch wenn der Fall, der mich dort beschäftigte, ganz anders gelagert war.« Holmes lächelte bei der Erinnerung und ich hätte zu gern gewusst, woran er dachte, wagte aber nicht nachzufragen.[14]

Mittlerweile hatten wir den Beginenhof durchquert und näherten uns der Kirche St. Catharina. Der kurze Bau aus roten Ziegeln besaß einen polygonalen Chorabschluss und eine schlichte Fassade. Statt eines Turms ragte nur ein schiefergedeckter Dachreiter in den blauen Himmel.

»Ob wir wohl hineingehen können?«, fragte ich beim Anblick der massiven Eichentür, denn in Italien pflegten die Kirchenportale während der Öffnungszeiten weit offen zu stehen.

»Höchstwahrscheinlich. Schließlich sind katholische Kirchen meistens geöffnet.«

»Ich vergesse immer wieder, dass ich in einem katholischen Land bin, weil es hier genauso aussieht wie in Holland.«

Die Türklinke gab ächzend nach, und ich blickte in den kleinen, überschaubaren Innenraum. Das Licht schien durch die farbigen, gotischen Fenster und warf bunte Flecken auf das einfache Gestühl und die fleckenlos sauberen Fliesen des Bodens, der offenbar vor Kurzem gewischt worden war. Jedenfalls suchte ich vergebens Blutflecke oder einen von der Polizei gezogenen Kreidekreis.

[14] Auch dem Herausgeber gelang es leider nicht herauszufinden, worauf Holmes anspielte. Man kann nur hoffen, dass eine der Handschriften aus der Casa Tristram-Boldoni eine Antwort auf diese Frage geben wird.

»Ich möchte wenigstens einmal im Leben einen Tatort erreichen, bevor Polizei und Schaulustige alle Spuren vernichtet haben!«, fluchte Holmes bei diesem Anblick vor sich hin, und wir traten ein.

Kaum waren Holmes' Worte verklungen, als schon ein ungehobelter, älterer Mann in abgetragener, dunkler Kleidung, bei dem es sich um den Küster handeln musste, die Tür der Sakristei aufriss. Seine drohende Gestalt füllte den niedrigen Türrahmen aus dunklem Holz fast aus. Kleine, haselnussfarbene Augen funkelten uns kampfeslustig aus einem von Falten durchfurchten Gesicht an. »Was haben Sie in der Kirche zu schaffen?«, fragte er in holprigem Französisch.

Holmes richtete sich zu seiner gesamten Länge auf und warf dem Küster einen geringschätzigen Blick zu. »Ich glaube nicht, dass es verboten ist, diese Kirche zu betreten. Schließlich war die Tür nicht abgeschlossen.«

»Die Tür ist offen, damit die Beginen das Gotteshaus zum Gebet aufsuchen können! Nicht um die Sensationsgier der Touristen zu befriedigen. Hier gibt es nichts mehr zu sehen!« Mit griesgrämig zusammengezogenen Augenbrauen griff der Küster nach einem Reisigbesen, der rechts von der Tür gegen die Wand gelehnt war. Seine ausgemergelten Finger, die den Stiel umklammerten, waren weiß vor Anspannung, während er den Boden vor dem Eingang fegte.

Ohne etwas zu erwidern, bückte sich Holmes, um einen Schnürsenkel zu binden, wobei er so rasch und geschickt einige kleine Partikel auflas, dass das Auge seiner Hand kaum folgen konnte.

»Wie soll ich eigentlich meine Arbeit erledigen? Zuerst durchwühlt die Polizei jeden Winkel. Nur mit allergrößter Anstrengung konnte ich sie vom Betreten des Altarraums abhalten! Dann kommen die aufdringlichen Journalisten. Es war ja nur eine Frage der Zeit, bis auch noch die Gaffer kommen! Ich werde mich an höherer Stelle beschweren!«

Ich gebe den Wutausbruch als zusammenhängendes Ganzes und in korrekter Sprache wieder. In Wahrheit verfiel der Küster immer wieder in unverständliches Kauderwelsch.

»Sie tun uns unrecht. Wir sind keine Schaulustigen, sondern private Ermittler«, widersprach Holmes, nachdem er sich wieder aufgerichtet hatte. »Wir versuchen im Auftrag eines Klienten das schreckliche Verbrechen aufzuklären, das hier begangen wurde. Daher interessiert mich, ob diese Kirche jeden Tag für das Publikum zugänglich ist.«

Der Küster hatte zu einer gleichgültigen Professionalität zurückgefunden. »Ja, das ist sie. Aber meist begnügen sich die Besucher des Beginenhofs damit, im Garten herumzuspazieren. Schließlich ist St. Catharina keine altehrwürdige Kirche wie die Kathedrale, sondern wurde erst nach 1830 im neugotischen Stil errichtet.«

»Uns interessiert die Kirche nicht vom künstlerischen Standpunkt aus, sondern nur in ihrer Funktion als Tatort«, bemerkte Holmes und fingerte nach seiner Brieftasche. »Ich gehe doch richtig in der Annahme, dass Sie es waren, der gestern die Leiche gefunden hat?«

»Ja, leider! Ich wollte, eine der alten Frauen, die sonst stundenlang hier beten, hätte vorher hereingeschaut. Immerhin leben hier über zweihundert Beginen.« Die Falten des Küsters schienen noch tiefer als zuvor.

Holmes nickte ihm verständnisvoll zu. »Ich weiß, dann hätte man statt Ihrer die ältere Dame mit Fragen malträtiert. Aber ich möchte Sie nicht lang behelligen, sondern Ihnen nur ein paar kurze Fragen stellten. Ich nehme an, der Tote hat hier gelegen?«

Holmes deutete auf die Stelle, wo er sich die Schnürsenkel nachgebunden hatte.

»Ja, ganz genau«, beteuerte der alte Mann eifrig. Ich lächelte stumm in mich hinein, denn diesen plötzlichen Sinneswandel kannte ich von früheren Ermittlungen. Holmes verstand es, die Menschen bei ihrem schwachen Punkt zu packen. »Er lag auf dem Bauch und in seinem Rücken steckte ...« Der Küster suchte nach Worten.

»Steckte ein afrikanischer Dolch«, half Holmes ihm weiter.

»Dass er afrikanisch ist, habe ich erst in der Zeitung gelesen.«

Holmes notierte etwas auf die Rückseite der Rechnung des Nobelrestaurants von neulich. »Haben Sie ihn umgedreht?«, wollte er dann wissen.

»Ich habe ihn nicht angerührt, sondern sofort die Polizei gerufen«, beteuerte der alte Küster beleidigt.

»Das war auch ganz richtig«, versicherte Holmes zuvorkommend. »Erinnern Sie sich zufällig in welcher Höhe das Messer im Rücken steckte?«

»Kurz unter dem Schulterblatt.«

»Etwa an dieser Stelle?« Holmes deutete auf seinen eigenen Rücken.

»Nein, die Wunde war auf der rechten Seite«, verbesserte der Küster, ohne zu zögern.

»Sah es aus, als ob ein Kampf stattgefunden hätte?«

»Nein, ganz bestimmt nicht. Es war glücklicherweise alles an seinem Platz.« Der alte Mann blickte sich bei der bloßen Vorstellung alarmiert in der Kirche um. »Der Mörder hat wohl heimtückisch aus dem Hinterhalt zugestochen, und sein Opfer konnte sich nicht wehren. Aber das habe ich alles bereits der Polizei gesagt.« Langsame begann der Küster ungeduldig zu werden. »Ich finde, dass Sie ziemlich neugierig sind!«, beschwerte er sich.

»Das sind alle Wissenschaftler«, entgegnete Holmes belustigt. »Wenn Ihnen noch ein Detail einfällt, das Sie bisher für nicht erwähnenswert hielten, So lassen Sie es mich bitte wissen. Wir wohnen in der Pension Antonis van Dyck.« Er überreichte dem Küster seine Visitenkarte und ein paar Münzen. »Für Ihre Kirche«, behauptete Holmes, als der alte Mann in der abgetragenen Kleidung protestieren wollte.

Wir verabschiedeten uns, und als ich die Tür durchschritt, bemerkte ich über die Schulter zurückblickend, dass der Küster endlich den Besen in die Sakristei trug.

»Was haben Sie vorhin auf dem Boden gefunden?«, wollte ich draußen aufgeregt wissen. »Die Asche einer seltenen Zigarettensorte? Einen Schlüsselanhänger mit Monogramm? Oder gar einen Knopf von der Jacke des Mörders?«

Holmes schüttelte lachend den Kopf. »Wie Sie eigentlich mit eigenen Augen gesehen haben sollten, habe ich ein paar Lehmklümpchen aufgesammelt!«

»Ich hatte gedacht, Sie hätten heimlich noch etwas Spektakuläreres aufgelesen.«

»Meine wissenschaftliche Methode bedarf keiner sensationellen Funde. Auch ganz alltägliche Dinge sprechen eine beredte Sprache, die man nur zu interpretieren verstehen muss«, rügte er mich dann, eine seiner Lieblingsthesen zitierend. »Einmal habe ich sogar einen Mörder durch eine Urlaubspostkarte entlarvt.«

»Die Wunde auf der falschen Seite lässt doch sicherlich auf einen unerfahrenen, nervösen, rechtshändigen Mörder schließen, wozu auch die vergiftete Klinge passt«, überlegte ich, während wir am Obstgarten vorbeigingen.

Holmes nickte.

»Endlich beginnen Sie sich in der Kunst der Deduktion zu üben«, lobte er mich zu meinem Erstaunen. »Aber ohne das

Tatmotiv zu kennen, hilft uns diese Erkenntnis auch nicht weiter.«

»Wo treffen wir uns eigentlich mit diesem Forschungsreisenden? In einem der Cafés am Marktplatz?«, fragte ich, als wir das Portal in der Umfassungsmauer des Beginenhofs durchschritten hatten.

»Nein, im Zoologischen Garten. Wie ich hörte, steht der hiesige an Reichhaltigkeit nur dem Amsterdamer nach. Außerdem dürfte er das passende Umfeld für unseren Gesprächspartner sein«, bemerkte Holmes und ich musste schmunzeln. »Es bleibt uns aber noch genügend Zeit, um selbst einen Kaffee zu trinken, denn ich habe Bart Cuypers erst für elf Uhr vor das Elefantengehege bestellt.«

17. Ein Besuch im Zoo

Der Haupteingang des Zoos wurde von zwei Kiosken flankiert, in denen sich die Kartenverkaufsschalter befanden. Während Holmes unsere Eintrittskarten löste, wanderte mein Blick staunend vom Mosaikschmuck über dem Schalter – einem brüllenden Löwen mit den erläuternden Worten *Felis Leo* – über die ebenfalls mosaizierte Inschrift *Dierentuin* zur schwarz gedeckten, flachen Kuppel, die von einem Adler aus Bronze auf einer Kugel bekrönt war. Der gegenüberliegende Zwillingsbau war genauso gestaltet, aber das Mosaik zeigte dort einen Tiger und die Inschrift lautete diesmal *Jardin Zoologique*, woraus ich folgerte, dass *Dierentuin* Tiergarten hieß.

Am Eingang hatte ich gelesen, dass der Antwerpener Zoo der älteste Belgiens war. Kein Wunder, dass die Gebäude noch sehenswerter als ihre Bewohner waren: Das Giraffenhaus ähnelte einer marokkanischen Moschee und eine große Affenherde bevölkerte einen Khmertempel, den wir auf dem Weg zum Elefantengehege passierten. Aus den Gehegen zu beiden Seiten des Wegs drangen seltsame Geräusche. Sie wurden übertönt vom Jauchzen und Geplapper von Kindern, denn das schöne Wetter hatte zahlreiche Besucher angelockt.

»Was soll eigentlich dieser Treffpunkt bei den Dickhäutern?«, fragte ich, als sich vor uns das im ägyptischen Stil gehaltene Elefantenhaus abzeichnete. Unterhalb des Dachs zog sich ein farbenfroher Fries um den pylonartigen Bau, dessen grün gestrichene Türen den Scheintüren altägyptischer Gräber nachgebildet waren. Die Säulen und Wände der Vorhalle waren von orientalischen Motiven überzogen, ein

Aufwand, den die drei Elefantenkühe im Freigehege bestimmt nicht zu würdigen wussten.

»Weil es in jedem Zoo Elefanten gibt. Außerdem dachte ich, sie sind nicht zu verfehlen.«

»Der Mann, mit dem wir hier verabredet sind, hat sich mit der Machete seinen Weg durch den afrikanischen Urwald gebahnt und es ist ihm offensichtlich auch gelungen, den Rückweg nach Antwerpen zu finden. Er wird sich wohl kaum in diesem übersichtlichen Park verlaufen.«

Holmes blieb mir seinen eigentlichen Grund für diese Wahl schuldig. »Ich habe Bart Cuypers gebeten, dieselbe Kleidung wie gestern zu tragen«, meinte er, als wir das Freigehege erreicht hatten.

»Ich glaube, er besitzt nur diesen unsäglichen Tropenanzug!«, entgegnete ich. »Er trägt ihn bei jedem Wetter und zu jedem Anlass.«

»Wenn Sie seine Hautfarbe analysiert hätten, wäre Ihnen unweigerlich aufgefallen, dass er regelmäßig normale Kleidung anlegt. Sonst wäre die Haut an seinen Armen und Beinen so braun wie die seiner Hände und seines Gesichts. Ich habe sogar Grund zur Annahme, dass das auch für den gestrigen Tag zugetroffen hat.« Holmes deutete auf eine dunkel gewandete Figur auf einer Parkbank hinter dem kleinen Blumenbeet vor dem Freigehege. »Sehen Sie selbst!«

Ohne diese Ankündigung hätte ich in dem Mann im schäbigen Straßenanzug mit tief in die Stirn gezogenem, glanzlosem Hut nicht den Forschungsreisenden wiedererkannt. Die Brille mit den dicken Gläsern auf seiner Nase hätte ihm, wenn er besser gekleidet gewesen wäre, das Aussehen eines Bankangestellten gegeben.

»Sie sehen nun selbst, warum ich ihn zu den Elefanten bestellt habe!«

Es war typisch für Holmes, dass er die Kurzsichtigkeit des Forschungsreisenden diagnostiziert hatte, obwohl mir nichts dergleichen aufgefallen war.

»Dieser Mensch ist ein Meister der Verkleidung«, bemerkte ich und hätte gern gewusst, welche Gewandung seinem wahren Naturell entsprach. Ein beunruhigender Gedanke stieg in mir auf. Ob er mir schon einmal in Zivilkleidung über den Weg gelaufen war, ohne dass ich ihn erkannt hatte?

»Es freut mich, dass Sie sich bereit erklärt haben, sich mit uns zu treffen, Monsieur Cuypers«, sagte Holmes, als wir vor der Bank standen.

Der so Angesprochene forderte uns mit einer Geste auf, Platz zu nehmen. »Es hat mich ungemeine erleichtert, dass Sie mich offenbar nicht für einen Mörder halten. Ich komme mir langsam wie ein Aussätziger vor.« Seine Stimme, die er offenbar je nach Aufmachung variierte, war sanft und leise. »Bisher hat man keine Anklage gegen mich erhoben, aber meine Unschuld ist erst dann bewiesen, wenn der wahre Täter entlarvt ist.«

»Da möchte ich Ihnen nicht widersprechen! Es dürfte daher in Ihrem Interesse sein, zur Aufklärung des Verbrechens beizutragen. Darf ich Sie aber zuerst fragen, wo Sie sich gestern Mittag aufgehalten haben?«, begann Holmes ohne Umschweife.

Der Forschungsreisende zog ein betrübliches Gesicht. Er nahm seine Brille ab, putzte sie ausgiebig mit dem Taschentuch und setzte sie wieder auf die Nase.

Holmes wartete ungeduldig auf eine Antwort, aber unser Gesprächspartner ließ sich Zeit.

»Ich wollte, ich hätte vor Dutzenden von Zeugen einem gesellschaftlichen Ereignis beigewohnt, aber ich habe leider den ganzen Tag im Lesesaal der Stadtbibliothek verbracht und noch dazu in dieser alltäglichen Kleidung, an die sich bestimmt niemand erinnert«, gab er schließlich zu und sein Blick wanderte schlecht gelaunt an seinem abgetragenen Gehrock und den abgewetzten, schwarzen Beinkleidern hinunter.

»Tragen Sie auch dieselben Schuhe wie gestern?«, fragte Holmes und begutachtete die leicht abgenutzten, aber gut polierten Herrenschuhe aus dunkelbraunem Leder, die sicher früher einmal teuer gewesen waren.

Unser Gesprächspartner machte eine wegwerfende Handbewegung. »Ich trage genau dieselbe Kleidung wie gestern«, entgegnete er. »Oder sehe ich so aus, als ob ich Dutzende von Anzügen im Schranke hängen und gestern drei Paar Schuhe gekauft hätte?«

»Haben Sie wenigstens in der Bibliothek ein Buch ausgeliehen?«, erkundigte sich Holmes.

Die Stirn des Afrikaforschers zog sich in Falten.

»Leider nicht. Ich haben nur im offenen Magazin herumgesessen.« Wahrscheinlich, weil man dort nichts konsumieren musste. »Bedauerlicherweise habe ich mit niemandem gesprochen. Wenn ich nur geahnt hätte ...«

»Wie Sie bemerkt haben werden, bewohne ich inzwischen den Nachbarraum Ihres Zimmers in der Pension«, schnitt Holmes die Klage unseres Gesprächspartners ab.

»Nein, das ist mir nicht aufgefallen! Sie sind ein so angenehmer, ruhiger Nachbar, dass ich noch keinen Mucks aus Ihrem Zimmer gehört habe«, bestätigte er mit einem lobenden Nicken.

»Darum bemühe ich mich nicht zuletzt, weil die Verbindungstür zwischen unseren Räumen ausgehängt wurde und man jedes Wort aus dem Nachbarzimmer versteht.«

»Ah! Jetzt weiß ich auch, warum mir der Juwelier so laut vorkam!«, behauptete der Forschungsreisende scheinheilig.

»Sie geben also zu, dass Sie ihn belauscht haben«, stellte Holmes fest und sein Gesprächspartner widersprach nicht. »Haben Sie sich deshalb immer das gleiche Zimmer geben lassen?«

Lautes Stampfen drang an mein Ohr, und ich blickte zu den Tieren im Gehege. Ein Elefant stand mit gewölbtem Rücken nahe am Zaun und schaute zurück. Seine verschrumpelte Haut schien zu groß für seinen Körper mit den säulenartigen Beinen und dem stämmigen Kopf mit den mächtigen Stoßzähnen zu sein, den er bedächtig hin und her wiegte.

»Um ehrlich zu sein, haben die Wirtsleute mir den Raum preiswerter überlassen, weil sich kurz zuvor ein Geschäftsmann über die Geräusche aus dem Nachbarzimmer beschwert hatte«, gab unser Gesprächspartner etwas kleinlaut zu.

»Hat der Juwelier immer im angrenzenden Zimmer logiert?«

Der Forschungsreisende nickte mit verkniffener Miene.

»Offenbar haben die Wirtsleute ihren Stammgästen die schlechtesten Zimmer angedreht. Bisher hatte ich gedacht, es wäre überall in der Pension so laut.«

»Dafür hat man Ihnen immerhin einen Rabatt gewährt«, gab Holmes zu bedenken. »Ich fürchte, die Polizei verdächtigt Sie, Jan Peeters ermordet zu haben. Sie tun sich also selbst einen Gefallen, wenn Sie uns bei der Ermittlung helfen und wahrheitsgemäß alles berichten, was Sie in der letzten Woche durch die Wand mitbekommen haben.«

»Nur den lautstarken Streit mit Monsieur Tristram.«

»Jan Peeters hat also in letzter Zeit keinen Besuch in der Pension empfangen?«, fragte Holmes, ohne wenigstens darauf hinzuweisen, dass Streit ein sehr hochtrabendes Wort für unsere kleine Meinungsverschiedenheit war.

Das Gesicht unseres Gesprächspartners verzog sich zu einem breiten Grinsen. »Das hätte Madame Lambrecht nie erlaubt.«

»Die Geliebte des Juweliers?«, entfuhr es mir verblüfft.

»Die Wirtin der Pension!«, erklärte Holmes tadelnd, und ich ärgerte mich über mich selbst, dass ich mir diese flämischen Namen einfach nicht merken konnte. »Sie legt bekanntlich großen Wert auf den Ruf ihres Hauses.«

»Wie Madame Leval. Hat sie sich auch nach Ihrem Familienstand erkundigt?«, fragte ich den Afrikaforscher.

»Nein. Sie hält mich nicht für den richtigen Umgang für ihre Tochter«, entgegnete er ohne Bedauern.

»Ich möchte zu gern wissen, warum sie Ihnen diesen Jäger abgekauft hat«, hakte ich nach.

»Ich habe da eine ziemlich konkrete Vorstellung, aber heute Abend werde ich Madame Laval diese Frage persönlich stellen«, bemerkte Holmes und blickte dann unseren Gesprächspartner an. »Als ich vorhin von Besuch sprach, meinte ich natürlich keinen Damenbesuch, sondern wollte wissen, ob er sich in seinem Raum mit anderen Hotelgästen unterhalten hat.«

»Wo Sie es sagen: Am Abend vor Peeters Tod hat der unglückliche Herman Seghers kurz bei ihm vorbeigeschaut.«

Holmes schaute überrascht von seinem Notizblock auf. Seine mageren Gesichtszüge waren angespannt. »Haben Sie das der Polizei gesagt?«

»Danach hat mich niemand gefragt.«

»Worüber haben sie sich unterhalten?«

»Sie haben ganz leise gesprochen, aber ich habe mehrfach das Wort Gutachten gehört. Außerdem redeten sie über einen Roman.«

»Hatten Sie den Eindruck, dass der Juwelier Herman Seghers von früher kannte?«

»Sie meinen aus dem Gefängnis?«

»Woher auch immer ... Kannten sie sich?«

»Nicht, dass ich es wüsste. Aber ich bin dem unleidlichen Monsieur Peeters immer aus dem Weg gegangen.«

Ein Hahn krähte hinter uns aus voller Kehle, und unser Gesprächspartner zuckte zusammen, was bekanntlich ein untrügliches Zeichen für ein schlechtes Gewissen ist.

»Wenn ich richtig informiert bin, haben Sie ihm neulich eine Maske verkauft«, wollte Holmes wissen.

»Das war eine große Überraschung. Stellen Sie sich vor, er hat mich von sich aus beim Frühstück angesprochen und sein Interesse geäußert, ein afrikanisches Kunstwerk für seinen Bruder zu kaufen. Das ist mir in all den Jahren noch nie passiert.«

»Wie ich schon in Schaarbeek vermutet habe! Er hat den Geburtstag seines Bruders vergessen«, frohlockte ich.

»Und wie steht es mit Herman Seghers?«, erkundigte sich Holmes, ohne auf meine Bemerkung einzugehen.

»Was schmückt eigentlich Ihre Wände, Monsieur Sigerson?«, fragte unser Gesprächspartner ungeniert zurück. »Sie haben doch bestimmt noch Platz für einen Kunstgegenstand aus den Kolonien.«

»Die gerahmten Porträts berühmter Verbrecher! Sie zieren sämtliche Wände meines bescheidenen Heims«, erklärte Holmes in einem Tonfall, als sei das die größte Selbstverständlichkeit. »Aber ich darf meine Frage wiederholen: Was wissen Sie über Herman Seghers?«

»Gar nichts, denn er hat nicht mit den andern Gästen gesprochen, sondern nur mit seiner vermeintlichen Schwester herumgetuschelt. Aber ich habe die beiden auf den ersten Blick durchschaut. Nicht nur, dass ich keinerlei Familienähnlichkeit feststellen konnte, sondern sie gingen auch viel zu herzlich miteinander um. Wenn ich nur an meine kleine Schwester denke ...« Er wiegte bei der Erinnerung den Kopf hin und her.

»Leider verstehe ich kein Wort flämisch«, begann Holmes, und ich nickte zustimmend. »Daher weiß ich nicht, worüber sich die beiden unterhalten haben.«

»Wenn ich ab und zu ein paar Satzfetzen aufgeschnappt habe, so handelte es sich um typische Touristengespräche. Sie wissen schon, was ich meine: Pläne für den kommenden Tag, Öffnungszeiten von Museen und dergleichen.« Cuypers Blick wanderte zum Gehege, wo uns der Elefant noch immer aufmerksam musterte. »Ich erinnere mich jedoch an keine Einzelheiten, denn ich habe ihren Gesprächen damals keine Bedeutung beigemessen.«

Holmes' Gesichtsausdruck ließ keinen Zweifel daran, was er von dieser Aussage hielt. Missmutig steckte er sein Notizbuch ein, sprang ziemlich unvermittelt von der Parkbank auf und machte ein paar Schritte in Richtung Elefantengehege, wobei er eine Abkürzung über den Parkweg nahm. Der Afrikaforscher hatte sich ebenfalls erhoben, und Holmes hatte ihn genötigt, den gleichen Weg zu wählen. Ich saß noch immer auf der Bank, Holmes winkte mich zu sich und warf dabei über seine Schulter einen scharfen Blick auf die Fußspuren, die der Belgier hinterlassen hatte. Als ich neben den anderen stand, deutete Holmes auf das Gehege, wo sich inzwischen ein zweiter Elefant zu dem neugierigen Dickhäuter am Zaun gesellt hatte. Einträchtig standen die beiden Kopf an Kopf nebeneinander.

»Die Elefanten sehen genauso aus wie auf der Ein-Franc-Briefmarke von Belgisch-Kongo.«

Ich hätte Holmes sein vorgetäuschtes Interesse für Tiere und Briefmarken nicht abgenommen, aber der Belgier schluckte den Köder.

»Keinesfalls Monsieur Sigerson, da irren Sie sich! Auf der Marke ist ein einzelner Elefantenbulle mit erhobenem Rüssel im Gras zu sehen und vor ihm ein Eingeborener mit einem Speer.« Der Forschungsreisende stutzte und bedachte Holmes mit einem mörderischen Blick. »Sie halten mich wohl für einen Hochstapler, der seine Reisen nur erfindet?«

»Man sollte nie etwas von vornherein ausschließen«, erwiderte Holmes nonchalant. »Darf ich Sie daher fragen, was Sie vom Pula-Fieber gehört haben, das von der Bambesa-Ratte übertragen wird?«

»Glücklicherweise habe ich bisher keine Bekanntschaft mit dieser Ratte gemacht, und von der Seuche habe ich auch noch niemals gehört. Was für eine seltsame Frage!«, erklärte der Afrikaforscher befremdet.

»Dann will ich Ihnen vorerst glauben, dass Sie sich am Kongo ein wenig auskennen, denn ich habe das Fieber und seinen Überträger soeben erfunden«, gab Holmes zu.

Ich beschloss, der Unterhaltung eine andere Wendung zu geben, bevor die beiden sich stritten. »Ich schlage vor, wir verschwinden von hier, bevor wir vom nächsten Wolkenguss überrascht werden«, gab ich zu bedenken und deutete zum Himmel, wo sich schon wieder etwas zusammenbraute.

Holmes widersprach nicht, sondern nickte dem noch immer innerlich vor Wut schnaubenden Belgier zum Gruß zu. »Leben Sie wohl, Monsieur Cuypers! Es war höchst aufschlussreich, mit Ihnen zu plaudern! Aber ich muss Sie jetzt leider verlassen, da wir heute noch etwas Dringendes zu erledigen haben«, sagte er, und wir zogen von dannen.

»Welche Erkenntnis haben Sie aus dem Fußabdruck des Belgiers gezogen? Überführen seine Schuhe ihn als Mörder?«, wagte ich unterwegs zu fragen.

»Im Gegenteil, sie beweisen seine Unschuld. Das Profil ist völlig anders als das der Schuhe, von denen die Lehmpartikel im Beginenhof stammen.«

»Aber woher wissen wir, dass er uns nicht angelogen hat? Vielleicht hat er gestern andere Schuhe getragen.«

»Für das geübte Auge waren noch die Spuren der gestrigen Feuchtigkeit im Leder zu erkennen. Aber Sie haben recht, wir sollten die Möglichkeit nicht ausschließen, dass er zwei paar Straßenschuhe besitzt und mit beiden im Regen herumgelaufen ist.«

»Eigentlich müssten Sie die Schuhe aller Pensionsgäste dieser Prüfung unterziehen«, überlegte ich, ernüchtert von dem Ergebnis des heutigen Treffens.

»Dieses Privileg hat nur die Polizei, die aber großzügig darauf verzichtet hat.«

»Warum haben Sie eigentlich die Afrika-Reisen des Mannes mit dem unaussprechlichen Namen angezweifelt?«

»Ich hatte erwogen, er könnte mit seinen angeberischen Geschichten einen oder mehrere Gefängnisaufenthalte zu vertuschen suchen.«

»Wo er die Bekanntschaft Herman Seghers gemacht haben könnte, der ihn nun zu erpressen versucht?«

»Das ist eine reichlich hypothetische Vermutung«, tadelte mich Holmes. »Es hat mich nur irritiert, dass Bart Cuypers mir demonstrativ aus dem Weg gegangen ist. Man konnte fast den Eindruck gewinnen, er hätte etwa zu verbergen.«

»Vielleicht befürchtete er, Sie könnten ihm die Schau stehlen. Schließlich ist Mister Sigerson ein berühmterer Forschungsreisender als er selbst.«

Holmes schüttelte amüsiert den Kopf. »Wie dem auch sei: Wir haben soeben etwas sehr Interessantes erfahren: Der Juwelier hat in seinem Pensionszimmer mit Herman Seghers über das Gutachten gesprochen. Das ist der erste brauchbare Hinweis auf eine Verbindung zwischen den beiden Todesfällen. Sie erinnern sich noch, dass der Sekretär verschiedene Varianten eines Gutachtens verfassen musste?«

In diesem Augenblick begriff ich erst die volle Tragweite dieser Information. »Jan Peeters hat für Geld falsche Gutachten ausgestellt?«, entfuhr es mir verblüfft.

»Höchstwahrscheinlich! Und die Spur führt zum King-Diamanten.«

»Ich habe mich darüber gewundert, dass Sie den Brief des Juweliers noch bei sich tragen. Ich dachte, Sie hätten ihn längst seinem Eigentümer zurückerstattet«, sagte ich nach einer Weile.

»Ich gebe das Schreiben erst dann zurück, wenn Mister Darkwater mich dazu auffordert«, antwortete Holmes. Mittlerweile hatten wir den Ausgang erreicht, und er blieb vor dem linken Jugendstilkiosk stehen. »Heute Nachmittag benötige ich nochmals Ihre Hilfe, aber unser nächster Schritt bedarf einer gründlichen Vorbereitung. Ich wäre Ihnen daher sehr verbunden, wenn Sie sich nach dem Mittagessen zum Warteplatz der Mietdroschken am Bahnhof begeben könnten. Fragen Sie dort nach dem Kutscher, der uns schon mehrfach gefahren hat. Sie erinnern sich an ihn?«

Ich zuckte entschuldigend mit den Schultern.

»Ein mittelgroßer, unauffälliger Mann namens Pieter, der etwas englisch spricht. Ich gehe davon aus, dass er sich an Sie erinnert.«

»Ich würde mich auch an meine Kunden erinnern«, gab ich den Seitenhieb zurück.

»Heuern Sie den Mann für den ganzen Nachmittag an, und warten Sie ab drei Uhr in seiner Droschke vor dem Ladengeschäft, das Graf Bulgakow gemietet hat. Sollte ich binnen dreißig Minuten mit einem kleinen Jungen vorbeikommen, kündigen Sie bitte dem Fahrer an, dass ich ihn noch mehrere Stunden lang brauche. Wenn nicht, ist Ihre Aufgabe erledigt und Sie können Pieter entlohnen.«

»Der Junge ist der Sohn unseres Maklers?«, kam ich der Frage, ob ich alles verstanden hätte, zuvor.

»Ja, aber ich würde ihn gern in normale, moderne Kleidung stecken und als meinen eigenen Sohn ausgeben, damit der Graf die Lunte nicht riecht. Hoffentlich kann ich Aaron Rubin von der Notwendigkeit dieser Maßnahme überzeugen.«

»Ich würde versuchen, ihn bei der Abneigung gegen Graf Bulgakow und andere Kippler zu packen«, schlug ich vor.

»Seltsam, dass Sie sich den jiddischen Ausdruck für Plagegeist behalten haben, aber den Namen Cuypers ständig vergessen«, stichelte Holmes.

»Das Wort kann man wenigstens mühelos aussprechen.«

Holmes schaute sich ungeduldig nach der großen Uhr am Zooeingang um, wo sich mittlerweile lange Warteschlangen an den Kassen gebildet hatten. »Höchste Zeit, mit den Vorbereitungen zu beginnen.«

Ich versuchte nicht ihn zu überreden, mich in seine Pläne einzuweihen, denn ich wusste, es war sinnlos. Nachdenklich blickte ich seiner langen, hageren Gestalt nach, die sich in der Menge verlor, und suchte dann den Restaurationsbetrieb des Zoos auf. Mittlerweile war ich zu dem Schluss gekommen, dass Holmes diesen seltsamen Treffpunkt nur ausgewählt hatte, weil sich der Zoologische Garten in unmittelbarer Nähe zum Diamantenviertel und zum Bahnhof befand.

18. Die Lagerhalle

Einige Stunden später saß ich also in einer Kutsche, die mit geschlossenen Vorhängen in der Pelikaanstraat parkte. Um zehn nach drei sah ich durch den Spalt neben dem Vorhang Holmes mit dem Sohn des Maklers um die Ecke biegen. Der schwarzhaarige, aufgeweckte Knabe trug einen Matrosenanzug mit passender Mütze. Sein angeblicher Vater Sherlock Holmes überragte ihn um mehr als zwei Haupteslängen. Sein junger Begleiter musste schon nach einer sizilianischen Mutter geraten sein, um als Sohn des Detektivs durchzugehen.

Als die beiden das Ladengeschäft Graf Bulgakows erreichten, zog Holmes energisch am Klingelzug, und einige Sekunden später wurde ich Zeuge des mir bereits bekannten Zeremoniells: Das Eisengitter vor der Tür wurde vom Diener des Grafen einen Spaltbreit geöffnet, Holmes wechselte einige Worte mit dem Bediensteten, der endlich die Besucher eintreten ließ und das Eisengitter wieder sicherte. Hastig stieg ich aus der Droschke und teilte dem Kutscher mit, dass wir ihn noch einige Zeit benötigten. Dann machte ich es mir wieder in der Fahrgastkabine gemütlich.

Leider konnte ich von meinem Sitzplatz aus den hinteren Bereich des Ladengeschäfts nicht einsehen und beobachtete daher aus Langeweile das Treiben auf der Straße. Ein bärtiger Mann mit Pelzhut und schwarzen Gewändern, der auf das Ladengeschäft zuschritt, erweckte meine Aufmerksamkeit. Aaron Rubin beäugt den verdeckten Einsatz seines Sohnes, dachte ich. Aber der Makler ging achtlos am Schaufenster vorbei und passierte, ohne den Blick von der Straße zu heben, meine Droschke. Erst als ich den Mann aus der Nähe sah, begriff ich, dass ich mich durch seine Aufmachung hatte täuschen lassen. Der Bärtige war ein Fremder, den ich niemals zuvor gesehen hatte.

Die nächsten Minuten verstrichen ohne besondere Vorkommnisse. In unregelmäßigen Abständen rumpelten zwei- und vierrädrige Wagen durch die Straße. Auch auf dem Bürgersteig herrschte lebhafter Verkehr: Händler lieferten mit ihren Karren Lebensmittel aus, Botenjungen eilten vorbei, und zwischen ihnen bummelten die exotisch gekleideten Bewohner des Viertels. Bald wurde es mir zu anstrengend, durch den schmalen Spalt zu schauen, und ich lehnte mich gemütlich auf meinen Sitz zurück.

So vergingen zwanzig Minuten, bis der Peitschenknall eines Kutschers, gefolgt von einem unflätigen Fluch meine Aufmerksamkeit erregte. Alarmiert beugte ich mich vor und sah durch den schmalen Schlitz neben dem Vorhang einen Postwagen davonfahren. Einen Moment lang hatte ich befürchtet, Holmes könnte entführt worden sein.

Täuschte ich mich oder dauerte das Gespräch im Laden länger als bei unserem Besuch? Ich wusste nicht einmal, ob das Geschäft einen Hinterausgang besaß. Mein Blick wanderte zum Ladengeschäft des Grafen, aber statt des hochgewachsenen Detektivs stand ein kleiner, fetter Streifenpolizist vor den Schaufenster. Bevor der Ordnungshüter mich sehen konnte, zog ich meinen Kopf zurück. Um meine Nerven zu beruhigen, rief ich mir ins Gedächtnis, dass die Edelsteinschleifereien und Juweliergeschäfte des Diamantenviertels sicherlich unter besonderem Polizeischutz standen.

Einige Sekunden später verdunkelte ein Schemen das rechte Droschkenfenster, und der Schutzmann klopfte vehement an die Scheibe. Nichts Gutes ahnend zog ich den Vorhang auf und blickte in das runde Gesicht des Polizisten, der prüfend in die Fahrgastkabine hereinstarrte. Enerviert riss ich den Schlag auf und schaute fragend zu ihm hoch.

»Monsieur! Ihre Mietdroschke steht schon recht lange hier!«, stellte der massige, etwas einfältig wirkende Streifenpolizist mich zur Rede.

Am liebsten hätte ich ihn aufgefordert, besser die Mordfälle im Umfeld der Pension Antonis van Dyck aufzuklären, statt harmlose Passanten ins Verhör zu nehmen. »Ich warte auf einen Freund, der einen Diamanten kaufen will. Es ist ihm zu gefährlich, mit seiner Neuerwerbung zu Fuß nach Hause zu gehen«, improvisierte ich und hoffte inständig, dass es in Antwerpen nicht üblich war, sich Edelsteine frei Haus liefern zu lassen.

»Und warum haben Sie den Vorhang vorgezogen?«

Fast hätte ich ihn gefragt, ob das gegen irgendwelche Gesetze verstieß, aber ich durfte den Polizisten nicht provozieren. »Die Sonne blendete mich. Ich habe sehr lichtempfindliche Augen.«

Der dicke Polizist schaute mich an, als ob er an meiner Zurechnungsfähigkeit zweifelte. Kein Wunder, denn der Himmel, gegen den seine breite Silhouette sich abzeichnete, war von dunklen Wolken verhangen.

»Was kann ich dafür, wenn in Antwerpen das Wetter so wechselhaft ist. Vorhin hat jedenfalls die Sonne geschienen«, erklärte ich mit mühsam aufrechterhaltener Höflichkeit.

»Ihr Freund hätte sich nach dem Kauf eine Droschke herbeiwinken können. Das wäre viel billiger gewesen«, meinte der Polizist und blickte misstrauisch den Bürgersteig hinauf und hinunter. Hoffentlich hielt er mich nicht für den Komplizen eines Räubers, der im Fluchtfahrzeug Schmiere stand.

»Bei den exorbitanten Diamantenpreisen fällt der Stundenlohn des Kutschers nun wirklich nicht ins Gewicht«, widersprach ich vehement und hoffte im gleichen Augenblick, dass Pieter mich nicht verstanden hatte. »Außerdem ist mein Freund in diesen Dingen lieber vorsichtig. Selbst unter normalen Umständen nimmt er niemals die erste, auch nicht die zweite, sondern stets die dritte Droschke, die vorbeifährt. Das könnte sich als schwierig gestalten, bei den wenigen Mietkutschen, die in dieser Gegend unterwegs sind.«

»Und unsereins muss mit der Pferdebahn vorlieb nehmen«, brummte der Polizist grantig in sich hinein, setzte aber dann endlich seinen Kontrollgang fort.

Kaum war seine voluminöse Gestalt um die Ecke gebogen, als die Tür von Graf Bulgakows Ladengeschäft von innen entriegelt wurde und Holmes, gefolgt von dem verkleideten Sohn des Maklers, ins Freie trat.

Während der Diener das Eisengitter wieder verrammelte und die diversen Schlösser verriegelte, ging Holmes ohne die geringste Spur von Eile die Straße entlang und plauderte dabei väterlich mit dem Jungen. Vor dem übernächsten Haus verabschiedete er sich von seinem kleinen Begleiter, der geschwind um die Ecke huschte. Im gleichen Augenblick setzte sich unsere Droschke in Bewegung, fuhr aber nur ein paar Dutzend Yards weit, bis wir auf der Höhe von Holmes angelangt waren. Bevor er sich endlich zu mir gesellte, gab Holmes noch dem Kutscher Anweisungen.

»Wie gut, dass Sie nicht früher aus dem Laden gekommen sind!«, entfuhr es mir, als er endlich neben mir saß, und ich schilderte, noch immer ganz aufgeregt, was während seiner Abwesenheit vorgefallen war.

»Langsam kann ich Ihre Vorbehalte gegenüber der Polizei nachvollziehen«, kommentierte Holmes lakonisch und zog zu meinem Verdruss seine Pfeife aus der Tasche.

»Wenn ich nur an diesen schrecklichen Brüsseler Kommissar denke, möchte ich am liebsten unverzüglich nach Italien zurückkehren!«, stimmte ich zu und wunderte mich, warum die Droschke noch immer am Straßenrand hielt. »Wohin wollen wir eigentlich von hier aus fahren?«, erkundigte ich mich daher.

»Nirgendwohin. Wir warten darauf, dass Graf Bulgakow den Laden verlässt. Wenn er sich an die neben der Tür notierten Öffnungszeiten hält, so müsste das in einer halben Stunde der Fall sein.« Mit aller Seelenruhe stopfte Holmes seine vermaledeite Pfeife.

»Sie wollen den Graf beschatten?«

Holmes nickte, streckte sich und zündete seine Pfeife an.

Obwohl er mit seiner gleichgültigen Miene signalisierte, dass er in Frieden gelassen werden wollte, konnte ich die Sache aber noch nicht auf sich beruhen lassen. »Sie haben doch hoffentlich nicht vor, bei ihm einzubrechen und den King-Diamanten zu stehlen?«, entfuhr es mir.

»Wir beschatten Graf Bulgakow, weil es für die Einschätzung seiner Person unerlässlich ist, zu wissen, wo er wohnt«, entgegnete Holmes, ohne meine Befürchtungen zu zerstreuen oder mich an den Erkenntnissen teilhaben zu lassen, die ihm der erneute Besuch des Ladengeschäftes verschafft hatte.

»Warum haben Sie den Jungen mitgenommen?«, hakte ich daher nach.

»Er sollte beurteilen, ob der King-Diamant nicht doch eine Fälschung ist. Der Junge hält das aber für völlig ausgeschlossen. Er sagte, man könne den echten Diamantglanz nicht imitieren.«

»Sind Sie über diese Auskunft enttäuscht?« Die Frage war mir herausgerutscht, und ich hoffte, dass sie nicht zu persönlich war.

»Keinesfalls«, erwiderte Holmes und nahm einen tiefen Zug an seiner Pfeife. »Es verhielt sich genau so, wie ich vermutet habe.«

Ich tat ihm nicht den Gefallen nachzufragen, was er mit seinen rätselhaften Worten gemeint hatte, sondern schaute gespannt aus dem Droschkenfenster. Draußen nieselte es schon wieder. Bald war die Fahrbahn von einem feinen Film bedeckt, der Gemüsehändler am Ende der Straße schleppte seine Waren ins Geschäft, und die Frauen verschwanden mit ihren Kindern in den Häusern.

»Langsam habe ich genug von diesem schrecklichen Wetter«, beschwerte ich mich, nachdem ich dem Treiben eine Weile lang zugeschaut hatte. Die Luft in der Kutsche war inzwischen so rauchgeschwängert, dass sie in den Augen brannte, was auch nicht gerade zu meinem Wohlbefinden beitrug.

»Mir soll es recht sein, denn ein feuchter Boden ist gut für die Spurensuche.«

Ich ließ diese Bemerkung unkommentiert im Raum – oder besser gesagt in der Droschke – stehen und schloss die schmerzenden Augen.

»Schauen Sie!«

Holmes' Stimme weckte mich aus dem Halbschlaf und ich blinzelte. Der Niederschlag hatte sich inzwischen zu einem Sprühregen verstärkt, und die Straße war wie ausgestorben, bis auf die drei Männer, die aus dem Juwelierladen ins Freie traten: Es war Graf Bulgakow mit seinem Diener und einem großen, muskulösen Mann, der wie ein Preisboxer aussah.

»Dachte ich es mir doch, dass ein Leibwächter die Besucher beobachtet«, bemerkte Holmes zufrieden.

Der schlaksige Diener öffnete einen riesigen, schwarzen Regenschirm, den ihm Graf Bulgakow sogleich abnahm. Sorgfältig sicherte der junge Mann das Ladengeschäft und überreichte dann seinem Arbeitgeber den Schlüsselbund. Ich war schon im Begriff, Holmes zu fragen, ob Graf Bulgakow wohl den grünen Diamanten mit sich führte, aber ich verzichtete meinem Seelenfrieden zuliebe doch lieber darauf. Offenbar verfügte der Graf über keine eigene Kutsche, und seltsamerweise winkte er auch keine Droschke herbei, sondern ging mit seinen beiden Begleitern eilig die Straße hinunter.

Holmes öffnete mit einem unterdrückten Fluch den Schlag. »Fahren Sie bitte so schnell wie möglich zum Hauptbahnhof!«, rief er unserem Kutscher zu. Dann zog er den Vorhang des Fensters neben sich auf, lehnte sich aber zurück, um nicht von den Passanten gesehen zu werden, und ich tat es ihm gleich.

»Warum folgen wir Graf Bulgakow nicht mit der Droschke?«, fragte ich als sich die Räder unseres Gefährts polternd auf der nassen Fahrbahn in Bewegung setzten.

»Das würde er bemerken. Außerdem ist die Straße, die auf direktem Weg zum Bahnhof führt, bedauerlicherweise eine Einbahnstraße.«

Wir überholten die drei Fußgänger, die wir beschatten wollten. Zum Glück nahmen sie keine Notiz von uns, aber ich musste an die gehässige Bemerkung des Streifenpolizisten denken.

»Vielleicht fährt der Graf mit der Pferdebahn in sein Quartier.«

»Das kann er nicht mit seinem Ruf als Aristokrat und Diamantenhändler vereinbaren. Er wird wohl am Bahnhof eine Mietkutsche nehmen. Mit dieser Vorsichtsmaßnahme habe ich nicht gerechnet.«

»Und wenn er in der Nähe wohnt und zu Fuß heimgeht?«

»Ausgeschlossen!«, widersprach Holmes kategorisch. »Die charakteristische Anordnung der Falten in seinen Beinkleidern lässt auf täglich zwei Droschkenfahrten schließen.«

Wir fuhren über die nächste Straßenkreuzung hinweg. An der folgenden Kreuzung bogen wir dann links ab und erreichten den Bahnhof. Der Kutscher parkte unsere Droschke in respektvollem Abstand hinter dem Sammelplatz der Mietkutschen. Nach einigen Minuten sahen wir den Grafen und seinen Diener auf den Droschkenhalteplatz zuschreiten. Offenbar hatten sie sich in der Zwischenzeit von dem muskulösen Leibwächter getrennt. Um diese Zeit herrschte besonders viel Betrieb, und die beiden Männer ergatterten erst die zehnte anfahrende Droschke.

Kaum hatte sich ihr Gefährt in Bewegung gesetzt, als auch das unsrige losfuhr. Wie immer am frühen Abend waren zahlreiche andere Mietkutschen unterwegs, und wir riskierten nicht, den Fahrgästen der Droschke, die wir beschatteten, aufzufallen. Bald waren wir im Straßengewirr der Altstadt untergetaucht, und ich hätte mich hier heillos verlaufen, aber Holmes murmelte während der Fahrt unentwegt flämische Straßennamen vor sich hin. Die meisten dieser Straßen waren viel zu schmal für den modernen Straßenverkehr, weshalb die Fußgänger hintereinander laufen mussten.

Wir hatten bereits die halbe Innenstadt durchquert, als sich ein von vier zottigen Gäulen gezogener Brauereiwagen vor uns einfädelte. Unmöglich, das langsame Fahrzeug in der engen Straße zu überholen!

»Der Graf wird uns doch hoffentlich nicht entkommen!«, rief ich frustriert aus.

Holmes erwiderte nichts, sondern starrte grimmig aus dem Fenster und trommelte mit den langgliedrigen Fingern ungeduldig auf seinem Sitz herum, was mich zusätzlich nervös machte. Aber es blieb uns nichts anderes übrig, als uns zu gedulden. Mit qualvoller Langsamkeit schuckelten wir auf die nächste Kreuzung zu, wo sich hoffentlich die Möglichkeit bieten würde, die lahmen Ackergäule vor uns zu überholen. Bis dahin waren wir dazu verdammt, auf schwere Eichenfässer mit der Aufschrift *de Koningh* zu schauen, während sich der Abstand zur Droschke des Grafen unerbittlich vergrößerte.

Unser Ziel lag schon zum Greifen nah vor uns, als ein Ruck durch den Brauereiwagen ging und er vor einem Lokal zum Stehen kam. Unser Kutscher war gezwungen, ebenfalls sein Pferd zu zügeln. Bevor der dickbäuchige Bierkutscher den Kutschbock verlassen hatte, war Holmes bereits mit einem einzigen Satz aus der Fahrgastkabine gesprungen und im strömenden Regen zu ihm geeilt. Holmes redete heftig auf den Kutscher ein, hechtete wieder zurück und knallte den Schlag hinter sich zu.

»Wir haben keine Zeit mehr zu verlieren«, brummte er schlecht gelaunt in sich hinein.

Plötzlich kam mir ein beunruhigender Gedanke. »Wie wollen Sie eigentlich die Droschke des Grafen bei diesem Verkehr erkennen?«

»Sie hat eine charakteristische Anordnung von Flecken auf dem Heck[15]«, entgegnete Holmes, angestrengt aus dem Fenster schauend.

Der Bierkutscher ließ seine Peitsche knallen, sein schwerfälliges Fahrzeug bog langsam um die Ecke und machte uns endlich die Fahrbahn frei. Seine schnelle Reaktion ließ mich vermuten, dass einige Münzen ihren Besitzer gewechselt hatten.

»Wo ist die Droschke? Ich kann sie nicht sehen«, entfuhr es mir, als wir endlich wieder freie Fahrt hatten.

»Ich fürchte, man hat uns abgehängt.« Holmes schaute angestrengt in die Ferne, den langen Hals hochgereckt und

[15] Erst ab 1899 tragen belgische Fahrzeuge Kennzeichen.

die Augen mit der Hand beschattet. Dann ließ er sich wieder auf den Sitz fallen. »Dort ist die Kutsche! Vor dem zweiten roten Backsteinbau hinter der nächsten Kreuzung.«

Nur mit Mühe konnte ich sie in der Ferne auszumachen. Wir mussten dankbar sein, dass sie geradeaus weitergefahren war. Sonst hätte sie uns abgehängt. Unser Fahrer trieb sein Pferd gnadenlos an, und während wir über die regennasse Straße brausten, versuchte ich vergeblich, nicht an Verkehrsunfälle und Achsenbrüche zu denken. Während der Verfolgungsjagd holten wie kontinuierlich auf, bis wir nur wenige Yards hinter der Mietdroschke des Grafen herfuhren.

Schließlich mündete unsere Straße in die Uferstraße, und wir bogen nach rechts ab. Die Kutsche, die wir verfolgten, fuhr noch immer mit unverminderter Geschwindigkeit geradeaus. Lange Reihen neuer Backsteingebäude zogen an uns vorbei, als wir der schnurgeraden Straße folgten, und die Metallgerippe der Kräne, die wie Gottesanbeterinnen in den trüben Himmel ragten, rückten immer näher. Schließlich erreichten wir das ausgedehnte Hafengelände, das ich bisher nur aus der Ferne betrachtet hatte, worunter ich jedoch nicht im Mindesten gelitten hatte.

Die Droschke des Grafen steuerte schließlich das Bonaparte-Dock an und hielt mit quietschenden Bremsen vor einem weitläufigen, roten Ziegelbau mit winzigen Fenstern. Unsere Droschke drosselte ihr Tempo, blieb aber nicht stehen, sondern fuhr ganz langsam an der anderen Mietdroschke vorbei.

»Das ist keine standesgemäße Unterkunft für einen Grafen«, bemerkte ich irritiert.

»Er wird sich seine Geschäftspost in ein repräsentatives Hotel schicken lassen und auch seine Gäste dort empfangen. Dazu muss er nur den Portier bestechen«, entgegnete Holmes mit ernstem Gesichtsausdruck, der zeigte, dass er sich den Verlauf unseres Ausflugs anders vorgestellt hatte. Seine bei dem Gespräch mit dem Bierkutscher durchnässte Kleidung war noch immer nicht getrocknet, aber der Regen hatte sich mittlerweile wieder gelegt.

Ich verrenkte mir beim Zurückschauen fast den Hals, beobachtete aber gerade noch, wie Graf Bulgakows Kutscher den Schlag aufriss. Die beiden Männer ließen sich mit dem Aussteigen Zeit, aber bevor wir rechts in eine Seitenstraße abgebogen waren, hatte der Graf den Kutscher entlohnt. Offenbar hatte Holmes unseren Fuhrmann gut instruiert, denn ohne neue Weisungen erhalten zu haben, fuhr er zu dem roten Lagergebäude zurück. Als wir es erreichten, waren aber die beiden Männer schon verschwunden. Mit zusammengezogenen Augenbrauen starrte Holmes auf das Lagerhaus, das so weitläufig war, dass man die gesamte Antwerpener Unterwelt hätte darin verstecken können. Das mittlere Joch des trutzigen Baus war durch Fenstereinfassungen aus weißem Marmor betont, und das Erdgeschoss durch vorgeblendete Bogenstellungen gegliedert.

»Unsere heutigen Beobachtungen haben meinen Verdacht, dass Graf Bulgakow ein Schwindler ist, erhärtet. Zu Hause in London hätte ich meinen Bruder Mycroft gebeten, mir Informationen über den Mann zu beschaffen, aber die Antwerpener Polizei wirkte nicht sehr kooperativ«, fluchte er dann frustriert vor sich hin.

»Halten Sie den Grafen für den Doppelmörder, den wir suchen?«, fragte ich aufgeregt nach, denn Holmes' Jagdleidenschaft war während der Verfolgung auf mich übergesprungen.

»Das habe ich eine Zeitlang in Betracht gezogen. Aber inzwischen spricht die Beweislage dagegen«, entgegnete Holmes, undurchschaubar wie immer. »Er dürfte ein Strohmann des wahren Besitzers des King-Diamanten sein, der seine guten Gründe haben wird, nicht persönlich in Erscheinung zu treten. Ich hatte erwartet, unsere Verfolgungsjagd würde uns zu einem billigen Hotel in der Vorstadt führen. Hätte ich geahnt, wo wir landen, hätte ich mich doch lieber verkleidet.« Wieder betrachtete er das vor uns liegende Gebäude mit sichtbarem Widerwillen. »Ich wäre Ihnen sehr verbunden, wenn Sie etwas für mich erledigen könnten. Würden Sie bitte nachschauen, ob der Name *Graf Bulgakow* auf einem der Briefkästen zu finden ist?«

»Mit dem größten Vergnügen!«

Von wilder Unternehmungslust beseelt, riss ich den Schlag der von Holmes' Tabakkonsum verräucherten Droschke auf. Draußen atmete ich tief durch. Gierig sog ich den salzigen Seewind ein, der mir ins Gesicht blies. Dann überquert ich die Straße und schaute mich neugierig um. Neben dem riesigen Block der Lagerhalle sah ich ein kleines Trockendock, in dem auf gemauerten Stützen ein abgetakeltes Schiff aufgebaut war, von dessen Rumpf Arbeiter Algen und versinterten Schmutz entfernten. Die Luft war erfüllt von Hammerschlägen, Sägegeräuschen, in den Sturm gebrüllten Befehlen und dem Geschrei der Möwen, die über der Schelde kreisten.

Neben dem Haupteingang des Lagerhauses waren keine Briefkästen angebracht, und notgedrungen trat ich ein. Das Innere des Baus war so düster, wie schon das Äußere befürchten ließ. Ohne das dreieckige, mit Stahl verstärkte Glasdach hätte man hier drinnen künstliches Licht gebraucht. Zu beiden Seiten des glasüberdachten Mittelgangs ragten jeweils über die gesamte Höhe des Baus sieben mit Ziegeln gemauerte Stockwerke empor. In den Fluren befanden sich Schilder, die teils auf Büros, teils auf Privaträume hinwiesen.

»Kann ich Ihnen behilflich sein, Monsieur?«, fragte eine argwöhnische Männerstimme in hartem Französisch.

Ich wirbelte herum und blickte in das ernste Gesicht eines mediterran aussehenden Pförtners in den frühen Vierzigern mit großer Nase, dunklem, welligem Haar und vollen Lippen.

»Ich suche die Briefkästen«, antwortete ich.

»Monsieur, Sie sehen nicht gerade wie ein Briefträger aus.«

Ich hatte mir vorsichtshalber zurechtgelegt, was ich sagen wollte, falls ich mich nicht zurechtfinden sollte. »Ich bin der Bote eines Kunden von Graf Bulgakow und möchte ihm eine Nachricht in den Kasten werfen«, behauptete ich.

»Die kann ich ihm auch persönlich überbringen. Er ist zufällig vor wenigen Minuten eingetroffen«, bot der Pförtner geflissentlich an, und sein breiter Mund verzog sich zu einem Lächeln, das zwei Reihen makelloser, weißer Zähne enthüllte. Seit ich den Namen Graf Bulgakow hatte fallen lassen, war er wie verwandelt.

»Sein Bureau befindet sich doch im ersten Stock?«, fragte ich aufs Geratewohl, wagte aber nicht nach einer Wohnung zu fragen, obwohl der Graf sicherlich hier übernachtete.

»Nein, da irren Sie sich, Monsieur. Er hat zwei Räume im sechsten Stock des linken Flügels gemietet.«

»Nicht gerade eine standesgemäße Adresse für einen Grafen«, rutschte es mir heraus.

Der Pförtner blickte mich komplizenhaft an. »Ich will Ihnen etwas im Vertrauen sagen, aber behalten Sie bitte für sich, dass Sie es von mir erfahren haben. Graf Bulgakow hat sein ganzes Geld in Wiesbaden verspielt. Deshalb ist er ins Diamantengeschäft eingestiegen und kann sich trotzdem keine anständige Wohnung leisten«, raunte er mir dann zu.

Langsam wurden mir die Mitteilungsfreude und Zuvorkommenheit des Pförtners lästiger als seine anfängliche Ruppigkeit. »Vielen Dank für Ihre Hilfe, aber ich ziehe den Briefkasten im Parterre einer Wohnung im sechsten Stock vor. Wenn Sie also die Freundlichkeit besäßen, mir den Weg zu den Briefkästen zu beschreiben, wäre ich Ihnen sehr verbunden«, verlangte ich deutlich und bestimmt.

»Sie stehen direkt davor, Monsieur!«

Der Pförtner deutete auf eine Stahltür in der Seitenwand, der ich bis jetzt keine Beachtung geschenkt hatte. Dem Himmel sei Dank wurde er in diesem Augenblick von einem gut gekleideten Herrn, der im Mittelgang stand, gerufen. Erleichtert, riss ich die Metalltür auf, klapperte mit dem Blechdeckel des Kastens, dessen Schild die Aufschrift *Graf Nikolai Bulgakow* trug und verließ dann schleunigst den Bau. Kaum war ich eingestiegen, fuhr unsere Droschke schon los. Stolz berichtete ich Holmes, was ich herausgefunden hatte und sah ihn erwartungsvoll an.

»Hoffentlich haben Sie den Mörder nicht durch Ihr unbedachtes Verhalten gewarnt«, kommentierte er mit skeptischer Miene, und ich war wie vor den Kopf gestoßen.

Eine Weile schaute ich beleidigt aus dem Droschkenfenster. Dann obsiegte die Neugier.

»Was haben Sie heute Nachmittag vor?«, fragte ich, da ich verhindern wollte, dass Holmes nach unserer Ankunft einfach wortlos verschwand.

»Ich werde der Stadtbibliothek einen Besuch abstatten.«

»Sie wollen sich über den Kongo informieren?«

»Keinesfalls! Ich habe die Arbeit an unserem Fall vorerst eingestellt, denn ich kann erst dann etwas unternehmen, wenn ich mehr Informationen habe. In der Zwischenzeit widme ich mich dem Studium der mittelalterlichen Musik.«

»Der mittelalterlichen Musik?«, entfuhr es mir, da ich glaubte, mich verhört zu haben.

»Schon seit Langem wollte ich die Biographie von Orlando di Lasso aus der Hand Samuel von Quickelbergs lesen. Der von mir verehrte Komponist[16] hat sich 1555 als Musiklehrer und freischaffender Komponist in Antwerpen niedergelassen. Daher hoffe ich, dass die hiesige Bücherei ein Exemplar des Buchs besitzt«, erklärte Holmes gut gelaunt.

Seine Stimmung schwankte oft in kürzester Zeit von einem Extrem zum anderen. Auf Phasen der Lethargie folgte manische Arbeitswut, und derselbe Mann, der noch vor einer Stunde keine Zeit für eine Mahlzeit abknapsen wollte, widmete sich, wenn die Ermittlungen ins Stocken gerieten, mit Hingabe einem seiner obskuren Hobbys. Mir jedoch war es unbegreiflich, wie Holmes sich nach den Aufregungen des heutigen Tages, auf die Lektüre einer Künstlerbiographie konzentrieren konnte.

»Denken Sie bitte daran, dass wir heute Abend mit Colonel Laval und seiner Familie verabredet sind«, erinnerte mich Holmes, bevor wir die Pension betraten.

Als Madame Lambrecht, die Pensionswirtin, Holmes erblickte, fiel sie ihm fast um den Hals, so erleichtert war sie über seine Rückkehr. In den letzten Tagen hatte sie sichtlich abgenommen. Ihr Gesicht war blutleer, und sie hatte dunkle Schatten unter ihren Augen. Das zu einem unordentlichen Knoten hochgesteckte Haar begann sich zu lösen, so oft war sie mit der Hand hindurchgefahren.

»Guten Abend, Monsieur Sigerson! Guten Abend, Monsieur Tristram! Schön, dass Sie schon so früh zurückgekommen sind! Es ist in der Zwischenzeit etwas Schreckliches geschehen! Man hat heute Mittag Bart Cuypers verhaftet.«

[16] Doktor Watson berichtet in *Der Bruce-Partington-Plan*, Holmes habe begonnen eine Abhandlung über die mehrstimmigen Motetten Orlando di Lassos zu verfassen.

Sie hatte immer schneller gesprochen und musste nun tief einatmen.

»Vielleicht ist es das Beste für ihn. Im Gefängnis kann ihm wenigstens nichts zustoßen«, meinte Holmes, den diese Nachricht nicht weiter zu überraschen schien.

»Glauben Sie, dass seine Komplizen ihn aus dem Weg räumen wollen?«, fragte ich erschrocken.

Holmes schüttelte belustigt den Kopf. »Bart Cuypers ist kein Verbrecher, und er hat daher auch keine Komplizen.« Sein Blick wanderte zur völlig aufgelösten Pensionswirtin, die mit lautlosen Lippenbewegungen die Perlen eines Rosenkranzes durch die Finger gleiten ließ. »Machen Sie sich keine Sorgen, seine Unschuld wird bald bewiesen sein«, beteuerte er, bevor er sich zum Gehen wandte.

»Sollten wir ihn dann nicht im Gefängnis besuchen?«, fragte ich befremdet.

»Ich fürchte, das würde ihm eher schaden als nützen«, rief Holmes zurück, und schon hatte er die Haustür hinter sich geschlossen. Die Idee, dass ein unbescholtener Bürger, der im Gefängnis landet, seelischen Beistand nötig hat, wäre seinem streng analytischen Geist nie gekommen.

Ich tauschte noch etwas Pensionsklatsch mit der Wirtin aus und holte dann endlich das Mittagessen nach, das wir im Eifer des Gefechts hatten ausfallen lassen.

19. Der Kneipenwirt

Ich bin noch immer ganz erschüttert über unsere gestrige Unterhaltung. Eine banalere Erklärung hätte ich mir beim besten Willen nicht vorstellen können«, empörte sich Holmes am nächsten Morgen am Frühstückstisch. Das Gespräch, auf das er anspielte, hatten wir mit dem Ehepaar Laval geführt. Mademoiselle Laval hatte sich entschuldigen lassen. Sie war auf ihrem Zimmer geblieben, weil sie sich nicht von der Lektüre eines Romans hatte losreißen können. Der Colonel hatte behauptet, keine Einwände gegen den Kauf des Jägers geäußert zu haben, da ihm die Skulptur gefiel. Seine Frau hingegen hatte nach kurzem Zögern zugegeben, die Figur erworben zu haben, um ihre Tochter zu dem Geständnis zu bewegen, mit wem sie sich vor zwei Wochen heimlich getroffen hatte, anstatt ihre Klavierlehrerin zu besuchen.

»Habe ich nicht gesagt, dass der Jäger Herzensdiebe fangen soll?«, erinnerte ich Holmes und trank einen Schluck Kaffee. Mich hatte diese Enthüllung eher belustigt als verblüfft. Was mich aber noch immer beschäftigte, war die gestrige Unterhaltung im zoologischen Garten, die mir nun durch die Festnahme unseres Gesprächpartners in einem völlig anderen Licht erschien. »Die Polizei irrt sich auch nicht immer. Dieser Afrikaforscher ...«

»Bart Cuypers!«

»Bart Cuypers ist bestimmt unser Mann!«, erklärte ich, während ich mir ein Stück Brot mit Butter bestrich. »Wahrscheinlich hat er Jan Peeters aus Habgier ertränkt, da er annahm, der Juwelier würde Edelsteine in seinem Zimmer aufbewahren. Herman Seghers war Zeuge der Tat und wollte ihn erpressen, weshalb der Afrikaforscher auch ihn umbringen musste. Ich habe am eigenen Leib erfahren, wie meisterlich er sich anzuschleichen versteht! Es war ein Leichtes für ihn, sich im Beginenhof unbemerkt an sein Opfer heranzupirschen. Nun müssen wir nur noch herausfinden, was es mit den Skulpturen vom Kongo auf sich hat. Ob er in ihrem Inneren Drogen oder Gift aus Afrika herausschmuggelt? Immerhin war die Mordwaffe vergiftet.«

»Sie haben wirklich eine blühende Phantasie.« Holmes kaute gedankenverloren auf einem Zahnstocher und blickte mit leerem Blick in den Raum, in dem – außer uns – ein älteres Ehepaar und zwei Handlungsreisende saßen. Sie waren wohl am Vorabend eingetroffen, denn ich kannte keinen von ihnen. »Wir sind möglicherweise einer falschen Fährte gefolgt. Vielleicht haben die afrikanischen Skulpturen und der Roman Rodenbachs nicht das Geringste mit unserem Fall zu tun.«

»Und das verschollene Notizbuch des Juweliers?«, fragte ich erstaunt.

Holmes lehnte sich auf seinem Stuhl zurück, aber bevor er meine Frage beantworten konnte, hörten wir durch die offene Tür zur Rezeption die Wirtin schelten.

»Sie können nicht einfach die Pension betreten!«

Eine tiefe, heisere Männerstimme entgegnete etwas, was ich nicht verstand.

»Es hat alles seine Richtigkeit. Der Mann ist mit mir verabredet!«, rief Holmes der Pensionswirtin zu.

Madame Lambrecht ließ sich mit ihrer Klöppelarbeit in der Hand in der Verbindungstür blicken, durch die das helle Morgenlicht in den Frühstücksraum strömte. Ohne ein weiteres Wort zu verlieren, schob sich ein vierschrötiger Mann in grober Kleidung mit schweren Schritten in den Raum. Seine Schirmmütze, die speckigen Hosen und der abgetragene Gehrock passten nicht in die exklusive Pension. Aber wenigstens roch er trotz seines geröteten Gesichts nicht nach Schnaps.

»Vielleicht hätte ich Sie vorher informieren sollen, dass ich Herrn Wouters gebeten habe, hier vorbeizukommen«, sagte Holmes entschuldigend zu der ihn skeptisch anblickenden Wirtin. Brummelnd verschwand sie mit ihrer Klöppelarbeit an die Rezeption.

»Er ist ein wichtiger Zeuge im Mordfall Peeters«, informierte mich Holmes mit gedämpfter Stimme, und ich ahnte, mit wem ich es zu tun hatte.

»Der Wirt der Spelunke am Scheldeufer?«, fragte ich leise zurück und Holmes nickte.

»Guten Morgen, Monsieur Sigerson!«, grüßte der grobschlächtige Neuankömmling, ohne seine Mütze abzunehmen. Seine Stimme war rau wie die Nordsee, aber zumindest sprach er Französisch.

»Nehmen Sie doch bitte Platz, Herr Wouters«, forderte Holmes den linkisch neben ihm stehenden Mann auf. »Ich bin Ihnen sehr verbunden, dass Sie unverzüglich meiner Einladung gefolgt sind!«

Der Wirt ließ sich nicht zweimal bitten und rückte sich einen Stuhl zurecht. Mit neugierigen Augen trat das mollige Hausmädchen an den Tisch. Sie hatte flachsblondes Haar, helle Wimpern und Augenbrauen und einen hellen Teint, sah aber trotzdem nicht ungesund aus. Es hätte nur noch eine Flügelhaube gefehlt und sie hätte meiner Vorstellung von einem holländischen Meisje entsprochen.

»Möchte der Herr einen Kaffee?«, fragte sie, und der Kneipenwirt verzog verächtlich das Gesicht.

»Ich trinke keinen Kaffee!«

»Bringen Sie dem Herrn einen Genever«, sagte Holmes zu dem neben ihm stehenden Mädchen.

»Nicht vor dem Mittagessen!«, entgegnete der Mann in demselben ruppigen Tonfall, in dem er wohl gewöhnlich angeheiterte Gäste zurechtwies.

»Möchten Sie etwas Brot mit Butter und Marmelade? Oder vielleicht einen Toast?«, fragte das Hausmädchen zuvorkommend lächelnd, aber wahrscheinlich wollte sie nur lauschen.

Der Blick des forschen Wirts streifte über den Tisch. »Ist das Erdbeer-Marmelade?«, fragte er, auf ein Glasschälchen deutend.

»Ja, Sie können aber auch Himbeer- oder Johannisbeer-Marmelade haben.«

»Nein, Erdbeer-Marmelade ist mir lieber«, brummte der Wirt, das strohblonde Mädchen eilte in die Küche und kam gleich darauf mit einem dritten Teller und einem weiteren Messer zurück. Bevor sie gekochte Eier oder frisch gepressten Orangensaft anbieten konnte, bedeutete Holmes ihr mit einer ungeduldigen Geste, sich von unserem Tisch zu entfernen.

»Neulich habe ich mich bei Ihnen nach einem älteren Herrn, dem Juwelier Jan Peeters erkundigt. Sie haben sich damals daran erinnert, ihn in Gesellschaft eines anderen Mannes in Ihrer Gaststätte gesehen zu haben«, begann er, als das Hausmädchen endlich außer Hörweite war.

Der Wirt nickte, obwohl er sicherlich nur mit halbem Ohr zugehört hatte, griff dann nach einem Stück Weißbrot und bestrich es sorgfältig mit Butter.

»Ich wollte mit Ihnen noch einmal über diesen zweiten Mann sprechen.«

»Das Lokal war voller Seeleute, und ich konnte mich wirklich nicht um jeden Gast persönlich kümmern.« Holmes machte eine beschwichtigende Geste, aber der Wirt schüttelte weiterhin abwehrend den Kopf. Dann legte er das Messer auf den Teller und sein Gesicht nahm einen geschäftstüchtigen Ausdruck an. »Sie sagten, Sie würden sich erkenntlich zeigen, wenn ich Ihnen mitteilen könnte, was die beiden getrunken haben?«

Holmes, der eben noch abweisend wirkte, lächelte belustigt in sich hinein. »Hat mein Angebot in der Zwischenzeit Ihr Gedächtnis aufgefrischt?«

Bevor er antwortete, verteilte der Wirt erst noch reichlich Marmelade auf seinem Weißbrot. »Nein, aber ich habe meine Tochter gefragt. Sie hat an dem Abend in der Wirtschaft ausgeholfen.« Der Wirt kostete die Wirkung seiner Worte aus, indem er, ohne spezifischer zu werden, genüsslich in sein Marmeladenbrot biss.

»Das war sehr aufmerksam von Ihnen«, kommentierte Holmes mit leichter Ironie.

»Sie haben zusammen sechs Leffe und drei Genever getrunken«, erklärte der Wirt kauend.

»Doppelte oder dreifache?«

»Genever?«

»Leffe!«

Der Wirt stopfte einen weiteren Bissen in sich hinein. »Dreifache Biere und doppelte Genever. Meine Tochter sagt, dass ungewöhnlicherweise der junge Mann den älteren eingeladen hat.«

»Hat er dem Juwelier den Schnaps ins Bier geschüttet?«, fragte ich aufgeregt.

Der Wirt zuckte gleichgültig mit den Schultern und schob das letzte Stück seines Marmeladenbrotes in den Mund. »Wundern würde es mich nicht«, antwortete er mit vollem Mund. »Jedenfalls war zum Schluss der Alte viel betrunkener als der Junge. Das sagt jedenfalls meine Tochter.«

»Die Beobachtungen Ihrer Tochter sind höchst aufschlussreich.« Holmes steckte – unter dem tadelnden Blick der Pensionswirtin, die zu unserem Tisch zurückgekehrt war – dem Kneipenwirt einen Schein zu. »Ich hatte Sie aber eigentlich um dieses Gespräch gebeten, um mich nochmals nach dem jüngeren der beiden Gäste zu erkundigen.«

Die Gesichtszüge unseres Gesprächspartners verdüsterten sich schlagartig, und er lehnte sich auf seinem Stuhl zurück.

»Es war schon dunkel. Außerdem war kurz zuvor die *Léopoldville*[17] im Hafen vor Anker gegangen. Sie können sich nicht vorstellen, was bei uns los war!«

»Doch, das kann ich mir vorstellen«, entgegnete Holmes stoisch. »Sie sagten das letzte Mal, der zweite Mann sei unauffällig gewesen?«

»Ja, ein richtiger Dutzendmensch, unmöglich sich an ihn zu erinnern!«

»War er mittelgroß, blass und hatte eng stehende Augen, wulstige Lippen und einen kurzen Hals?«

Mir stockte der Atem, denn Holmes beschrieb Herman Seghers.

»Wo Sie es sagen!« Mit einem nachdenklichen Gesichtsausdruck griff der Wirt in den Brotkorb und legte ein weiteres Weißbrotstück auf seinen Teller. »Ja, das war eine ziemlich gute Beschreibung.« Diesmal verzichtete er auf die Butter und lud nur eine daumendicke Schicht Erdbeermarmelade auf das Brot. »Ich bin mir ziemlich sicher, dass er vorbestraft war. So etwas erkennt man in meinem Beruf hundert Seemeilen gegen den Wind.«

Die letzten Sätze hatte er so laut gesagt, dass die anderen Frühstücksgäste aufmerksam wurden. Die Pensionswirtin, die mir in diesem Augenblick herzlich leid tat, blickte mit einem beschwichtigenden Lächeln in die Runde.

[17] Name einer 1881 von Henry Morton Stanley gegründeten Stadt in Belgisch-Kongo, das heutige Kinshasa.

»Monsieur Wouters! Sie müssen mit Ihrer Tochter ins Polizeipräsidium gehen und eine Aussage machen«, ermahnte Holmes den uns kauend gegenübersitzenden Mann in einem scharfen Tonfall.

»Dafür habe ich beim besten Willen keine Zeit!«, sagte er und schlug so heftig mit der Faust auf den Tisch, dass die Tassen klirrten.

Die anderen Gästen steckten bereits tuschelnd die Köpfe zusammen, und die Wirtin verdrehte verzweifelt die Augen.

Holmes hingegen musterte den Kneipenwirt tadelnd von der billigen Schiebermütze bis zu den groben Schuhen. »Sie sind gut beraten, freiwillig die Polizei aufzusuchen, Monsieur Wouters. Anderenfalls sehe ich mich leider gezwungen, dem zuständigen Kommissar einen Tipp zu geben.«

»Das hat man also von seiner Hilfsbereitschaft!« Wutschnaubend erhob sich unser Besucher, noch immer den Rest seines Brotes in der Hand haltend, und stapfte grußlos durch den Frühstücksraum zum Ausgang.

»Meine Gäste bringen sich also gegenseitig um!« Die Pensionswirtin war steif vor Aufregung und starrte Holmes mit kreidebleichem Gesicht in die Augen. »Herman Seghers ertränkt den Juwelier in der Schelde, nur um von Bart Cuypers mit einem afrikanischen Dolch erstochen zu werden. Was wird wohl als Nächstes passieren? Ob Colonel Laval den Afrikaforscher erschießt? Und der letzte Gast, der übrig bleibt, begeht dann anschließend Selbstmord?«

Holmes' bisher teilnahmsloser Gesichtsausdruck verschwand und machte Verwunderung Platz. »Wollte der Colonel nicht heute Morgen mit seiner Familie nach Brügge weiterreisen?«

Die Wirtin wischte sich mit dem Handrücken über die verschwitzte Stirn.

»Das hat er auch getan, aber vor Aufregung habe ich es ganz vergessen. Das ist alles zu viel für meine Nerven!«, seufzte sie und blickte sich suchend im Raum um. »Wo steckt nur mein Mann schon wieder? So habe ich mir die Ehe mit ihm nicht vorgestellt!« Vor sich hinbrummelnd kehrte sie zur Rezeption zurück.

So schrecklich das alles auch war, so musste ich doch unwillkürlich lachen.

»Jetzt wissen wir also, dass Herman Seghers sich mit dem Juwelier herumgestritten und ihn wohl anschließend umgebracht hat. Aber wir tappen noch immer im Dunkeln, warum er das Verbrechen begangen hat«, meinte Holmes ernüchtert. »Ich bin aber noch immer sicher, dass beide Morde etwas mit dem King-Diamanten zu tun haben.«

»Werden Sie Ihre Drohung wahr machen?«, fragte ich, denn mittlerweile tat mir der Kneipenwirt leid. Wenn es sich unter seinen Gästen herumsprach, dass seine Tochter die Gäste bespitzelte und er selbst der Polizei zuarbeitete, konnte er seine Spelunke schließen.

»Eigentlich sollte ich das tun. Man könnte Vater und Tochter im Kommissariat ein Lichtbild von Herman Seghers zeigen, damit sie ihn eindeutig identifizieren«, sagte Holmes missmutig. Endlich gönnte auch er sich ein Stück Weißbrot, das er aber nicht bestrich. »Da aber mittlerweile der Täter selbst ermordet wurde, werde ich die Sache wohl auf sich beruhen lassen.«

»Außerdem riskieren wir, dass Doktor Peeters uns das Spesenkonto streicht, wenn er den Fall für abgeschlossen hält«, gab ich zu bedenken.

»Er wird doch sicherlich wissen wollen, warum sein Bruder ermordet wurde und wer den Auftrag dazu gab«, meinte Holmes, aber ich war mir da nicht so sicher. Doktor Peeters musste als Arzt auf seinen guten Ruf achten und es machte seinen Bruder auch nicht wieder lebendig, wenn sich herumsprach, dass er in gewalttätige Auseinandersetzungen mit Vorbestraften verwickelt gewesen war.

»Haben Sie Herman Seghers jemals in den Kreis der Verdächtigen einbezogen?«, fragte ich, nachdem Holmes das trockene Stück Weißbrot heruntergewürgt hatte.

»Selbstverständlich habe ich das!«, antwortete er konsterniert. »Er traf drei Tage vor dem Tod des Juweliers in der Pension ein. Sein Zimmer lag im Erdgeschoss. Wie ich neulich demonstriert habe, konnte er durch das Küchenfenster aus- und eingehen, wie er wollte. Inzwischen habe ich sein Vorstrafenregister eingesehen. Für sein jugendliches Alter hatte Herman Seghers erstaunlich viel auf dem Kerbholz. Wahrscheinlich wäre er im Lauf der Jahre einer der größten Halunken geworden, die Belgien hervorgebracht hat.« Holmes schaute auf seine goldene Taschenuhr. »Als ich dem Wirt heute Morgen eine Nachricht sandte, hatte ich nicht erwartet, dass er augenblicklich vorbeikommen würde. Ich bespreche meine Angelegenheiten nicht gern vor dem Hotelpersonal. Außerdem hat Herr Wouters meinen Zeitplan durcheinandergebracht. Aber wenn wir uns beeilen, bekommen wir noch den Eilzug nach Brügge.«

Fast hätte ich mich vor Erstaunen am letzten Schluck meines Kaffees verschluckt, den ich gerade austrank. »Ich wusste gar nicht, dass Sie nochmals nach Brügge fahren wollen. Hat unser Landsmann uns eingeladen?«, fragte ich, enerviert von Holmes' ständiger Geheimniskrämerei.

»Nein! Ich war es, der ihn um eine Zusammenkunft bat. Zwar hat sich das Gespräch nach unserem gestrigen Ausflug eigentlich erübrigt, aber da Mister Darkwater so freundlich war uns zuzusagen, sich um elf vor dem Beginenhof in Brügge einzufinden, möchte ich ihn nur ungern warten lassen.«

»Wieso im Beginenhof? Ist er zu geizig, um uns zu bewirten?«

»Den Treffpunkt habe ich ausgewählt«, erklärte Holmes und ich hoffte, dass er nicht vorhatte, alle Beginenhöfe Flanderns zu besichtigen. »Es macht Ihnen doch hoffentlich nichts aus, Ihr Exemplar von Rodenbachs Roman an Mister Darkwater weiterzureichen?«

Einen Augenblick lang meinte ich mich verhört zu haben. Zwar fand ich die Lektüre des Buchs ziemlich deprimierend, war aber trotzdem darüber befremdet, wie Holmes ohne mich zu fragen über mein Eigentum verfügte. Außerdem hatte ich Holmes gegenüber mit keiner Silbe erwähnt, dass ich den Roman erstanden hatte.

»Wozu?«, entfuhr es mir dann.

»Das Buch bot mir einen Vorwand, um Mister Darkwater unser heutiges Treffen vorzuschlagen. Ich habe behauptet, der Roman sei im Nachlass des Juweliers aufgetaucht.«

»Von mir aus«, willigte ich mit einem leisen Seufzer ein, vertilgte den Rest meines Brots und holte dann den Roman aus meinem Zimmer.

»Ich darf Sie bitten, Mister Darkwater gegenüber nicht zu erwähnen, dass der Tod des Juweliers so gut wie aufgeklärt ist. Ich möchte mich nicht in die Angelegenheiten der Antwerpener Polizei einmischen«, instruierte mich Holmes, bevor wir uns auf den Weg machten.

»Am besten, ich sage gar nichts«, entgegnete ich eingeschnappt, zumal mich noch immer wurmte, dass Holmes meine Reiseandenken verschenkte.

20. Der Kräuterlikör

Als wir endlich den überfüllten Zug verlassen hatten, atmete ich befreit auf. Offenbar war Brügge die längste Zeit das in Rodenbachs Roman beschriebene, verschlafene Städtchen gewesen, an dem die moderne Zeit vorübergegangen war. Auch auf dem Bahnhof wimmelt es nur so von betuchten Engländern und durchreisenden Amerikanern. Da es schon zehn vor elf war, drängelten wir uns zwischen den teils müßigen, teils ungeduldigen Reisenden hindurch zum Haupteingang.

Es war windstill und hinter den fasrig weißen Wolken lugte sogar ab und zu die Sonne schüchtern hervor. Da unser Eilzug Verspätung hatte, durchquerten wir trotz des schönen Wetters eilig den Minnewater Park, der sich vor dem Bahnhof ausstreckte und an dessen Ende sich der Beginenhof befand. Wie ich aus meinem Reiseführer wusste, war der See, dem der Park seinen schönen Namen verdankte, der traurige Überrest des ehemaligen Hafens, der durch Kanäle mit dem Meer verbunden war.

Über die Dijverbrücke gelangte der Besucher zum weiß getünchten, von einem Dreiecksgiebel bekrönten Eingangstor des Beginenhofs Ten Wijngaard. Schon von Weitem erkannte ich die schlanke Gestalt des exzentrischen Fitzroy Darkwater, obwohl er diesmal mit einem dunkelbraunen Gehrock und passenden hellen Beinkleidern weniger auffällig als in seinem Heim gekleidet war. Er wartete in lässiger Pose am Seeufer und blickte auf die sich kräuselnde Wasseroberfläche, auf der drei schneeweiße Schwäne im Kreis herumschwammen.

»Diese Geschichte wird Sie als Kriminalist bestimmt interessieren: 1448 ordnete Maximilian von Österreich an, dass zum

Gedenken an seinen Kanzler Pierre Lanchais, der von Brügger Bürgern enthauptet worden war, im Park von Minnewater immer Schwäne schwimmen sollen«, erklärte ich stolz. Auch diese Erkenntnis verdankte ich meinem Reiseführer.

»Hatte er einen langen Hals?«, fragte Holmes unbeeindruckt, während wir auf unseren Landsmann zuschritten.

»Nein, er hatte einen Schwan im Wappen.«

Als er uns erblickte, verzog sich sein bleiches Gesicht zu seinem gewohnheitsmäßig gönnerhaften Lächeln.

»Guten Morgen, Mister Sigerson und Mister Tristram«, begrüßte er uns. »Es ist sehr aufmerksam von Ihnen, dass Sie extra nach Brügge gekommen sind, um mir meinen Roman auszuhändigen. Das wäre aber wirklich nicht nötig gewesen. Es hätte genügt, ihn mit der Post zu schicken.«

Holmes überreichte ihm wortlos Rodenbachs Buch. Mister Darkwater klemmte es sich achtlos unter den Arm.

»Auf die Post ist doch heutzutage kein Verlass mehr und schon gar nicht auf dem Kontinent. Außerdem bot mir die Übergabe des Romans einen willkommenen Anlass, das schöne Brügge zu besuchen. Das letzte Mal haben wir leider versäumt, den Beginenhof aufzusuchen, und unsere Pensionswirtin meinte, das sollten wir unbedingt nachholen. Daher habe ich das Angenehme mit dem Nützlichen verbunden und Ihnen diesen Treffpunkt vorgeschlagen.«

»Sind Sie wenigstens auf den Belfried gestiegen?«, fragte unser Landsmann und fuhr sich mit dem Zeigefinger über die lange Nase.

Wir verneinten beide.

»Das müssen Sie unbedingt nachholen! Von dort oben ist die Aussicht auf die Stadt einfach atemberaubend«, insistierte Mister Darkwater, der uns offenbar so schnell wie möglich wieder loswerden wollte. »Und wenn Sie anschließend eine

Bootsrundfahrt durch die malerischen Kanäle unternehmen, sehen Sie, warum Brügge das Venedig des Nordens genannt wird.«

»Aber zuerst besichtigen wir den Beginenhof!«, verkündete Holmes und marschierte über die Brücke.

Mister Darkwater schloss sich uns an, wenn auch mit gelangweilter Miene. Das Buch hatte er noch immer unter den rechten Ellbogen geklemmt. Als wir das klassizistische Eingangstor hinter uns gelassen hatten, blieb ich beeindruckt stehen, denn dieser Beginenhof war noch idyllischer als der von Antwerpen. Weiße Häuschen mit Dreiecksgiebeln und bemoosten Ziegeldächern umgaben eine von Bäumen gesäumte Rasenfläche, die zum Verweilen einlud. Eine leichte Brise bewegte die Blätter und trug den Geruch von frisch gemähtem Gras und lautes Gänsegeschnatter zu uns herüber.

Holmes deutete mit einer ausholenden Geste auf diese ländliche Szenerie inmitten der Stadt. »Ich bin schon viel in der Welt herumgekommen, habe aber selten etwas so Malerisches gesehen wie dieses Fleckchen!«, rief er begeistert aus und ging langsam weiter.

»Wie Sie wissen, bin ich nicht über Brügge hinausgekommen«, meinte Mister Darkwater, der wesentlich einsilbiger war als bei unserem letzten Besuch.

»Immer nur die gleiche Stadt? Das wäre mir zu langweilig! Nach der obligaten Grand Tour durch das wunderschöne Italien habe ich mich in Brindisi nach Bombay eingeschifft und den indischen Subkontinent bereist, um schließlich bis ins tibetische Hochland vorzudringen«, erklärte Holmes.

Die für ihn gar nicht typische Angeberei erinnerte mich unangenehm an meinen »Lieblingsgast« in der Pension Antonis van Dyck. Ich wusste nicht, was Holmes bezweckte, lächelte aber zustimmend.

»Ich nehme an, Sie haben die Berichte über meine Expedition in der Zeitung gelesen?«

»Jetzt weiß ich, warum mir Ihr Name vage bekannt vorgekommen war«, sagte Mister Darkwater, nachdem er einen Augenblick lang nachgedacht hatte. »Waren Sie nicht auch in Persien und sogar in Khartum?«

Holmes nickte mit einem selbstgefälligen Lächeln, während er mit den ziellosen Schritten eines Flaneurs auf dem mit quadratischen Steinen gepflasterten Weg entlang der Grünanlage schlenderte. Die Schatten der Blätter tanzten auf unseren Köpfen.

»Sie waren in Khartum? Ist das nicht nur noch eine Geisterstadt, seit der Mahdi die Stadt erobert und zerstört hat?«, entfuhr es mir verblüfft, denn dieses Detail seiner Weltreise war mir neu.

»Die Aufständischen haben eine neue Siedlung[18] gegenüber von Khartum gegründet. Dort habe ich ein langes, sehr aufschlussreiches Gespräch mit dem Kalifen geführt[19]«, entgegnete Holmes, und ich hätte gern gewusst, ob er das nur erfand, um unseren Gesprächspartner zu beeindrucken.

»Sie haben mit dem Nachfolger des Mannes geplaudert, der Charles Gordon[20] besiegt hat? Ich habe Sie immer für einen Patrioten gehalten.«

»Immerhin ziert ein Porträt Gordons die Wand meiner Wohnung«, bemerkte Holmes verstimmt.

Ob er den britischen Generalmajor schätzte, weil er im zweiten Opiumkrieg, der dazu geführt hatte, dass der Opiumhan-

[18] Omdurman auf dem linken Nilufer.

[19] Kalif Abdallahi ibn Sayyid Muhammad (Dafur 1846 - 1899) war General im Mahdi-Aufstand und nach dem Tod des Mahdi als Kalif von Omdurman sein Nachfolger.

[20] Charles Gordon (Woolwich 1833 - Khartum 1885) war Generalgouverneur des Sudan.

del in China legalisiert wurde, eine führende Rolle gespielt hat? Oder hing Gordons Bildnis zwischen den Verbrecherporträts, die er dem Afrikaforscher gegenüber erwähnt hatte?

»Ich habe gehört, dass Sie am Krieg im Sudan teilgenommen haben?«, fragte Holmes unseren Landsmann.

»Das war mein Bruder«, sagte Mister Darkwater trübsinnig auf den Weg blickend, von dem sich seine schneeweißen Gamaschen leuchtend abhoben. »Das ist eine schreckliche Geschichte. Lassen Sie uns lieber über etwas anderes reden!« Er straffte die Schultern und hob langsam wieder den Kopf.

»Mister Tristram hat den Roman Rodenbachs gelesen«, verkündete Holmes, auf das Buch deutend.

»Ach tatsächlich«, erwiderte unser Gesprächspartner wenig begeistert.

»Er kann Ihnen sicherlich kurz den Inhalt referieren«, bot Holmes ungerührt an. »Der arme Jan Peeters ist ja leider nicht mehr dazu gekommen.«

Trotz des unübersehbaren Desinteresses meines Zuhörers fing ich an zu erzählen. »Ein Witwer, der untröstlich über den Tod seiner Frau ist, zieht nach Brügge, weil die Stadt seinem Seelenzustand entspricht. Ich erinnere mich noch an den Satz: ›Ein Hauch des Todes wehte von den geschlossenen Häusern‹«, begann ich meinen Bericht und kam mir unsäglich albern vor.

Eine hagere, alte Begine öffnete wenige Häuser vor uns eine Haustür und schlurfte mit vom Alter gebeugtem Rücken in unsere Richtung. In ihrer nonnenhaften, schwarzen Tracht mit der weißen Haube erinnerte sie mich an eine Elster. Als sie auf unserer Höhe war, schnitt Holmes ihr den Weg ab und begrüßte sie höflich.

»Entschuldigen Sie bitte, dass ich Sie einfach so anspreche, aber man sagte mir, im Beginenhof würde ein ausgezeichneter Kräuterlikör hergestellt?«

Ich erwartete eine abwehrende Reaktion, aber die alte Frau blieb stehen und schaute aus klugen, hellgrauen Augen zu Holmes auf. Ihr von Falten durchzogenes Gesicht ließ noch erkennen, dass sie früher einmal hübsch gewesen sein musste. Was hatte die alte Frau wohl dazu gebracht, der Welt zu entsagen? Eine unglückliche Liebesgeschichte oder war sie wie viele Beginen Witwe?

Bevor sie antwortete, wanderte ihr Blick von Holmes, über Mister Darkwater zu mir. Wir mussten ein seltsames Trio abgegeben haben: zwei nicht gerade wie Touristen gekleidete Engländer und ein vermeintlicher Norweger, der die beiden anderen um einen halben Kopf überragte, in einer Art Nonnenkloster.

»Ja, das stimmt. Am besten, Sie wenden sich an Catherine. Sie wohnt im Haus mit der Nummer sieben«, sagte die Begine schließlich.

Holmes bedankte sich für die Auskunft, und die alte Begine ging weiter. Mittlerweile hatte ich meine Inhaltsangabe beendet und schaute, um das peinliche Schweigen zu überbrücken, zu den Baumkronen hoch, in denen die Vögel jubilierten.

»Spielen Sie eigentlich noch immer mit dem Gedanken, den King-Diamanten zu kaufen?«, fragte Holmes in einem beiläufigen Plauderton, als er sich wieder zu uns gesellt hatte.

»Davon habe ich inzwischen Abstand genommen. Wegen des großen Interesses hat Graf Bulgakow den Preis drastisch erhöht und verlangt mehr, als ich auszugeben bereit bin«, gab er zu. Seine weiß behandschuhten Hände ballten sich in ohnmächtiger Wut zur Faust.

»Das ist mir auch zu Ohren gekommen«, stimmte Holmes zu. »Aber der Käufer des Diamanten muss eben den Aufwand des Grafen finanzieren und die Kosten steigen von Tag zu Tag.«

»Schade um das teure Gutachten, das Jan Peeters für mich erstellt hat! Leider hat er es Graf Bulgakow gezeigt. Und nun besitzt er doch tatsächlich die Unverschämtheit, es als Verkaufsargument zu verwenden. Ich glaube langsam wirklich, dass der Diamant verflucht ist.«

»Preisen Sie sich also glücklich, ihn nicht gekauft zu haben. Nun kann der Fluch Sie nicht treffen. Ich jedenfalls könnte keine Nacht ruhig schlafen, wenn ich einen derart wertvollen Edelstein in meinem Haus aufbewahren würde«, bemerkte Holmes.

Seinem Gesprächspartner entging offenbar, dass Holmes sich über ihn lustig machte, denn Mister Darkwater warf ihm einen betrübten Blick zu und verzog dann das Gesicht, sodass sein Kinn noch kantiger wirkte. »Dabei wäre Brügge ein würdiger Aufbewahrungsort für den King-Diamanten. 1650 befand sich hier die Exilregierung Karls II., und ich bin der festen Überzeugung, dass der zukünftige englische König den Diamanten seines Vaters damals mit sich führte.«

»Und wann ist er Ihrer Meinung nach verloren gegangen?«, fragte Holmes wissbegierig nach.

Inzwischen hatten wir die Wiese inmitten der weißen Beginenhäuser zur Hälfte umrundet und passierten einen sorgsam angelegten Garten mit Bosketten und Blumenbeeten, in denen Bienen und Hummeln aufgeregt zwischen den Blüten umherflogen. Ihr Summen übertönte den Lärm der hinter dem Beginenhof befindlichen Straßen.

»Leider entzieht sich das meiner Kenntnis. Aber ich hätte einen Historiker mit der Klärung dieser Frage beauftragt, wenn ich den Stein erworben hätte.« Mister Darkwater stockte. »Da wir zufällig von Gutachten sprechen, hatten Sie nicht versprochen, mir Jan Peeters Brief umgehend zurückzugeben?«

»Das habe ich vor lauter Aufregung ganz vergessen!« Holmes zog ein Gesicht, als ob ihm die Mahnung für seine Säumigkeit peinlich wäre. »Gut, dass Sie mich noch einmal daran erinnert haben! Morgen schicke ich Ihnen die Expertise mit der Post.«

»Dafür wäre ich Ihnen äußerst verbunden«, antwortete Mister Darkwater gedehnt. »Zwar benötige ich das Gutachten streng genommen nicht mehr, aber es wurde schließlich auf meine Kosten erstellt.«

»Sie könnten es vielleicht Graf Bulgakow zum Kauf anbieten«, schlug Holmes arglos vor. »Oder hat er bereits einen Kaufinteressenten? Ich habe lange nicht mehr mit ihm gesprochen.«

»Man munkelt etwas von einem amerikanischen Millionär, der nichts von Diamanten versteht, aber trotzdem am King-Diamanten interessiert sei.«

»Ja, ich glaube, ich kenne den Herrn«, sagte Holmes und schaute einen Augenblick lang zum Himmel, als ob er befürchtete, es könnte schon wieder regnen. »Wir müssen Sie leider schon wieder verlassen, Mister Darkwater. Es war nett, mit Ihnen geplaudert zu haben, aber wir haben heute noch viel vor!«

Unser Gesprächspartner machte keine Anstalten uns aufzuhalten oder zu sich einzuladen. Er verabschiedete uns höflicher, als er uns begrüßt hatte, und blieb einfach stehen.

»Und vielen Dank für Ihre Mühe!«, rief er uns nach, als wir schon ein paar Schritte gegangen waren.

»Genießen wir jetzt die schöne Aussicht? Heute ist ideales Besichtigungswetter, nicht zu heiß, nicht zu kalt und ausnahmsweise kein Regen«, sagte ich, um Holmes zu necken und deutete auf den über achtzig Meter hohen Belfried in der Mitte der Lakenhall. Der schlanke, achteckige Aufsatz des sich mit jedem seiner drei Stockwerke verjüngenden Turms ließ mich an ein Butterfass denken.

»Ich sollte Sie beim Wort nehmen und Sie die 366 Stufen zur Besucherplattform emporklimmen lassen«, bemerkte Holmes. Die vorherige müßiggängerische Langsamkeit war von ihm abgefallen. Mit schnellen Schritten steuerte er den Ausgang des mauerumschlossenen Gevierts an.

»Außerdem würde ich gern die Liebfrauenkirche besuchen, denn dort wird eine Madonna von Michelangelo aufbewahrt«, schlug ich ohne große Hoffnung auf eine positive Resonanz vor.

»Ist sie tatsächlich echt, oder behaupten das nur die Lokalpatrioten?«

»In meinem Reiseführer steht, es sei ein Frühwerk, das für den Hochaltar des Doms von Siena bestimmt gewesen war. Aber Brügger Kaufleute haben Michelangelo die Statue abgekauft«, antwortete ich schon etwas zuversichtlicher.

»Wenn wir den Fall abgeschlossen haben, kehren wir nach Brügge zurück, um die Madonna zu bewundern«, versprach Holmes, ohne seine Geschwindigkeit zu verringern. »Aber heute haben wir leider keine Zeit dafür. Eigentlich hatte ich hier noch den Besuch eines Schneiderbetriebs geplant, aber ich glaube, wir können doch darauf verzichten. Heute Nachmittag sollten wir uns lieber in Antwerpen eine neue Bleibe suchen, in der die Verbindungstüren zwischen den Zimmern nicht ausgehängt und die Wirtsleute weniger neugierig sind.«

Mühsam schluckte ich meinen Ärger über Holmes' vage Bemerkung über den Schneider herunter, denn ich wusste, dass er während der Arbeit an einem Fall weder Worte verschwendete, noch seine Gedanken mir gegenüber enthüllte. Auch verübelte ich es ihm nicht, dass er unser bisheriges Quartier verlassen wollte, obwohl wir dort kostenlos logierten, denn ich legte keinen Wert darauf, nochmals vor dem Haus überfallen zu werden oder als drittes Mordopfer unter den Gästen der Pension zu enden. Aber es wäre wirklich nicht zu viel verlangt gewesen, wenigstens mein Einverständnis einzuholen. Innerlich vor mich hinfluchend folgte ich Holmes, aber dann obsiegte doch wieder die Neugier. »Worüber haben Sie eigentlich mit diesem Kalifen gesprochen?«, erkundigte ich mich daher nach einer Weile.

»Es war eine politische Angelegenheit von äußerster Wichtigkeit, und ich darf in aller Bescheidenheit sagen, dass ich erfolgreich war.« Holmes' Gesicht nahm einen zufriedenen Ausdruck an. »Aber bedauerlicherweise musste ich meinem Bruder Mycroft hoch und heilig versprechen, darüber für immer zu schweigen.«

Offenbar war die Geheimniskrämerei ein durchgängiger Charakterzug in dieser Familie. Bevor ich mich darüber beschweren konnte, blieb Holmes abrupt vor einem Beginenhaus stehen, auf dessen blau gestrichener Holztür die Nummer sieben aufgemalt war. Neben der Tür durchbrachen zwei Fenster mit ebenfalls blau lackiertem Rahmen und Spitzengardinen die weiße Mauer. In ihren Glasscheiben spiegelte sich das Haus gegenüber.

Holmes klopfte an, und eine mütterliche Begine in den Fünfzigern öffnete, von der wir jeder eine Flasche Kräuterlikör erstanden. Bevor sich die blau gestrichene Tür wieder schloss, erhaschte ich einen Blick in eine spartanisch eingerichtete Kammer mit weiß getünchten Wänden und einfachem Himmelbett, die trotzdem einen heimeligen Eindruck erweckte.

»Was hat uns der heutige Ausflug gebracht, außer zwei Flaschen Kräuterlikör?«, fragte ich auf der Rückfahrt.

»Die Erkenntnis, dass Mister Darkwater nicht der Mörder von Herman Seghers ist. Die alte Begine sollte ihn identifizieren. Hätte sie geantwortet ›Wir haben die Produktion leider eingestellt‹, wäre Mister Darkwater unser Mann gewesen«, erklärte Holmes bedauernd.

Einen Moment lang war ich wie vom Donner gerührt, denn diese Wendung hatte ich nicht erwartet. Wieso hatte Holmes unseren Landsmann verdächtigt, und warum kannte die alte Begine den Mörder? »Hat die alte Frau den Antwerpener Beginenhof besucht und ist in der Kirche zufällig Zeugin des Verbrechens geworden?«, wollte ich wissen, denn eine andere Erklärung fiel mir nicht ein.

»Gedulden Sie sich noch ein wenig. Unser Fall steht kurz vor der Auflösung. Heute Abend werden wir diese Lagerhalle am Hafen nochmals aufsuchen, um ein ernstes Wörtchen mit Graf Bulgakow zu wechseln«, vertröstete mich Holmes auf seine manchmal doch recht abweisende Art, legte seine Fingerspitzen aneinander und schloss die Augen.

Mein Blick streifte die beiden Flaschen auf dem leeren Nachbarsitz neben mir, und ich schmunzelte bei der Vorstellung, dass wir den Likör – der sich als köstlich erweisen sollte – nicht gekauft hätten, wenn die Begine Mister Darkwater wiedererkannt hätte.

21. Der Anwalt

Über den Häusern jenseits des Stroms leuchteten bereits die ersten Sterne, als endlich eine Kutsche am Straßenrand vor dem Lagerhaus bremste. Die Nacht war bitterkalt, aber wenigstens regnete es nicht. Doch die vom letzten Regenschauer noch immer feuchten Pflastersteine schimmerten unter der Gaslaterne an der Ecke. Ein schneidender Wind blies von der Schelde her, der mich daran erinnerte, wie nah die Nordsee war. Er fegte anthrazitfarbene Wolken über den Himmel, zwischen denen ab und zu die schmale Sichel des Halbmonds hindurchblinkte. Hinter einem Fenster im Erdgeschoss des großen Backsteinbaus wurde eine Gaslampe angezündet, auch einige Fenster in den oberen Etagen waren erleuchtet. Graf Bulgakow war also nicht der einzige Mieter, der in dem Lagergebäude übernachtete.

Wir hatten uns die Füße am Flussufer vertreten und gingen nun mit langen Schritten auf die Mietdroschke mit ihrem schnaubenden Zugpferd zu, aus deren Schatten sich die Schemen zweier Männer lösten. Wie wir selbst, so waren auch die Neuankömmlinge mit ihrer schwarzen Kleidung in der Finsternis kaum auszumachen. Der Kutscher wünschte seinen Passagieren eine gute Nacht, knallte mit der Peitsche und fuhr ab, ohne entlohnt worden zu sein. Erleichtert stellte ich beim Näherkommen fest, dass seine Fahrgäste tatsächlich der von uns erwartete Graf mit seinem Diener waren.

In diesem Augenblick bemerkte uns Graf Bulgakow und schrak kaum merklich zusammen. Den Diamantenhändler brachte es sichtlich in Verlegenheit, uns hier anzutreffen. Aber er wirkte nicht wie ein auf frischer Tat ertappter Verbrecher, sondern eher wie ein kompromittiertes Mitglied der feinen Gesellschaft.

»Guten Abend, Monsieur Sigerson! Sie haben mir einen ganz schönen Schrecken eingejagt«, grüßte der Graf, der soweit die schlechten Sichtverhältnisse eine Beurteilung zuließen – wieder mit äußerster Eleganz gekleidet war. »Sie hätten sich einen Termin in meinem Geschäft geben lassen sollen! Leider habe ich hier keine Möglichkeit, Sie anständig zu bewirten.« Er stutzte einen Moment lang und blickte Holmes mit seinen melancholischen, hellen Augen an. »Monsieur Sigerson! Woher wissen Sie eigentlich, dass ich hier logiere?«

»Es ist mein Beruf, dergleichen zu wissen«, entgegnete Holmes mit der souveränen Überheblichkeit, die ihm manchmal zu eigen war. »Sie erinnern sich hoffentlich noch an meinen Kollegen Mister David Tristram?«

Graf Bulgakow musterte mich mit abschätzigen Blicken. »Selbstverständlich«, erklärte er, aber sein irritierter Gesichtsausdruck strafte seine Worte Lügen. Er brachte wohl Holmes nicht mit dem neureichen Amerikaner zusammen, als dessen Dolmetscher ich ihm vorgestellt worden war. »Monsieur Sigerson! Es freut mich, dass Sie sich für den Kauf des Diamanten entschlossen haben. Sie waren gut beraten, sich schnell zu entscheiden, denn ich habe einen ernsthaften Kaufinteressenten aus Amerika. Wenn Sie noch eine Frage haben, so bin ich gern ...«

»Ich habe in der Tat vor, mich mit Ihnen über den King-Diamanten zu unterhalten«, schnitt Holmes seinem Gesprächspartner das Wort ab. »Ich glaube, wir können dabei auf Ihren Diener verzichten.«

Der Graf bedeutete dem schlaksigen, jungen Mann, der bisher mit neugieriger Miene hinter ihm gestanden hatte, sich in das Lagerhaus zurückzuziehen. Mit sichtlichem Widerwillen machte der Diener sich auf den Weg. Holmes schaute ihm nach, während dieser mit provozierender Langsamkeit auf den Haupteingang zuschlenderte. Eine Minute lang zerriss nur das Geschrei der Möwen die drückende Stille.

»Wollen wir nicht lieber in die Stadt zurückfahren? Ich kenne dort ein sehr gutes Hotel, in dem ich gewöhnlich meine Geschäftsfreunde empfange«, fragte der Graf, als die schmale Gestalt seines Angestellten hinter dem bombastischen Eingang verschwunden war, und erstmals sah ich, wie sich ein besorgter Ausdruck auf seinem blassen Gesicht breitmachte.

»Das ist nicht nötig. Ich möchte Ihre Zeit nicht lange in Anspruch nehmen. Lassen Sie uns lieber zum Fluss gehen, wo vor einigen Tagen ein Juwelier ertrunken ist, der einem reichen Kunden empfohlen hat, den King-Diamanten zu kaufen«, entgegnete Holmes bestimmt und blickte unseren Gesprächspartner grimmig an.

»Wie das Leben so spielt«, erwiderte Graf Bulgakow achselzuckend. Er stand noch immer an derselben Stelle, an der Holmes ihn angesprochen hatte, und machte keinerlei Anstalten, zum Ufer zu gehen. »Vielleicht ist am selben Tag in Brüssel ein Brauereibesitzer an der Grippe erkrankt und konnte deshalb einen wichtigen Geschäftstermin nicht wahrnehmen.«

»Dieses Problem fällt in den Aufgabenbereich der Brüsseler Ärzte. Wir hingegen sind private Ermittler, die von Doktor Peeters den Auftrag erhalten haben, den Tod seines Bruders aufzuklären.«

Graf Bulgakow atmete tief ein und wich dann zurück, als ob Holmes eine ansteckende Krankheit hätte. »Schämen Sie sich eigentlich gar nicht, vor Ihrem Sohn Lügengeschichten zu verbreiten?«, fuhr er ihn an.

»Der Junge, der mich begleitet hat, war nicht mein Sohn, sondern ein junger Diamantenexperte«, sagte Holmes und ließ sein Gegenüber einen Augenblick lang schmoren, bevor er zum nächsten Schlag ausholte: »Er hat mir bestätigt, dass der Edelstein, den Sie zum Verkauf anbieten, ein lupenreiner Diamant ist. Aber es kann nicht der King-Diamant sein, da er nicht zur Zeit Karls I. geschliffen wurde!«

»Monsieur, wie können Sie so etwas nur behaupten?« Das blasse Gesicht des Grafen hatte vor Entrüstung Farbe bekommen.

»Die Beweislage ist einfach und eindeutig. Auf dem als Referenz genannten Bildnis Karls I. trägt der König tatsächlich einen Diamanten, der Ihrem Edelstein gleicht. Es handelt sich bei dem Porträt jedoch nicht um ein Originalgemälde aus dem frühen 17. Jahrhundert, sondern lediglich um die Kopie eines verschollenen Van-Dyck-Bildnisses, die mehr als hundert Jahre später angefertigt wurde. Offenbar hat der Kopist die Darstellung des Diamanten dem Geschmack seiner eigenen Zeit angepasst. Er weist daher einen Mazarin-Schliff mit 34 Facetten auf, der erst nach dem Tod Karls I. auf Anregung des französischen Kardinals Mazarin entwickelt wurde[21]«, ratterte Holmes so monoton wie ein überlasteter Auktionator herunter.

Der Graf starrte ihn mit weit aufgerissenen Augen an und nagte dann nervös an seiner Unterlippe. »Der Stein ist von führenden Experten begutachtet worden!«, erklärte er zornig. »Wenn diese Herren nichts dergleichen bemerkt haben ...«

»Meines Wissens nach hat nur ein einziger ausgewiesener Fachmann den Diamanten aus der Nähe gesehen, nämlich der verstorbene Jan Peeters, und der war höchstwahrscheinlich korrupt.«

[21] Der heutige Brillantschliff wurde erst um 1910 aus dem im 19. Jahrhundert verbreiteten Altschliff entwickelt.

»Dann ist es auch kein großer Verlust für die Menschheit, dass er ertrunken ist«, kommentierte der Graf mit einem Aufflackern seines alten Selbstbewusstseins.

»Alle Welt hat zu Recht die Qualität und Seltenheit des Edelsteins bewundert und seine phantasievolle Geschichte hat die romantischen Gemüter bewegt. Deshalb ist niemandem der anachronistische Schliff aufgefallen.«

Im spärlichen Laternenlicht betrachtete ich das mittlerweile wieder fahle Gesicht und die hochgezogenen Schultern des Grafen, der geistesabwesend ins Leere starrte. Holmes' Enthüllungen hatten ihn offenbar zutiefst aufgewühlt.

»Dazu möchte ich mich nicht äußern, bevor ich eine andere Meinung eingeholt habe und schon gar nicht nachts auf der Straße!«, erklärte er abrupt und nahm wieder Haltung an, hatte aber in der Rage seinen russischen Akzent eingebüßt.

»Preisen Sie sich glücklich, dass ich bisher die Polizei nicht eingeschaltet habe. Schließlich geht es nicht nur um Hehlerei, sondern um zweifachen Mord, nämlich an dem Juwelier Jan Peeters und an seinem mutmaßlichen Komplizen Herman Seghers!«, verkündete Holmes. Sein Gesicht zeigte keine Gefühlsregung.

Graf Bulgakow löste sich aus seiner Starre und wich einen Schritt zurück. »Drohen Sie mir?«, fragte er heftig.

»Ich gebe Ihnen die Chance, sich von dem Verdacht, in diese Verbrechen verwickelt zu sein, reinzuwaschen, indem Sie mit uns zusammenarbeiten.«

»Und worin soll diese Zusammenarbeit bestehen?«, fragte der Graf mechanisch im akzentfreien Französisch eines Muttersprachlers, und ich wunderte mich, ihm jemals den Russen abgekauft zu haben.

»Sie besteht darin, dass Sie mir den Namen des Besitzers des sogenannten King-Diamanten mitteilen.«

Graf Bulgakow dachte einen Augenblick lang nach und formulierte dann seine Antwort sorgfältig abwägend. »Erstens kenne ich ihn selbst nicht, und zweitens möchte ich meine gut bezahlte Stellung nicht verlieren. Man hat mir angedroht, mich beim leisesten Verdacht einer Indiskretion zu entlassen.«

»Wer ist *man*?«

»Der Antwerpener Anwalt, der mich eingestellt hat. Er hat mir den Namen seines Mandanten nicht genannt, aber das hat mich nicht weiter bekümmert. Hauptsache, er bezahlt mir regelmäßig mein Gehalt«, erwiderte der Graf mit seiner melodischen Stimme.

»Welche Bank hat er damit betraut?«

»Der Anwalt lässt mir mein Gehalt am ersten eines jeden Monats in bar durch einen Büroboten vorbeibringen«, antwortete unser Gesprächpartner so selbstverständlich, dass ich ihm einfach glauben musste.

»Das ist ein reichlich seltsames Geschäftsgebaren. Ich kann verstehen, dass der Besitzer eines wertvollen Diamanten wegen der Diebe und des Finanzamts anonym bleiben möchte. Aber seinen Angestellten derart zu misstrauen!« Holmes schüttelte missbilligend den Kopf. »Außerdem ist es eindeutig Betrug, für einen Diamanten eine falsche Provenienz anzugeben. Wie sind Sie nur zu dieser seltsamen Anstellung gekommen?«

Unser Gesprächspartner hatte sich durch den Themenwechsel wieder gefangen. »Durch eine Zeitungsanzeige natürlich. Oder was hatten Sie angenommen?«, antwortete er belustigt. »Sie lautete: Diamanten-Verkäufer mit seriösem Auftreten für die Dauer der Weltausstellung gesucht, gute Bezahlung, hohe Provision, Diskretion unerlässlich.«

»Verstehen Sie etwas von Diamanten?«, fragte Holmes, die Finger seines Gegenübers interessiert betrachtend.

»Selbstverständlich, Monsieur! Schließlich bin ich gelernter Goldschmied.« Die Empörung kam aus vollem Herzen.

»Aber Sie sind weder Russe noch ein Graf!«, erklärte Holmes im Tonfall eines Arztes, der eine unangenehme Diagnose formuliert.

Unser Gesprächspartner lächelte matt, bevor er sich die Hände anhauchte.

Auch meine Hände und Füße waren kalt und die Finger schon ganz steif.

»Doch, ich bin beides und zwar durch Adoption. Wie es dazu gekommen ist, geht Sie aber wirklich nichts an.«

»Deshalb wirkte Ihr russischer Akzent so authentisch«, stellte Holmes nüchtern fest. »Ich vermute, Sie sind von Hause aus Belgier und heißen eigentlich Niklas und nicht Nikolai?«

»Genau, ich bin ein Brüsseler Juwelier, der am Zarenhof sein Glück gesucht und gefunden hat. Aber wie ich vorhin schon sagte, geht Sie mein Vorleben nichts an.«

»Wenn Sie nur nicht in Russland die fatale Angewohnheit des Roulette-Spiels angenommen hätten, wären Sie wirklich ein Glückspilz«, bemerkte Holmes, sein Gegenüber mit einem tadelnden Blick bedenkend.

Der Graf zog ein bekümmertes Gesicht, aber er widersprach Holmes' Einschätzung nicht.

»Hat Ihnen der Anwalt eigentlich auch diesen aufgeweckten Diener vermittelt?«, fragte Holmes und blickte dabei auf das Lagerhaus, in das der schlaksige, junge Mann verschwunden war.

»Nein, den braven Burschen habe ich aus Russland mitgebracht.« Beschämt erinnerte ich mich daran, dass ich den Akzent des Dieners nicht hatte einordnen können. »Aber der dumm dreinblickende Wachmann mit dem brutalen Gesicht wurde von meinem Arbeitgeber eingestellt, um mich zu kontrollieren. Ihm würde ich ohne Weiteres einen Doppelmord zutrauen.«

»In Ihrem Ladengeschäft muss ja ein angenehmes Arbeitsklima herrschen«, bemerkte ich boshaft, während Holmes trotz der Dunkelheit etwas in sein Notizbuch schrieb.

Der Verkehr hatte sich mittlerweile fast völlig gelegt, aber bevor Holmes den Gesprächsfaden wieder aufnehmen konnte, donnerte eine Kutsche stadtauswärts über die holprige Uferstraße und verlangsamte plötzlich ihre Geschwindigkeit, als sie auf unserer Höhe angelangt war. Der Straßenstaub wirbelte unter den Rädern und den Hufen der beiden Zugpferde auf. Erschrocken duckte ich mich instinktiv und schaute mich vergebens nach einem Versteck um. Ich verfluchte Holmes' Angewohnheit, niemals eine Waffe bei sich zu tragen.

Ganz langsam bummelte die Kutsche an unserer am Straßenrand geparkten Droschke vorbei, hielt aber nicht an. Die Pferde scheuten leicht, als plötzlich der Kutscher die Peitsche schwang, die mehrfach knallte, und bald hatte die Dunkelheit das Fahrzeug wieder verschlungen. Aber ich war noch immer beunruhigt. War das Gespann wirklich zufällig zu dieser nächtlichen Stunde hier vorbeigekommen? Und warum hatte es gebremst? Fragend blickte ich Holmes an, doch auch er konnte nicht verbergen, dass er irritiert war. Ein scharfer Windstoß fegte über das freie Gelände und uns durch die Glieder. Fröstelnd vergrub ich meine eiskalten Hände in den Taschen meines Mantels.

»Wer war das?«, wisperte ich Holmes innerlich und äußerlich erschaudernd zu.

»Die belgische Polizei ist fähiger als ich dachte«, raunte Holmes zurück, bevor er sich schon wieder gefasst unserem

Gesprächspartner zuwandte, der Anstalten machte, sich klammheimlich zurückzuziehen.

»Graf Bulgakow.« Erstmals sprach Holmes den Namen ohne verächtlichen Unterton aus. »Sie haben uns jetzt schon so viel mitgeteilt, dass es auf den Namen des Mittelsmanns auch nicht mehr ankommt, zumal Sie sich sowieso bald einen neuen Arbeitsplatz suchen müssen. Wir werden nämlich in wenigen Tagen Ihren Arbeitgeber hinter Gitter bringen. Wenn Sie uns den Namen dieses Anwalts nicht nennen möchten, könnten Sie ihn uns vielleicht aufschreiben.«

Holmes überreichte seinem Gegenüber Notizblock und Bleistift. Nach kurzem Zögern kritzelte er einen Namen darauf und streckte seinen Arm aus, um Holmes sein Schreibzeug zurückzugeben. Aber Holmes hatte die Arme vor der Brust verschränkt und rührte keinen Finger.

»Ich benötige auch seine Anschrift. Natürlich kann ich sie mir auch anderweitig beschaffen, aber Sie könnten mir die Arbeit erleichtern, indem Sie die Adresse unter den Namen schreiben.«

Hinter dem Fenster im Erdgeschoss drehte man das Gaslicht wieder herunter.

»Wenn Sie meinem Arbeitgeber mitteilen, dass Sie diese Informationen von mir haben, werde ich abstreiten, Sie jemals außerhalb meines Ladens gesehen zu haben«, stieß der Graf in einer Mischung aus Beunruhigung und Ärger aus. Hastig schrieb er dann noch Straße und Hausnummer unter den Namen. Wahrscheinlich kam er Holmes' Aufforderung nur nach, um ihn endlich loszuwerden.

»Sie können sich auf unsere Diskretion verlassen«, meinte Holmes, riss den Zettel aus seinem Notizbuch und faltete ihn zusammen. »Es ist natürlich Ihre Sache, was Sie jetzt unternehmen, aber ich kann Ihnen nur raten, für ein paar Tage zu verreisen. Ein in die Enge getriebenes Tier kann gefährlich werden, und so verhält es sich auch mit den Verbrechern.«

»Guten Abend, meine Herren!«, brummte Graf Bulgakow und ließ uns einfach stehen.

Wir begaben uns wieder zu unserer Droschke, und Holmes fragte den Kutscher nach dem anderen Fahrzeug, das uns vorhin beunruhigt hatte, aber der Mann hatte in der Zwischenzeit vor sich hingedöst und nichts bemerkt.

Wenigstens logierten wir inzwischen in einem richtigen Hotel, wo man auch zur nächtlichen Stunde die Gäste einließ. Der Quartier-Wechsel war am Nachmittag reibungslos vonstatten gegangen. Die Wirtin der Pension Antonis van Dyck hatte keine Anstalten unternommen, uns umzustimmen und sich nicht einmal nach dem Stand unserer Ermittlungen erkundigt, wohl weil sie ihr Angebot, auf die Übernachtungsgebühr zu verzichten, inzwischen bereute. Trotz der Weltausstellung war es uns dann gelungen, zwei Zimmer in einem guten Hotel in Bahnhofsnähe zu finden.

»Warum hat der ominöse Besitzer des Edelsteins behauptet, sein grüner Diamant sei der King-Diamant? Wollte er den Wert seines Steins damit steigern?«, fragte ich, während wir die nächtliche Uferstraße entlangfuhren.

»Das war nur ein willkommener Nebeneffekt. Vor allem wollte er die wahre Herkunft des Diamanten verschleiern. Ein so seltener Stein kann nicht einfach aus dem Nichts auftauchen.«

»Ich hätte eine Geschichte erfunden, die weniger Aufsehen erregt«, wandte ich ein.

»Ja, unser Mann hat sicherlich eine dramatische Neigung«, bemerkte Holmes und schloss die Augen. Nur ein leichtes Zittern der Lider zeigte, dass er nicht schlief.

Aus der Ferne zeigte eine Turmuhr die neunte Stunde an, und ich rekapitulierte innerlich, was ich soeben erfahren hatte. Aber ich konnte die neuen Mosaiksteinchen nicht in ein Gesamtbild einfügen, denn jede Enthüllung von Holmes machte den Fall für mich nur noch undurchschaubarer.

22. Damme

Am nächsten Morgen schlief ich etwas länger, um mich von den Strapazen der vergangenen Nacht zu erholen. Als ich gegen neun Uhr an Holmes' Zimmer vorbeikam, waberte bereits blauer Dunst, der meine Bronchien reizte, heraus. Trotzdem klopfte ich an.

»Treten Sie ein, Mister Tristram!«, rief Holmes, der mich wohl am Einfallswinkel des Schattens, der durch den Türschlitz fiel, erkannt hatte.

Als ich die Tür seines geräumigen Hotelzimmers aufzog, fand ich Holmes auf einem der scharlachroten Ledersessel hockend vor, mit denen die Zimmer großzügig ausgestattet waren. Mit den Händen umfasste er seine knochigen Knie und starrte geistesabwesend auf einen vollen Aschenbecher, von dem erkaltender Rauch in Spiralen aufstieg. Offenbar hatte Holmes sich seit Tagen weder genug Schlaf, noch ausreichend Nahrung gegönnt: Sein Gesicht wirkte noch hagerer als gewöhnlich, seine Stirn war zerfurcht und sein Teint tendierte ins Gräuliche.

»Was wissen Sie über den belgischen Ort Damme?«, fragte er, nachdem er mich auf einen der anderen roten Sessel dirigiert hatte.

»Dort spielt der *Ulenspiegel*[22], der den Freiheitskampf der Flamen gegen die Spanier zum Thema hat«, entgegnete ich spontan und schaute mich kopfschüttelnd im Raum um, den Holmes in nur einem Tag völlig auf den Kopf gestellt hatte: Die Möbel standen schief, Zeitungen waren im Bett aufgeschichtet, Kleidungsstücke lagen auf dem Teppich herum,

[22] *La Légende de Thyl Ulenspiegel* von Charles Théodore Henri De Coster (München 1827 - Ixelles 1879).

eine Pfeife steckte zwischen den Tulpen eines Blumenstraußes und unter dem Fenster blubberte ein chemisches Experiment vor sich hin.

»Mich interessieren nützliche Tatsachen, wie die Einwohnerzahl, die Verkehrsanbindung an Brügge und dergleichen«, schnaubte Holmes, ungeduldig mit den Fingern auf der Stuhllehne herumtrommelnd.

»Dann dürfen Sie keinen Buchhändler fragen«, erwiderte ich, bevor mir einfiel, wo mir der Ortsname neulich untergekommen war. »Besitzt nicht Mister Darkwater eine Art Wochenendhaus in Damme?«

»Ja, so ist es! Das kleine, abgelegene Haus möchte ich ausnützen, um dem Mörder Herman Seghers eine Falle zu stellen.«

Ob unser Landsmann wusste, dass Holmes sein Refugium als Schlachtfeld für seinen Feldzug gegen das Verbrechen missbrauchen wollte? Der gesunde Menschenverstand sagte mir, dass die belgische Polizei mit den Informationen, die wir gesammelt hatten, ohne Gefahr für unser Leib und Leben den Mörder fassen konnte. Aber erstens war es unmöglich, Holmes zurückzuhalten, wenn er Blut gerochen hatte, und zweitens wollte ich nicht auf mein Honorar verzichten.

»Könnten Sie wenigstens die Freundlichkeit besitzen, mir mitzuteilen, wann Ihre Falle zuschnappen soll?«, erkundigte ich mich bescheiden. Derartige Fragen hatte ich mir weitgehend abgewöhnt, da Holmes sich nicht gern in die Karten schauen ließ. Umso größer mein Erstaunen, als er zumindest für seine Begriffe recht detailliert antwortete.

»Gestern Abend habe ich dem Anwalt, dessen Adresse uns Graf Bulgakow gegeben hat, eine Nachricht in den Briefkasten geworfen, in der ich den Köder ausgelegt habe. Übermorgen werden wir uns um zwei Uhr nachmittags überraschen lassen, wer sich in Mister Darkwaters Zweithaus einfindet«, verkündete Holmes und erhob sich von seinem Ledersessel.

Nachdem wir sein Gästezimmer verlassen hatten und mit dem schwerfällig rumpelnden Aufzug ins Parterre gefahren waren, steuerte Holmes zu meinem Befremden den Ausgang an.

»Wollen Sie nicht wenigstens einen Kaffee trinken?«, fragte ich ohne große Hoffnung, dass mein Vorschlag auf Gegenliebe stoßen würde.

»Dafür habe ich beim besten Willen keine Zeit«, entgegnete Holmes unwirsch und stapfte wortlos über den roten Teppich aus dem Hotel hinaus, ohne den höflich grüßenden Portier in seiner blauen Livree auch nur zu bemerken.

Erst am übernächsten Morgen sah ich Holmes im Frühstücksraum wieder, wo er mit einer Zeitung auf dem Schoß das Treiben auf der Straße durch das Fenster beobachtete. Am Vortag hatte er mir die Nachricht zukommen lassen, dass er an diesem Morgen den Zehnuhrzug nach Brügge zu nehmen gedachte. Die verbleibende Zeit war ich stundenlang herumgelaufen, hatte unnötige Besorgungen gemacht und dabei über das Finale unserer Verbrecherjagd nachgegrübelt. Wenn Holmes einen Fall aufklärte, verschwendete er keinen Gedanken an seine Sicherheit, aber ich hatte schließlich eine Familie, die meine Rückkehr in Florenz erwartete.

Ein schwacher Geruch von gemahlenem Kaffee stieg mir beim Betreten des Speiseraums in die Nase, der sich mit dem blumigen Parfüm der Damen am Nachbartisch mischte. Der frisch tapezierte, mit Wiener Kaffeehausstühlen und italienischen Marmortischen möblierte Raum zeigte, dass wir mittlerweile in einem exklusiven Hotel gelandet waren, das sich einen internationalen Anstrich zu geben suchte. Auch am Personal wurde nicht gespart: Eine Armee von Kellnern, vom

Oberkellner bis zum Pikkolo stand vor den Wänden, bereit auf einen Wink herbeizueilen. Aber trotz dieses Aufwands musste ich mir widerwillig eingestehen, dass ich mich in der Pension Antonis van Dyck mit den allgegenwärtigen geklöppelten Spitzendeckchen und dem fürwitzigen Personal wohler gefühlt hatte.

»Ist es nicht sträflich leichtsinnig, unbewaffnet die Konfrontation mit einem Mörder zu suchen?«, fragte ich, kaum dass ich mich Holmes gegenüber niedergelassen und ihm einen guten Morgen gewünscht hatte.

Als er sich vom Fenster abwandte, offenbarte Holmes' perplexer Blick, dass er in Gedanken Hunderte von Meilen entfernt gewesen war. »Keine Sorge, Doktor Peeters hat uns Waffen geliehen«, beruhigte er mich, aber sein Blick war noch immer etwas unkonzentriert.

Bei der Nennung des Namen Doktor Peeters stieg in mir das Bild der Maske auf, die sein Bruder ihm zum Geburtstag geschenkt hatte. »Hoffentlich sind es moderne Schusswaffen und keine afrikanischen Dolche!«

»Selbstverständlich«, entgegnete Holmes gelassen.

Ganz plötzlich kam mir ein schrecklicher Verdacht.

»Vielleicht gehörte die Waffe, mit der Herman Seghers ermordet wurde, Doktor Peeters?«

Holmes schüttelte vehement den Kopf. »Nein, ganz bestimmt nicht! Aber Sie brauchen sich keine Gedanken mehr wegen des Dolches zu machen. Ich weiß ganz genau, woher er stammt!«

»Also ist doch der Afrikaforscher der Mörder!«, erklärte ich begeistert und griff nach einem mit üppigem Zuckerguss überzogenen Gebäckstück in dem Brotkorb.

»Bart Cuypers wirkt nicht besonders scharfsinnig. Aber nicht einmal ihm traue ich zu, eine afrikanische Tatwaffe zu verwenden, die den Verdacht auf ihn selbst wirft, und diese Waffe dann noch am Tatort zurückzulassen.« Holmes räusperte sich, bevor er weiterredete. »Ich habe Kontakt mit Doktor Peeters aufgenommen, weil er Waffen sammelt.«

Einen Augenblick lang war ich sprachlos vor Bewunderung für seine Beobachtungsgabe. Das appetitlich aussehende Gebäckstück legte ich erst einmal auf meinen Teller. »Ich habe beim Besuch seines Hauses nichts dergleichen gesehen«, gab ich unumwunden zu.

»Das konnten Sie auch nicht, denn seine Waffenkammer befindet sich in einem gesicherten Kellerraum.«

»Das grenzt an Zauberei!«

Holmes blickte mich schelmisch an. »Das hat Doktor Peeters mir selbst erzählt. Ich kenne nämlich unseren Klienten von einem früheren Fall, der mich in die Niederlande geführt hatte.«

»Warum haben Sie mir das nicht gleich gesagt?«, fragte ich verärgert, denn langsam ging mir Holmes' Verschlossenheit zu weit.

»Um zu verhindern, dass Sie zu vertraut miteinander umgehen. Ich wollte nicht riskieren, dass Doktor Peeters sich in der Öffentlichkeit verspricht und mich mit meinem richtigen Namen anredet.«

Ein junger Kellner trat an unseren Tisch, brachte eine neue Porzellankanne frisch aufgebrühten Kaffee und schenkte mir ein. Während unsres Gesprächs hatte Holmes ab und zu an seiner Kaffeetasse geschlürft und lustlos auf einem Biskuit herumgekaut. Erst jetzt versuchte auch ich mein Gebäckstück. Aber leider hielt die Cremefüllung nicht, was der Zuckerguss versprach. Kein Wunder, dass Holmes nur einen einzigen Biskuit konsumiert hatte und diesen auch in ganz kleinen Dosen! Auch der Kaffee war nicht atemberaubend.

»Aber Doktor Peeters hat Sie bisher niemals bei der Arbeit beobachtet«, sagte ich, als der Kellner außer Hörweite war. Holmes bedeutete mir mit einer lässigen Geste, weiterzusprechen. »Die Deduktionen, die Sie aus seiner Arzttasche gezogen haben, trafen ihn völlig unerwartet. Außerdem war er damals noch kein niedergelassener Arzt. Sie sagten selbst, er habe ›unlängst‹ eine Praxis übernommen.«

»Das trifft alles zu.« Holmes' Stimme klang sachlich. »Doktor Peeters hat in Amsterdam für mich die genaue Todesursache eines Mordopfers festgestellt. Er machte damals Urlaub in den Niederlanden und arbeitete noch in einem Hospital.« Holmes stürzte den Inhalt seiner Kaffeetasse hinunter und zog dabei ein Gesicht, als ob es sich um einen billigen Wermut handelte. »Wir sollten jetzt aufbrechen. Sonst verpassen wir noch unseren Zug!«, ermahnte er mich dann zur Eile.

Fast hätte sich Holmes' Befürchtung bewahrheitet, denn diesmal wurde unser Zug auf die Minute pünktlich abgepfiffen.

In Brügge nahmen wir einen kleinen Imbiss zu uns, ehe wir mit einer Droschke zur dortigen Anlegestelle der Kanalboote fuhren. Nach Damme war es eine Fahrt von etwas mehr als vier Meilen, doch sie kam mir endlos vor. Auch Holmes' Verhalten war nicht dazu angetan, meine angespannten Nerven zu beruhigen: Während unser Boot auf dem schnurgeraden, pappelgesäumten Kanal gemächlich dahinschipperte, ging er ungeduldig an Bord auf und ab. Die einzigen anderen Fahrgäste waren eine amerikanische Familie mit zwei Kindern. Das Plätschern kleiner Wellen, die an die Bordkante schlugen, bildete das Hintergrundgeräusch für ihre lautstarke Unterhaltung. Das Familienoberhaupt, ein hochgewachsener, kräftiger Mann mit rotem Gesicht und spärlichem Haarwuchs, war ein passionierter Hobbyfotograf und verbrauchte auf der kurzen Fahrt einen gesamten Rollfilm. Mister Darkwater würde sich über diesen Anblick ärgern, dachte ich, rief mir aber ins Gedächtnis, dass sämtliche Damme-Besucher mit dem Kanalboot anreisten.

Endlich zeichnete sich die imposante Liebfrauenkirche vor uns ab. Sie erinnerte an die große Zeit Dammes, als es Stadtrechte besessen hatte und nicht nur Vorhafen von Brügge und Gent war, sondern auch das Weinhandelszentrum Flanderns. Im Spätmittelalter war es durch die Versandung der Meeresbucht Zwin in die Bedeutungslosigkeit versunken. Dieser Niedergang war auch an der Hauptkirche des Ortes abzulesen: Der mächtige Turm dieses stolzen Vertreters der Scheldegotik besaß keinen Helm, und die Kirche selbst war inzwischen auf das Mittelschiff reduziert.

Nachdem wir die Fähre verlassen hatten, wählte Holmes statt der Fahrstraße, die in den Ort führte, einen Weg, der im stumpfen Winkel von der Straße abbog. Dabei schritt er so zielstrebig aus, als ob er in Damme geboren wäre.

»Waren Sie schon einmal hier?«, fragte ich ihn und blickte mich argwöhnisch um, denn ich fühlte mich von den mit blauen Kitteln und schwarzen Mützen bekleideten Bauern beobachtet, die auf kleinen Feldern zu beiden Seiten des Wegs arbeiteten.

»Selbstverständlich habe ich das Terrain gründlich sondiert«, entgegnete Holmes konsterniert.

Bald ließen wir die Äcker hinter uns und erreichten sumpfiges Weideland, auf dem weiße Kühe mit sanften Augen zufrieden grasten. Die Luft war geschwängert vom Modergeruch des Morastes, aber trotzdem wäre es ein idyllischer Spazierweg gewesen, hätte uns nicht am Ende des Weges ein Mörder erwartet. Nach etwa zwanzig Minuten erreichten wir einen Hügel, auf dessen Kamm sich eine dieser typisch niederländischen Windmühlen erhob, die auch in Belgien weit verbreitet waren: ein Holzbau auf steinernem Fundament, der von einer drehbaren Turmhaube mit riesigen, kreuzförmigen Flügeln und einem kleinen Windrad bekrönt wurde.

Als Holmes den Weg verließ, erinnerte ich mich an Mister Darkwaters Bemerkung, dass er aus dem Fenster seines Zweithauses eine Windmühle sehen konnte. Der Wind zerzauste die kniehohen, mickrigen Büsche rechts und links des steinigen Pfades, der auf den Hügel führte, aber die Mühle regte sich nicht.

»Warum drehen sich die Windmühlenflügel nicht? Gehört das zu Ihrem Plan?«, fragte ich, während wir den steilen Hang hochstiegen. Schon erkannte ich am Ende des Pfads unser Ziel, einen hübschen, kleinen Ziegelbau neben der Mühle.

»Wir haben Sonntag«, meinte Holmes belustigt.

Ich hatte über die Ermittlungsarbeit jedes Zeitgefühl verloren. »Was für ein Pech für den Müller! An dem Wind hätte er seine Freude gehabt«, entgegnete ich scherzhaft, denn hier draußen wehte der Sturm uns fast die Hüte vom Kopf. Kein Wunder, dass es in der Region Tausende von Windmühlen gab! Vor Kälte zitternd schlug ich den Kragen meines Mantels hoch und steckte meine klammen Hände in die Taschen.

»Wir haben noch etwas Zeit uns umzusehen. Ich erwarte unseren Mann in einer Stunde«, erklärte Holmes, als wir endlich den Hügel erklommen hatten.

Das Haus unseres Landsmanns stand in einem Grundstück, das von einer niedrigen, verwilderten Hecke umgeben war, die mehrere ungesicherte Zugänge besaß. Wir gingen über die Wiese bis zu einer Veranda, an deren Stützmauern

Efeu rankte. Langsam umrundete Holmes mit zu Boden gesenktem Blick das Wohnhaus, und ich folgte ihm mit einem Schritt Abstand, damit ich keine Spuren verwischen konnte. Im hinteren Bereich des Gartens streckten einige knorrige Eichen ihre sperrigen Äste in die kühle Luft, sonst wuchsen auf dem Gelände nur saftig grüne Grasbüschel. Als wir wieder am Eingang angekommen waren, machte sich Holmes an der rot lackierten Haustür zu schaffen. Es dauerte nur wenige Sekunden, bis das Schloss mit einem lauten Klicken aufsprang.

Auf die Tür folgte eine Diele, die zwischen Küche und Wohnzimmer des winzigen Hauses vermittelte, die Schlafzimmer mussten sich im Obergeschoss befinden. Grobe Holzdielen bedeckten die Böden, zu denen die rustikalen Möbeln passten, die Mister Darkwater wohl vom Vorbesitzer des Hauses übernommen hatte. Obwohl an den Decken die Farbe abblätterte und in den Ecken Spinnweben hingen, strahlte das Haus eine heimelige Atmosphäre aus.

Die beiden hohen Fenster des Wohnzimmers waren mit zweiteiligen Läden gesichert, deren untere Hälften geschlossen waren. Im Raum war es klamm und muffig, als ob er seit Langem weder geheizt noch gelüftet worden wäre. Dicker Staub, der bei jedem Schritt über die Holzdielen aufwirbelte, hatte sich über die restlichen Möbel gelegt. Mein Blick blieb an einem Regal neben dem vorderen Fenster haften. Im spärlichen Licht der halb verdunkelten Fenster sahen die wenigen Bücher auf den Brettern so neu aus wie gerade angeschafft. Nach ihren Titeln zu schließen, hatte Mister Darkwater eine Vorliebe für Geheimnisse, Aberglaube und Okkultismus.

Holmes bedeutete mir, in der rechten Ecke des Raums Platz zu nehmen, wo hinter dem Kamin eine Sitzgruppe stand, die schlecht von der Tür aus einsehbar war.

»Wenn unser Besucher eintrifft, sagen Sie bitte nichts, bis ich ihn angesprochen habe«, instruierte er mich, nachdem er den Staub von der Sitzfläche seines Sessel geklopft hatte, und wir warteten schweigend, bis endlich die wurmstichige Standuhr in der Diele zweimal schlug.

Kaum war der Glockenschlag verklungen, knirschten die Kiesel des Gartenwegs unter dem entschlossenen Schritt eines Mannes, der ein bestimmtes Ziel hat. Holmes, der eben noch lethargisch auf seinem Stuhl gelegen hatte, sprang auf und hechtete hinter die Tür. Die Haustür wurde aufgerissen und knarrende Holzdielen kündigten unseren Besucher an.

Die Zimmertür öffnete sich mit einem leisen Knarren, und die von hinten erleuchtete Silhouette eines Mannes, der unter seinen Arm einen Gegenstand von der Größe eines Kissens geklemmt hatte, war zu sehen. Zögerlich betrat der Neuankömmling den abgedunkelten Raum. Die Silhouette des kleinen, plumpen Mannes kam mir vage bekannt vor, aber ich konnte ihn beim besten Willen nicht einordnen.

»Monsieur Darkwater?«, fragte er und schaute unbehaglich im Zimmer umher.

Die Stimme hatte ich schon einmal gehört, aber wo war das gewesen?

Da niemand antwortete, ging der Unbekannte noch ein paar Schritte, bis er die Sitzgruppe fast erreicht hatte. Als er mich sah, stieß er einen Aufschrei des Erstaunens aus. Aber ich brauchte einige Augenblicke, um ihn ebenfalls zu identifizieren. Als es mir gelang, war ich wie vor den Kopf gestoßen: Es war der Wirt der Pension Antonis van Dyck! Ich hatte ihn nicht gleich erkannt, da er glatt rasiert war.

Holmes war ihm geräuschlos gefolgt. Sein irritierter Gesichtsausdruck spiegelte wider, dass er ebenfalls nicht mit diesem Besucher gerechnet hatte. »Guten Tag, Monsieur Lambrecht! Wo haben Sie Ihren schönen, buschigen Schnurrbart gelassen?«, fragte er, und der Pensionswirt wirbelte herum.

Der Gegenstand unter seinem Arm entpuppte sich aus der Nähe betrachtet als verschnürtes Bündel.

»Meiner Frau gefiel der Bart nicht«, behauptete er und wischte sich mit dem Handrücken über die Stirn.

Sein rundes, selbstzufriedenes Bauerngesicht nahm einen gemeinen Ausdruck an. Zusammen mit dem Schnurrbart hatte er auch seine gutmütige Ausstrahlung verloren. Ich ärgerte mich, ihn niemals verdächtigt zu haben, denn dafür, dass er angeblich Touristen durch seine Heimatstadt führte, hatte er zu ziemlich unorthodoxen Zeiten die Pension verlassen. Im Nachhinein graute es mir bei der Vorstellung, mit einem Mörder unter einem Dach gelebt zu haben. Ob seine Frau mit ihm unter einer Decke steckte? Ich konnte es mir beim besten Willen nicht vorstellen.

»Aber ich wüsste nicht, was Sie das angeht!«

Unser Besucher bückte sich, als wollte er sich verstecken, warf aber Holmes, der neben ihm stand, blitzschnell das Bündel vor die Füße, und Holmes stolperte darüber.

Ich sprang von meinem Sessel hoch, um den Flüchtenden aufzuhalten. Ein stechender Schmerz schoss durch meinen linken Unterarm, und erst jetzt sah ich das Messer in seiner Hand. Erschrocken starrt ich auf meinen aufgeschlitzten Ärmel, sah aber aus den Augenwinkeln, dass der Pensionswirt bereits das Zimmer durchquert hatte und aus der Haustür floh. Blut sickerte aus der Wunde, ich wankte ins Badezimmer und öffnete den Wasserhahn. Aufgebracht schob ich den Ärmel hoch und hielt den Arm unter den Wasserstrahl.

Holmes hatte sich inzwischen wieder aufgerappelt und war mir gefolgt. »Die Wunde ist nicht tief«, sagte er erleichtert, nachdem er die Verletzung untersucht und mithilfe eines Taschentuchs rasch verbunden hatte.

Die Verarztung meines Arms hatte nicht mehr als eine Minute gedauert, aber als wir ebenfalls das Haus verlassen hatten, war der flüchtige Pensionswirt, so dachte ich, längst über alle Berge. »Die Polizei wird ihn fangen. Seine Flucht ist so gut wie ein Geständnis«, sagte ich halbherzig, aber Holmes schien mich nicht zu hören.

Mit seinen scharfen, grauen Augen musterte er die niedrigen, vom beständigem Sturm ausgedünnten Hecken, die das Grundstück umgaben. »Hier gibt es weit und breit keinen Busch, hinter dem man sich verstecken könnte. Er kann nur in die Windmühle geflüchtet sein«, murmelte er und hastete über die Wiese zu dem nur wenige Yards entfernten achteckigen, verschieferten Holzbau auf steinernem Fundament. Holmes rüttelten an der Klinke und riss die altersschwache Tür auf, die in den Unterbau führte. Wahrscheinlich hatte der Pensionswirt sie aufgebrochen.

Nervös runzelte ich die Stirn. Ich hatte gehofft, die Windmühle könnte abgeschlossen sein, denn ich war gar nicht darauf erpicht, sie zu betreten.

Drinnen herrschte schummriges Halbdunkel, nur zwei kleine Fenster mit dreckigen Scheiben ließen etwas Licht in den Innenraum, der völlig unmöbliert war. Muffige und abgestandene Luft schlug uns beim Eintreten entgegen, und der Widerhall unserer Schritte ließ den kahlen Raum mit den weiß gekalkten Wänden größer erscheinen als er war. Mehrere Dutzend prall gefüllter Mehl- und Kornsäcke waren entlang der linken Wand auf dem Lehmboden gestapelt, sonst war der Raum leer. Skeptisch betrachtete ich die schmale Treppe, die zum Obergeschoss führte. Dann wanderte mein Blick zu einem Sackaufzug, für den in der schmutzigen Decke ein rundes Loch ausgespart war.

»Hier ist niemand!«, erklärte ich im Flüsterton, mehr um irgendetwas zu sagen, so bedrückend war die Atmosphäre im Raum.

»Aber wir sind auf der richtigen Spur«, entgegnete Holmes und deutete auf die Stufen der mit Mehlflecken übersäten Treppe.

Mein Blick folgte seinem ausgestrecktem Finger, und nun erkannte auch ich die Abdrücke der groben Schuhe des Pensionswirts im Mehl. Mit einem unguten Gefühl im Magen bemerkte ich, dass Holmes Anstalten machte, die Treppe zu erklimmen.

»Sollen wir wirklich da hochsteigen? Früher oder später muss er freiwillig wieder herunterkommen«, gab ich zu bedenken, obwohl ich wusste, dass ich Holmes nicht von seinem selbstmörderischen Vorhaben abbringen konnte.

Er reckte seinen Hals nach oben und formte mit seinen langen, nervösen Händen einen Trichter vor dem Mund. »Monsieur Lambrecht! Sie haben keine Chance zu entkommen! Wir sind in der Überzahl und bewaffnet«, rief er mit lauter Stimme den Lichtschacht hinauf.

Mit angehaltenem Atem warteten wir ein paar Sekunden lang, aber von oben drang kein Mucks zu uns. Die Stille war fast unerträglich.

»Können Sie damit umgehen?«, fragte Holmes mit gedämpfter Stimme und präsentierte mir einen schartigen Revolver, den er in seiner linken Rocktasche verstaut hatte.

Zwar maßte ich mir nicht an, ein Waffenexperte zu sein, doch für meinen Laiengeschmack sah die Handfeuerwaffe aus, als ob Doktor Peeters Vorfahren damit vor zweihundert Jahren die Spanier bekämpft hätten. »Einigermaßen, aber ich bin kein Meisterschütze«, gab ich zögerlich zu, obwohl sich alles in mir dagegen sträubte, von der Waffe Gebrauch zu machen. Warum rief Holmes nicht die Polizei? »Sie erwarten aber doch hoffentlich nicht, dass ich Herrn Lambrecht damit über den Haufen schieße? Ich habe keine Lust, ihm im Gefängnis Gesellschaft zu leisten!«, entfuhr es mir dann.

Holmes schüttelte den Kopf wegen meiner heftigen Reaktion.

»Natürlich nicht! Sie sollen nur hier unten warten und den Pensionswirt aufhalten, falls er zu entwischen sucht.«

Holmes spannte den Hahn und überreichte mir dann den Revolver, den ich ohne große Begeisterung entgegennahm. Während Holmes mit wachsamer Miene die Stufen der Holztreppe hinaufstieg, positionierte ich mich mit der Waffe am Treppenabsatz.

Es verstrichen mehrere Minuten in qualvollem Lauschen. Über mir hörte ich Schritte, knarrende Leitern, und ab und zu scharrende Geräusche, aus denen ich mir keinen Vers machen konnte. Sie waren nur mit Mühe vom Knarren des Holzes zu unterscheiden, das der Wind produzierte, der offenbar stärker geworden war. Unweigerlich musste ich an die Geschichten vom Klabautermann auf alten Segelschiffen denken.

Plötzlich ertönte Gepolter, gefolgt von wütenden Stimmen. Ob oben in der Windmühle ein Kampf stattfand? Bevor ich mich durchgerungen hatte, trotz meines verletzten Arms Holmes zu Hilfe zu eilen, war der Tumult auch schon zu Ende. Ich hörte die barsche Stimme des Pensionswirtes, und ein eisiger Schauer durchfuhr mich. War Holmes noch am Leben? Andererseits, mit wem sollte Herr Lambrecht sonst gesprochen haben?

»Mister Tristram! Gehen Sie bitte augenblicklich in den Ort zurück und holen Sie den Dorfpolizisten«, rief mir Holmes im selben Augenblick laut durch den Schacht des Mehlaufzugs zu.

»Halten Sie durch, ich hole Hilfe!«, schrie ich durch das Treppenhaus zurück, zögerte aber noch einen Augenblick. Hin- und hergerissen zwischen dem Wunsch, mich in Sicherheit zu bringen und dem Gefühl, dass ich hier gebraucht wurde, obsiegte schließlich das Pflichtbewusstsein. Immerhin war ich mit einem Revolver bewaffnet, während der Gegner nur ein Messer besaß. Aber warum hatte Holmes nicht geschossen, obwohl er offenbar bedroht wurde? Ich schob diesen quälenden Gedanken beiseite und eilte zwei schmutzige Stufen auf einmal nehmend die Treppe zum Galerieboden des Unterbaus hoch. Weitere Mehlsäcke lagen auf dem mit Holzbohlen belegten Boden des schäbigen Raums mit den unverputzten Wänden herum.

»Sie sind offenbar dafür zuständig, für Mister Darkwater die Drecksarbeit zu erledigen, aber hat er Ihnen tatsächlich den Auftrag gegeben, Herman Seghers zu ermorden?«, dröhnte Holmes' Stimme von oben, während ich die zweite Treppe in Angriff nahm. Da ich nicht wusste, wo sich die beiden Männer befanden, schlich ich diesmal die knarrenden Holzstufen auf Zehenspitzen hinauf.

»Das war eine unschöne Sache! Aber niemand hat den jungen Burschen geheißen, den Juwelier betrunken zu machen und dann in die Schelde zu stoßen. Er sollte ihm nur klarmachen, dass wir uns nicht erpressen lassen. Danach hat er kalte Füße bekommen, und ich musste ihn aus dem Verkehr ziehen. Sonst hätte er uns alle verraten«, antwortete Herr Lambrecht ohne Bedauern. Der gutmütige, joviale Pensionswirt war nicht wiederzuerkennen. »Aber ich wüsste eigentlich nicht, was Sie das angeht.«

Mir graute vor dem stechwütigen, in die Enge getriebenen Mörder, dem ich entgegenkletterte. Verzweiflung packte mich bei dem bloßen Gedanken. Warum tat ich mir das an?

Aber wie von einer fremden Macht gesteuert stieg ich weiter, wenn auch mit schlotternden Knien. Noch ein paar bedächtige Schritte und ich erreichte den Mehlboden genannten Abschluss des steinernen Unterbaus, wo ein vertikales Rohr knapp über einem Mehlsack endete. Hier war die Luft noch muffiger und staubiger als im Untergeschoss und leider endete hier auch die bequeme Treppe. Nur mit Leitern konnte man in die Zwischenböden des Holzbaus der eigentlichen Mühle gelangen.

»Daraufhin haben Sie Jan Seghers in den Beginenhof gelockt und ihn dort mit einem Dolch erstochen, den Sie im Haus von Mister Darkwater haben mitgehen lassen«, sagte Holmes, und es gefiel mir nicht, dass die Stimmen noch immer von weither kamen, denn mit jedem Geschoss wurde die Mühle unübersichtlicher. »Ich habe lange darüber nachgedacht, wie Sie unbemerkt den Beginenhof betreten und verlassen konnten. Aber mein Kollege Mister Tristram hat mich mit der Vermutung, eine Begine könnte den Mord begangen haben, auf die richtige Spur gebracht. Niemand hat sich an Sie erinnert, da Sie eine Beginentracht trugen.«

Seit wann war Holmes so gesprächig und enthüllte Details seiner Ermittlungsarbeit? Und seit wann gab er zu, fremde Ideen aufgegriffen zu haben? Ganz plötzlich begriff ich, dass er versuchte, Zeit zu schinden, bis ich Hilfe geholt hatte! In welcher Gefahr mochte er schweben? Einen Augenblick lang erwog ich umzukehren, aber ich brachte es nicht über mich. Ich wischte meine vor Aufregung schweißnassen Hände an der Hose ab, steckte meine Waffe in die Rocktasche und begann die alterschwache Leiter hinaufzuklimmen. Ihre rauen Sprossen ächzten erbärmlich, doch ich hoffte, dass dies in den mannigfaltigen Geräuschen unterging, die der Holzbau produzierte.

Nur nicht nach unten schauen, ermahnte ich mich, denn die Leiter begann zu schwanken, und mich überkam ein Schwindelgefühl.

»Aber da gibt es etwas, was ich nicht verstehe«, begann Holmes in einem übertrieben neugierigen Tonfall. Er sprach nicht besonders laut und trotzdem konnte ich ihn mühelos verstehen. »Woher hatten Sie dieses Gewand?«

Mein verletzter Arm, den ich vor Aufregung fast vergessen hatte, begann zu schmerzen. Aber ich wagte nicht, die Wunde zu inspizieren, denn dabei hätte ich hinunterschauen müssen. Mit aller Energie, die ich aufbringen konnte, straffte ich meine Schultern und zwang mich weiterzuklettern.

»Natürlich nicht aus dem Antwerpener Beginenhof. Das hätte die Polizei sofort herausgefunden.« Die Stimme des Pensionswirts klang anmaßend und eitel. »Aber auch in Brügge gibt es einen Beginenhof. Ich habe dort behauptet, dass meine verwitwete Nichte den Wunsch hätte, Begine zu werden, und man hat mir ohne weiteres den Namen des Schneiders genannt, der die Tracht herstellt.«

Mittlerweile hatte ich das erste Zwischengeschoss erreicht. Angespannt registrierte ich, dass die Stimmen vom Zwischenboden über mir kamen. Mein Blick wanderte zu der Bandage an meinem Arm, und ich stellte erleichtert fest, dass die Wunde, die Holmes mit einem festen Verband verarztet hatte nicht wieder zu bluten begonnen hatte.

Lichtstrahlen fiel durch die Ritzen der Holzkonstruktion und ließen den Mehlstaub in der stickigen Luft tanzen. Auf dem Weg zur nächsten Leiter beäugte ich besorgt die beiden riesigen Zahnräder, die an der Decke ineinandergriffen und die auf dem Fußboden stehenden Mühlräder betätigen sollten. Der ganze Mechanismus sah ziemlich gefährlich aus. Hoffentlich kam der Pensionswirt nicht auf die Idee, ihn in Gang zu setzen!

Vorsichtig erklomm ich die erste Sprosse der Leiter, bemüht meine Schritte zu dämpfen.

»Mister Darkwater sagt, Sie kannten Herman Seghers aus dem Gefängnis?«

Die Antwort des Pensionswirts verstand ich nicht mehr, da mich der Versuch, möglichst wenig Geräusche zu produzieren, völlig in Anspruch nahm. Die Leiter schwankte noch stärker als ihre Vorgängerin, und mein Magen meldete sich. Trotzdem arbeitete ich mich Sprosse für Sprosse hoch und hörte dabei zumindest Bruchstücke des folgenden Dialogs: »Ich hätte das Gewand verbrennen sollen, aber meine Frau war überall zugleich.«

»Um den Verdacht auf Bart Cuypers zu lenken, verwendeten Sie eine afrikanische Waffe. Aber Sie haben einen schweren Fehler begangen. Derartige leicht gebogene Dolche habe ich in Khartum gesehen. Sie sind im Sudan sehr gebräuchlich, während die Waffen am Kongo völlig anders aussehen.« Holmes' Stimme war immer lauter geworden.

»Keine Ahnung, woher der Dolch kommt! Monsieur Darkwater hat ihn mir gegeben.«

»Er würde keinen Gegenstand verschenken, der seinem Bruder gehört hat.« Holmes klang geradezu inquisitorisch.

»Er hat nichts dergleichen erwähnt.«

»Waren Sie es, der meinen Kollegen, Mister David Tristram, vor Ihrer Pension niedergeschlagen hat?«

Die Frage kam – zumindest für mich – unerwartet.

»Selbst dran schuld, wenn er überall seine Nase hineinstecken muss«, knurrte der Pensionswirt zurück.

Dann herrschte einen Augenblick lang Schweigen. Ich hatte fast das Ende der Leiter erreicht und wagte nicht weiterzusteigen, da man mich unweigerlich hören würde. Inständig hoffte ich, dass endlich jemand etwas sagen möge.

Mein Herz klopfte schmerzlich gegen meinen Brustkorb, und ich begann am ganzen Köper zu zittern. Im Geiste zählte ich die Schritte, die ich bis zur nächsten Etage noch benötigte.

»Soweit ist mir alles klar, aber es gibt noch eine Sache, die mich interessiert. Haben Sie auch Herman Seghers Begleiterin umgebracht?«

Als Holmes endlich weitersprach, brachte ich schnell zwei Stufen der schwankenden Leiter hinter mich und konnte fast den zweiten Zwischenboden einsehen. Krampfhaft umklammerte ich die nächste Sprosse und schob mich das letzte Stück nach oben. Mit angehaltenem Atem lugte ich über die Holzdielen und war einen Moment lang geschockt über das Bild, das sich meinen Augen bot. Auf dem Fußboden lag eine mehrere Inch dicke Mehlschicht, die Luft war staubgeschwängert, und auch die Kleidung der beiden Männer mit Mehl bedeckt. Sie standen einander gegenüber: Holmes mit der gespannten Pistole auf seinen Gegner zielend und der mir den Rücken zuwendende Pensionswirt, mit dem blitzenden Messer in der Faust.

»Warum musste Herman Seghers das Mädchen mitbringen? Ich hatte meine liebe Not, meiner Frau weiszumachen, sie sei seine Schwester. Leider ist sie verschwunden! Ich wüsste zu gern, wo sie steckt.«

Ich zwang mich, so flach wie möglich zu atmen, während ich mich mit klopfendem Herzen weiter hoch schlich, bis ich endlich die oberste Sprosse erreichte.

»Das kann ich mir vorstellen«, erklärte Holmes und sah mich ohne das geringste Zeichen von Überraschung an. Neben ihm lag ein unordentlicher Haufen leerer Mehlsäcke.

Blitzschnell zog ich meine Pistole aus der Tasche und umklammerte sie mit beiden Händen. »Hände hoch!«, rief ich mit vor Aufregung zitternder Stimme und richtete den Pistolenlauf auf den Rücken des Pensionswirts.

Er wirbelte herum, und im gleichen Augenblick schlug ihm Holmes mit dem Kolben seines Revolvers auf den Kopf. Mit einem erstickten Schrei sackte er langsam auf die mit Mehl bedeckten Dielenbretter.

»Ich hatte schon befürchtet, den ganzen Tag mit diesem schrecklichen Menschen plaudern zu müssen«, sagte Holmes nonchalant und klopfte sich das Mehl von der Kleidung.

»Warum haben Sie nicht geschossen? Hat Ihre Waffe nicht funktioniert?«, fragte ich.

Jedem anderen hätte ich Vorwürfe gemacht, mich mit meinem verletzten Arm die gemeingefährlichen Leitern hochgelockt zu haben. Mein Blick streifte zufällig die Dachluke und ich bemerkte, dass man von hier oben eine grandiose Aussicht auf die Landschaft hatte.

»Herr Lambrecht hat mir eine Falle gestellt. Er hat überall Mehl verschüttet, damit ein Schuss eine Mehlstaubexplosion auslösen würde«, erwiderte Holmes, während er unseren bewusstlosen Gefangenen auf den Bauch rollte und ihm mit dem Strick eines der geleerten Mehlsäcke die Arme auf dem Rücken fesselte. Wir schleiften den Bewusstlosen zum Sackaufzug, ließen ihn hinab und erst als wir unten angelangt waren, kam er wieder zu sich.

»Sie werden keine Gelegenheit haben, auch die junge Frau zu ermorden. Denn Sie werden uns jetzt in den Ortskern zu einem Dorfpolizisten begleiten, dessen Karriere es sehr förderlich sein wird, einen veritablen Mörder zu verhaften.«

Mit unserem Gefangen, der noch immer sehr mitgenommen wirkte und keine weiteren Fluchtversuche unternahm, schritten wir den Hügel hinunter ins Ortszentrum von Damme. Unterwegs schloss sich uns eine laut johlende Bande von Jungs mit schmutzigen Füßen an, und bald gaffte der halbe Ort aus dem Fenster.

23. Der Roman

Die Polizeistation befand sich am Marktplatz neben dem gotischen Rathaus, das mit seiner doppelläufigen Freitreppe Zeugnis vom ehemaligen Glanz des kleinen Orts ablegte. Vor dem Eingang des kleinen, weiß getünchten Hauses warteten zwei moderne, schwarze Kutschen, die ich in dem kleinen Ort nicht erwartet hätte.

Ohne die Fahrzeuge eines Blickes zu würdigen, riss Holmes die Tür des Verwaltungsgebäudes auf und schob unseren Gefangenen durch eine schlecht beleuchtete Diele, in der ein Abreißkalender das Datum des vergangenen Freitags anzeigte, in die dahinterliegende Amtstube hinein. Die Möblierung des kleinen Raums bestand aus einem altmodischen Aktenschrank, einem abgenutzten Schreibtisch, auf dem eine Batterie von Stempeln aufgebaut war, und zwei Stühlen. Hinter dem Tisch saß der biedere Dorfpolizist, auf den ich innerlich vorbereitet war. Außerdem standen vier weitere Männer in der winzigen Stube herum. Wie ich mit Missfallen bemerkte, waren es der grünäugige Kommissar aus Brüssel in Begleitung dreier jüngerer Polizisten, die ihn beide um eine Handspanne überragten. Das ungleiche Quartett musste sich nicht zuletzt deshalb mit Stehplätzen begnügen, da es in der Amtsstube nicht genügend Stühle gab.

Als wir eintraten, mühte sich der kleinwüchsige Kommissar gerade damit ab, das schief hängende Porträt des belgischen Königs an der Rückwand der Amtsstube zu justieren, was ihm aber nicht gelang, weil der Haken nicht akkurat in der Mitte des Bildes angebracht worden war. Dabei schaute ihm einer seiner Assistenten über die Schulter, der sich offenbar seinen Vorgesetzten zum Vorbild genommen hatte, denn er war übertrieben elegant gekleidet und trug die gleiche manierierte Barttracht wie der Kommissar.

»Guten Tag, meine Herren! Das ist Herr Lambrecht, der in Antwerpen den jungen Herman Seghers erstochen hat! Er hat das Verbrechen vor zwei Zeugen gestanden«, verkündete Holmes herablassend und vermied dabei demonstrativ jeden Blickkontakt mit dem Kommissar, sondern richtete seine Worte an den untersetzten Mann mit Halbglatze hinter dem Schreibtisch, der sich in der überfüllten Stube sichtlich unwohl fühlte.

»Wir werden den Mann nach Antwerpen überführen. Dort wird er vor Gericht gestellt«, mischte sich der kleine Kommissar mit der merkwürdigen Kopfform ein und gab seinem jüngeren Doppelgänger ein Zeichen, das dieser mit einem Kopfnicken beantwortete.

Während die Brüsseler Polizisten dem Pensionswirt Handschellen anlegten und ihn dann abführten, glitt der Blick des Kommissars über die derangierte Kleidung des Gefangenen, ein Anblick, der ihm offenbar körperliche Schmerzen zufügte. Er hatte versäumt, uns seinen Leuten vorzustellen, aber die neugierigen Blicke, mit denen man uns beim Eintreten angestarrt hatte, zeigten, dass die Ordnungshüter wussten, wer wir waren.

»Falls Sie unsere Zeugenaussagen benötigen, wir logieren im Hotel Britannique in Antwerpen«, brummte Holmes und machte Anstalten, die Stube zu verlassen.

»Ich gebe zu, Sie sind zu denselben Ergebnissen gelangt wie ich«, erklärte der kleine Mann und zwirbelte seinen Schnurrbart wie ein Schurke aus dem Vorstadt-Theater. »Aber Sie haben sich einiger Mittel bedient, die ich als Polizist nicht gutheißen kann.«

Holmes zuckte gleichgültig mit den Schultern.

»Und mir stand nicht wie Ihnen der gesamte belgische Polizeiapparat zur Verfügung.«

»Ich muss mein Büro nicht verlassen, um einen Fall zu lösen«, widersprach der grünäugige Kommissar selbstgefällig und tippte sich dann mit dem Finger an seinen eiförmigen Kopf. Auf seinem Gesicht ruhte ein gewohnheitsmäßiges Gefühl der Überlegenheit. »Sondern ich verlasse mich dabei ausschließlich auf meine kleinen, grauen Zellen. Ich muss keine Tatwaffe sehen, um einen Mörder zu fassen. Dank meiner Intelligenz habe ich den Diebstahl des grünen Diamanten aufgeklärt und dafür gesorgt, dass Bart Cuypers aus dem Gefängnis entlassen wird.« Verglichen mit seinem überbordenden Selbstbewusstsein war Holmes' Gebaren geradezu ein Musterbeispiel britischen Understatements, weshalb er auch auf einen Kommentar verzichtete. »Als die Brügger Kollegen Fitzroy Darkwater verhaftet haben, stritt er übrigens vehement ab, etwas mit den beiden Morden zu tun zu haben.«

»Das können Sie ihm ruhig glauben«, meinte Holmes, sein Gegenüber wie einen seltenen Vogel musternd. Wahrscheinlich wäre Holmes imstande gewesen, anhand dessen übertrieben eleganter Garderobe das Leben des Belgiers seit seiner Einschulung zu rekonstruieren. »Ich kam in die Amtsstube, um Herman Seghers Mörder der Polizei zu überstellen. Da ich Sie hier aber nun einmal antreffe, wäre ich Ihnen sehr verbunden, wenn Sie meine Neugier befriedigen und mir mitteilen könnten, was Sie über Mister Darkwaters Vorleben herausgefunden haben«, fügte Holmes dann hinzu, vorsichtig eine direkte Frage vermeidend. »Bisher weiß ich nur, dass er der Erbe eines Industriellen ist, der mit seinem aufwändigen Lebensstil in wenigen Jahren den größten Teil seines Vermögens durchgebracht hat, aber später in den Kolonien wieder zu Wohlstand gelangt ist.«

Der Kommissar strich sich bedächtig durch das pomadisierte Haar, bevor er antwortete. »Nachdem er sein Erbe verschleudert hatte, nahm Fitzroy Darkwater eine Stelle als Verwalter einer südafrikanischen Diamantenmine an, die einem Freund seines Vaters gehörte. Seine Vertrauensstellung missbrauchte er, indem er Edelsteine unterschlug, darunter einen grünen Rohdiamanten von seltener Reinheit. Er behauptete dann, in der Lotterie gewonnen zu haben, und kündigte seine Stellung.«

Unwillkürlich kam mir die Goldmine in den Sinn, in der ich in meiner Jugend gearbeitet hatte. Sicherheitskräfte hatten die Bergleute nach dem Ende der Arbeit von Kopf bis Fuß untersucht und auch tagsüber gab es ständig Kontrollen.

»Er muss Komplizen besessen haben«, unterbrach ich spontan die Ausführungen des Kommissars. »Ein Einzelner kann nichts aus einer Diamantenmine schmuggeln, noch nicht einmal der Verwalter.«

»Haben Sie sich nicht bereits gedacht, dass sein Komplize ein guter alter Bekannter von uns ist?«, fragte Holmes verärgert über die Störung und über meine lange Leitung.

»Herr Lambrecht, der Pensionswirt?«

Holmes nickte und ergänzte den Bericht seines Konkurrenten: »Aber Mister Darkwater hatte ein großes Problem: Er konnte den Edelstein nicht offiziell zum Verkauf anbieten, ohne den Argwohn seines früheren Arbeitgebers zu erwecken, und auf dem Schwarzmarkt ist ein derart exzeptionelles Stück nicht zu verkaufen. Daher ließ Mister Darkwater den grünen Diamanten nach dem Vorbild des legendären King-Diamanten schleifen und heuerte einen verarmten russischen Grafen als Verkäufer an. Aus Vorsicht verkehrte er aber nur über einen Mittelsmann mit ihm.«

»Ich hatte zuerst Monsieur Darkwater in Verdacht, als Begine verkleidet Herman Seghers ermordet zu haben.

Psychologisch gesehen ist er ein Mensch, der zu allem fähig ist«, sinnierte der Belgier.

»Sie hätten auf die Schuhgröße achten sollen. Die Lehmspuren auf dem Boden der Kirche zeigten, dass der Täter größere Füße hatte als unser Landsmann«, erwiderte Holmes schulmeisterlich auftrumpfend. »Man muss immer zuerst auf die Hände achten, dann auf die Ellbogen, die Knie und mit besonderer Sorgfalt auf die Schuhe.«

»Derartige Indizien haben schon manchen Unschuldigen an den Galgen gebracht«, bemerkte der kleine Mann, der mich zunehmend an einen predigenden Pfarrer erinnerte, todernst.

»Nicht, wenn ich sie analysiert habe«, entgegnete Holmes lapidar.

»Mit Verlaub, Monsieur, Ihre Vorgehensweise ist veraltet. Heutzutage werden Kriminalfälle nicht allein durch Spurensuche gelöst«, kommentierte der Belgier und deutete anklagend auf meinen bandagierten Arm.

»Da wäre nicht geschehen, wenn Sie Herrn Lambrecht vorher verhaftet hätten. Ich möchte nicht unhöflich erscheinen, aber nicht Sie haben mit Ihren neuen Methoden den Mörder von Herman Seghers in Gewahrsam genommen, sondern ich mit den meinigen. Während dessen haben Sie seelenruhig die Polizeistube aufgeräumt und mich beschatten lassen«, stellte Holmes richtig und schaute sich mit skeptischem Gesichtsausdruck in dem Büro um, in dem sich alle Gegenstände akkurat im rechten Winkel zueinander befanden.

»Ein ordentlicher Raum korrespondiert mit einem ordentlich funktionierenden Gehirn«, konstatierte der Belgier ungerührt. »Es war nur noch eine Frage der Zeit, bis wir den Pensionswirt überführt hätten. Wir waren ihm bereits auf der Spur.«

Während die beiden Ermittler noch die Überlegenheit ihrer jeweiligen Methode herauszustellen versuchten, kam der Assistent des Kommissars zurück und raunte seinem Vorgesetzten etwas ins Ohr. Amüsiert beobachtete ich, dass er das betont würdevolle Auftreten des Kommissars nachahmte. Dieser machte eine einladende Handbewegung in Richtung Tür.

»Draußen stehen zwei Polizeidroschken, *mes amis*! Wir können Sie gern nach Antwerpen mitnehmen.«

»Das ist sehr freundlich von Ihnen! Es reicht aber, wenn Sie uns in Brügge absetzen. Wir möchten uns dort die Madonna von Michelangelo ansehen«, entgegnete Holmes reserviert.

Der Blick, mit dem der grünäugige Kommissar uns daraufhin bedachte, ließ keinen Zweifel daran, dass er alle Engländer für spleenig hielt.

Holmes verabschiedete sich mit ausgesuchter Höflichkeit von dem Dorfpolizisten, und wir verließen mit den Brüsseler Ordnungshütern die Polizeistation. Draußen warteten wir ab, in welche Droschke der Kommissar einstieg, und entschieden uns dann für die andere, was auch den Vorteil mit sich brachte, dass wir nicht zusammen mit dem Gefangenen reisen mussten.

»Mich hat doch sehr irritiert, dass der Pensionswirt vermutet hat, Sie würden für Mister Darkwater arbeiten. Was genau stand in der Nachricht, die Sie dem Anwalt haben übermitteln lassen?«, erkundigte ich mich leise auf Englisch, während wir die Landstraße neben dem schnurgeraden Kanal mit seinem pappelgesäumten Ufer entlangfuhren.

»Kommen Sie bitte übermorgen um zwei Uhr zum gewohnten Treffpunkt und bringen Sie das Beginengewand mit. Unterzeichnet Fitzroy Darkwater.«

»Der Pensionswirt hat die Handschrift seines Arbeitgebers nicht wiedererkannt?«, fragte ich erstaunt.

»Nach meiner Devise: *Wenn man alles Unmögliche ausschließt, ist das, was übrig bleibt, die Wahrheit,* bin ich zu dem Ergebnis gekommen, dass Mister Darkwater das Gutachten selbst geschrieben hat. Die Tatsache, dass Herr Lambrecht auf mein Imitat der Schrift unseres Landsmanns hereingefallen ist, hat diese Theorie bestätigt.« Holmes schaute mich von der Seite an. »Sie haben mich übrigens mit Ihrer Vermutung, eine Begine könnte die Mörderin sein, auf die richtige Spur gebracht.« Sein Tonfall ließ keinen Zweifel daran, wie abwegig er meine Idee fand.

»Es freut mich, wenn ich behilflich sein konnte«, brummte ich vor mich hin.

Nur wenige Minuten später erreichten wir die Außenbezirke von Brügge, was mir erst richtig ins Bewusstsein brachte, wie langsam unser Boot auf dem Kanal vorangekommen war. Beide Kutschen steuerten den Marktplatz an und hielten vor der Lakenhall mit dem imposanten Belfried. Nachdem wir ausgestiegen waren, schlenderten wir anstandshalber zur Kutsche der Kommissars, der bereits den Schlag aufgerissen hatte und ausgestiegen war.

»*Au revoir*, Messieurs!«, verabschiedete er sich, zögerte einen Augenblick und wandte sich mit einem säuerlichen Gesichtsausdruck an Holmes. »Monsieur Sigerson! Es war mir ein ausgesprochenes Vergnügen, Sie kennen gelernt zu haben. Gern würde ich unser Gespräch von vorhin bei einem guten Essen fortsetzen.«

»Leider werde ich in wenigen Tagen in meine Heimat zurückkehren«, entgegnete Holmes, und obwohl ich das bereits wusste, verstimmte mich die Auskunft. »Grüßen Sie bitte Kommissar Jules Cauveleart aus Antwerpen von mir und richten Sie ihm aus, dass die Analyse der Partikel, die ich von der Mordwaffe abgeschabt habe, beendet ist. Wie der

Amtsarzt bereits vermutet hatte, habe ich darin Schlangengift gefunden. Aber ich konnte auch den Saft einiger gefährlicher Wolfsmilchgewächse isolieren, sowie den der Zwiebel von Haemanthus toxicarius, die, wie der Name schon verrät, ebenfalls giftig ist. Dieser Giftcocktail wird von Buschleuten in der Kalahari hergestellt und er ist noch stärker als das südamerikanische Pfeilgift Curare. Herr Lambrecht wird eine Probe davon aus Südafrika mitgebracht haben.« Wahrscheinlich gab Holmes das Ergebnis seiner Experimente nur weiter, um den belgischen Kommissar zu ärgern.

Dieser quittierte die Ausführung mit einem verbindlichen Lächeln, so wie man sich bedankt, wenn man sich nach dem Weg erkundigt hat. »Ich werde es zu Protokoll geben«, erklärte er und strich sich liebevoll über den gewaltigen Schnurrbart. »Ich wünsche Ihnen eine gute Heimreise, Monsieur Sigerson! Gern würde ich bei Gelegenheit einen Gegenbesuch machen, wenn nur diese abscheuliche Überfahrt über den Ärmelkanal nicht wäre!«

Holmes ermunterte den Belgier nicht, seine kindische Furcht zu überwinden, sondern wünschte ihm ziemlich frostig einen guten Tag, und auch ich verabschiedete mich schnell. Der grünäugige Kommissar sah uns an, als wollte er noch etwas sagen, stieg aber dann doch hastig in die Droschke ein, und der Kutscher knallte mit der Peitsche.

Wortlos blieben wir stehen, bis die beiden Polizeikutschen davongepoltert waren. Dann murmelte Holmes etwas von »bleiben wo der Pfeffer wächst« vor sich hin, und wir suchten die nächste Arztpraxis auf, wo ich meinen Arm professionell verbinden ließ.

Am nächsten Abend saßen wir mit Doktor Peeters, der aus Brüssel angereist war, bei einem Glas Trappistenbier in der Hotelbar beisammen. Holmes, der wie üblich von dickem

Tabakrauch umgeben war, rekapitulierte die Aufklärung der beiden Mordfälle.

»Ich habe Sie vorher gewarnt, dass Ihnen vielleicht nicht gefällt, was ich herausfinde. Aber ich habe versucht, die Verwicklung Ihres Bruders in den Diamanten-Skandal möglichst zu vertuschen«, versprach er, als er seinen Bericht beendet hatte. »Ich habe behauptet, man habe ihn umgebracht, weil er beim Erstellen seines Gutachtens das angebliche Alter des Steins in Frage gestellt hatte.«

»Wenn doch mein Bruder mitbekommen hätte, dass ein wallonischer Kommissar den Verbrecher überführt hat, der ihn umgebracht hat. Das muss ich unbedingt meiner Frau erzählen«, sagte Doktor Peeters nachdenklich. Selbst im flackernden Licht des Gaslichts machte er einen bemerkenswert gesunden Eindruck, was durch seine – wie bei unserer ersten Begegnung – sehr sportliche Kleidung unterstrichen wurde. Zu bequemen, hellen Beinkleidern trug er einen braunen Gehrock aus Wolle und einen farblich passenden, breitkrempigen Hut.

»Er würde sicherlich zu Recht betonen, dass englische Ermittler ihm zuvorgekommen sind«, bemerkte ich scherzhaft und Doktor Peeters nickte etwas mechanisch.

Er klappte seine goldene Taschenuhr auf und sein bedauerndes Gesicht zeigte, dass es später war, als er vermutet hatte. »So leid es mir tut, ich kann nicht länger bleiben, denn ich muss bedauerlicherweise morgen sehr früh aufbrechen«, entschuldigte er sich. »Daher würde ich gern jetzt den geschäftlichen Teil erledigen.«

»Könnten Sie die Freundlichkeit besitzen, mir einen Scheck über zweitausend Belgische Francs auszustellen?«, fragte Holmes, ohne mit der Wimper zu zucken.

Obwohl die Summe beträchtlich war, konnte der Arzt sie mit dem Bargeld in seiner Brieftasche begleichen. Dann lud er uns in sein Haus ein, für den Fall, dass wir zufällig in Brüssel vorbeikommen sollten, und verabschiedete sich.

Nachdem er uns verlassen hatte, erwartete ich, dass auch Holmes sich in sein Zimmer zurückziehen würde, um sich seinen geliebten chemischen Experimenten zu widmen. Aber er griff mit seinem langen, sehnigen Arm in die neben ihm liegende, kastanienbraune Aktentasche, über die ich mich schon gewundert hatte, und zog ein kleines, verschnürtes Päckchen heraus. »Ich habe Ihnen etwas mitgebracht«, sagte er und überreichte mir mit feierlicher Miene das kleine Paket.

Ungeduldig löste ich den Knoten des Bindfadens, riss das bräunliche Packpapier auf und blickte verblüfft auf den Roman von Rodenbach. »Der versprochene Ersatz für das Buch, das Sie auf dem Altar unserer Ermittlung geopfert haben!«

Zuerst nahm ich an, dass er mir ein neues Exemplar gekauft hatte, aber aus der Nähe bemerkte ich Wasserflecken auf dem Einband, der außerdem leicht aufklaffte.

»Die verschollene Bettlektüre des Juweliers!«, rief ich wie vom Donner gerührt aus. »Wo um Himmels willen haben Sie das Buch gefunden?«

Als Holmes mein Erstaunen sah, lächelte er. »Heute Morgen habe ich der Pension Antonis van Dyck einen Besuch abgestattet, um dort nach dem Rechten zu sehen.«

»Wie hat es die arme Wirtin aufgenommen, dass man ihren Mann verhaftet hat?«, unterbrach ich, eine Frage, die ich mir in den letzten vierundzwanzig Stunden immer wieder gestellt hatte.

»Sie hat großes Glück, dass man sie nicht wegen Beihilfe zum Mord angeklagt hat, zumal sie alle zehn Minuten ausruft: ›Ich habe es doch geahnt!‹«, erwiderte Holmes. »Als ich heute Mittag vorbeischaute, war sie gerade dabei, persönlich etwas für Bart Cuypers zu kochen.«

»Sie ist dankbar für jeden Gast, der nicht ermordet wurde. Auch wenn er nicht zahlen kann«, bemerkte ich kopfschüttelnd.

»Sie berichtete mir, die Lavals hätten bereits ihr Kommen für das nächste Jahr angekündigt«, sagte Holmes, und ich traute kaum meinen Ohren. »Aber was ich eigentlich berichten wollte: Glücklicherweise konnte ich Madame Lambrecht davon überzeugen, dass es für sie besser ist, wenn ich in ihrer Pension Beweismittel finde, bevor es die Polizei tut. Ich habe also mit ihrer Erlaubnis im ehemaligen Zimmer des Juweliers alle Möbel verrückt und wurde schnell fündig: Eine Diele unter dem Bett ist locker. Der darunter befindliche Hohlraum ist groß genug, um den Roman und das Notizbuch darin unterzubringen. Mir ist unbegreiflich, warum der Juwelier es für nötig gehalten hatte, Letzteres zu verstecken, denn – wie Sie bereits festgestellt haben – enthält es nur die Adressen von Diamantenhändlern und Angaben zu ihrem derzeitigen Angebot. Der Roman hingegen erwies sich als recht aufschlussreich. Sie können sich selbst davon überzeugen, wenn sie ihn aufschlagen.«

Bis jetzt hatte ich atemlos gelauscht, aber nun hob ich den Deckel des Einbands. Einige Worte waren mit der krakeligen Schrift, die ich bereits vom Geburtstagsgruß des Juweliers kannte, auf das Vorsatzblatt gekritzelt. Mit einiger Phantasie gelang es mir, *Kontaktperson Pieter Lambrecht, Pension Antonis van Dyck* zu entziffern.«

»Diesen Hinweis hätten wir früher gebrauchen können«, kommentierte Holmes trocken.

»Ich habe mich in der Zwischenzeit schon mehrfach gefragt, warum der Roman auf dem Nachttisch des Juweliers lag, obwohl er seinen oder besser gesagt meinen Koffer nicht hatte öffnen können.«

»Er wird wohl das Buch im Zug gelesen und beim Aussteigen einfach unter den Arm geklemmt haben. Das legen jedenfalls die Wasserspuren des Papiers nahe.«

»Es ist bezeichnend für die nachlässige Art des Juweliers, dass er den Bucheinband als Notizblock missbraucht hat. Ein Bücherfreund wie ich hätte das bestimmt nicht getan«, ergänzte ich. »Mich wundert nur, dass Mister Darkwater ihm dabei tatenlos zugesehen hat. Wenn jemand in eins meiner Bücher ...«

»Der Roman gehörte Jan Peeters. Mister Darkwater hat nur behauptet, ihn an den Juwelier verliehen zu haben, um einen Gegenstand, der ihn belastet, aus dem Verkehr ziehen zu können.«

Deshalb dieses befremdliche Desinteresse an dem wiedererlangten Buch! »Ich hätte zu gern Mister Darkwaters Gesicht gesehen, als er das Exemplar aufgeschlagen hat, das wir ihm mitgebracht haben.«

»Ja, dafür würde auch ich viel geben«, pflichtete Holmes mir lachend bei.

»Leider habe ich nicht verstanden, wieso Sie nach dem Gespräch mit der alten Begine wussten, dass Mister Darkwater nicht der von uns gesuchte Mörder war«, erkundigte ich mich, eine direkte Frage vermeidend.

»Ich hatte dem Brügger Beginenhof bereits zuvor einen Besuch abgestattet und herausgefunden, dass ein Mann sich bei dieser Begine nach dem Schneider der Trachten erkundigt hatte«, entgegnete Holmes, und ich ärgerte mich, dass mir dieser Gedanke nicht selbst gekommen war.

»Ich kann mich des Verdachts nicht erwehren, dass der grüne Diamant tatsächlich verflucht ist«, sinnierte ich. »Immerhin hat er zwei Männern das Leben gekostet und seinen Besitzer hinter Gitter gebracht.«

»Erstens ist das finsterer Aberglaube, und zweitens handelt es sich nicht um den echten King-Diamanten, sondern um ein Duplikat«, wies Holmes mich zurecht und lehnte sich in seinem Stuhl zurück. »Ich wäre Ihnen sehr verbunden, wenn Sie Ihren Bericht über diesen Fall für die nächsten zehn Jahre unter Verschluss halten würden. Sie werden meinen Ruhm nicht mehren, wenn alle Welt von meinem Zusammentreffen mit diesem belgischen Kommissar erfährt«, sagte er dann unvermittelt.

Schweren Herzens versprach ich Holmes, die gewünschte Diskretion walten zu lassen, und bestellte ein dreifaches Trappistenbier.